ジョシュ・ラニヨン短篇集

So This is Christmas

ジョシュ・ラニヨン

冬斗亜紀〈訳〉

So This is Christmas

by Josh Lanyon

translated by Aki Fuyuto

Contents

So This is Christmas

イラスト：草間さかえ

雪の天使

Icecapade

プロローグ

二〇〇〇年一月一日

世界の終末はやってこなかった。

この二日酔いを思えば、来てくれた方がマシだったかもしれないが。

ノエルは、ホテルの天井の小さな赤い火災報知器のライトを見上げていた。赤信号は今さら手遅れだ。体の横には温かな体温がよりそい、脚には毛の生えた筋肉質の脚が絡められ、股間には大きな手がまるで所有権を主張するようにのせられている。

――タマをつかまれる、ってやつか。

薄く笑うと、ノエルは上等なリネンの枕カバーに頭を沈めて、一夜の相手を眺めやった。もつれた黒髪と強い鼻筋、薄く皮肉っぽい唇。いわゆる整った顔というやつではないが、まぎれもなく、粗削りでざらついた魅力があった。

これぞＦＢＩ特別捜査官、ロバート・カフェだ。

は解けた。

自分を嗤うような笑みがノエルの唇をかすめた。まあこれで、カフェについての謎のひとつ
わずか数インチ先に横たわる、思いがけなくやわらかだった唇に自分の唇を重ねたくなるが、誘惑をこらえる。カフェを起こし、楽しくじゃれあってゲーム続行といきたいのは山々でも、遊びの時間はおしまいだ。長く垂れたアイボリー色のドレープカーテンの上部から淡い陽光がにじみ出している。おそらくは五時半前後というところだろう。すでに予定を越えて長居していた。

カフェが何か寝言を呟き、ノエルの耳元に酒気の濃い息がかかった。ノエルはふたたび微笑する。カフェは大柄で酒にも強いだろうが、ノエルの方もその不利を埋めるだけの手管をいくつか心得ているのだ。まあ昨夜は結局、自分も酩酊するまで飲んでしまったことは否定できないが……どうあっても、こんなチャンスは逃せなかった。

一体いくら分、飲んだというのだろう?

だが、充分値する一夜だった。

あくまでノエルにとっては——ではあるが。誰が誰を誘惑したのか昨夜の真相を悟れば、カフェには異論があるだろう。特別捜査官カフェはこの手のことを面白がってくれるタイプとは思えない。生き方も仕事ぶりも、真面目という言葉がよく似合う男だ。

そんなカフェの昨夜の任務こそ、宝石泥棒ノエル・スノウの尻尾をつかんで逮捕することだ

ったのだ。

そして、カフェはあと少しだった――当人が思っていたほどではないにせよ、充分近くまで迫っていた。ノエルがこの仕事に足をつっこんでから三年間、これほど背後に迫ってきたのはカフェだけだ。実のところノエルは友人に対するような親しみさえ、カフェに覚え始めていた。昨夜のことがあるよりもずっと前から。

ノエルはうずく頭痛と、酷使した体のいっそ心地いいほどの小さな痛みに気をつけながら体をのばした。動きに応じるように、カフェの無意識の手で肌を撫でられ、一気に欲望を煽られる。

心の中で、自分にあきれて首を振った。

それにしても、何という一夜だっただろう。あと何時間かでも、カフェの引き締まった長身によりそって時をすごせたなら。カフェが目を覚ました後二人でゆっくりと体を重ね、一緒にシャワーを浴びて、その後はルームサービスを頼んだりとか。このミケランジェロホテルには、パリにはかなわないまでも最高のコーヒーと焼き立てのクロワッサンがある。

だが、そうはいかないのだ。

起きたところでカフェはきっと二日酔いの熊のようになっているだろうし。それに、利口な男だから幸運な一夜の成行きに色々と疑問を抱くだろうし、事態の裏を悟るのに大した時間はかかるまい。そうなればノエルの手首にはブレスレットがはめられる。輝く、鉄製のブレスレットが。そこまで来ればもう三十三カラットのダリア・ボアズのダイヤモンドの指輪が一体どこに隠されているのか、カフェがつきとめるのは時間の問題だ。

ダイヤと言えば。清掃スタッフが巡回清掃を始める前に階下に降りなければ。

ノエルは、ベッドに横たわる相手へ最終確認の視線を向けた。カフェは安らかに眠り続けている。セックスの後の深い安らぎだ。眠っていてさえその顔つきは険しく、驚くほど長い睫毛だけが印象をやわらげていた。本当に、人形のように濃くて長い睫毛だ。

ノエルは呼吸を平坦に、ゆっくりと保ったまま、最小限の動きだけでじりじりカフェの腕の下から体を抜き、ベッドのはじまで移動した。マットレスが上下にはずまないよう注意を払いながら立ち上がり、数秒、薄暗がりの中でカフェの姿を見下ろしていた。

寝たふりか？

――いや、違う。

騙し合いに長けた男ではない、カフェは。当人がどう思っているにせよ。

この二年近く、ノエルと繰り広げてきた追いかけっこの中で、カフェは自分こそが鬼だと思っていただろう。一心に追ってくるこの正義の騎士は、すっかりノエルのお気に入りになっていた。ノエルは常に、カフェのために有力な手がかりを後に残しては、カフェが彼の捜査の担当から外されないようにと心を配ってきたものだ。

とは言え、無論、昨夜のことがあった以上は――。

……とにかく、昨夜のことは、ノエルにとってはまた別個に考えなければならない問題だ。部屋に残っていた荷物をまとめるのに、三分とかからなかった。元々、荷をほどいたりしないのだ。昨夜、狸寝入り(たぬきねい)をしている間、カフェが苦心惨憺(くしんさんたん)——あれだけ酔っていれば当然だ——ノエルのスーツケースをあさる姿には楽しませてもらった。

ノエルは部屋のドアをそっと開け、〝Do Not Disturb〟の札をぶら下げると、廊下へすべり出て、背後で音を立てずにドアを閉めた。

朝もまだ早い時間ということでメインロビーへ向かうエレベータはものの数秒で到着した。一夜の乱痴気騒ぎは終わり、大理石のロビーは墓のように清冽に静まり返っている。うっすらと消毒剤の匂いが漂い、遠く、掃除機のうなりも聞こえた。イタリア製の花瓶たちが壮麗にクリーム色の蘭の花を飾る間から、ホテルの裏方スタッフたちが仕事に取り掛かっている様子が見える。

見たところ、ロビーに目を配っている人間はいない。ノエルに注意を向ける者もいない。当然だろう。ニューヨークの誰もが、狂乱の一夜とタイムズスクエアのニューイヤーパーティで疲労困憊している頃だ。

とどこおりなくチェックアウトをすませたノエルは、地下のレストルームへとまっすぐ向かった。キーチェーンについたごく小さな万能鍵を取り出し、金属のゴミ収集箱を開けると、邪魔なバスケットを取り除いて、鉄の仕切りの裏側からビニールに包まれた指輪を回収する。それからロンドンフォグのトレンチコートの裏のライナーのファスナーを開け、中にリングを落として、元のようにファスナーをしめた。

わけもなく心臓の鼓動が鳴り響き、らしくもなく手まで震えていた。

まるで初めてこの仕事をした時のようにひどく緊張している。何故そんな？　すべて予定通りにきっちり進んでいるのに。

二日酔いだ、そのせいに違いない。アスピリンを数錠飲んで寝てしまえばすむ。薬も睡眠もアムステルダム行きの飛行機便の中で手に入るだろう。

数秒後には、ノエルはレストルームのドアを押し開け、正面ロビーをゆったりとした足取りで抜けて、そのままミケランジェロホテルのエントランスから外へと出て行った。

そびえる摩天楼と、影に沈むストリートへ、曙(あけぼの)が黄色くにじんだ光を投げかけている。

西暦二〇〇〇年。飛行機が落ちてくることもなく、世界中のコンピュータがその働きを停めてしまうこともなく。奇妙な静けさが満ちた道で、信号はたゆまずにシグナルの光を明滅させている。

タクシーに合図の手を上げると、すぐに一台が舗道に寄せて停まり、冷たい空気に排気ガスの熱が散った。汚れで曇った窓ガラスごしに、車内からサイモン&ガーファンクルの〝ニューヨークの少年〟が大音量で響いてくる。

冷えきって乾いた空気を深く吸い込むと、排気ガスと、路面凍結防止用の塩と薬剤が混ざった匂い、それに何か得体の知れないもの——高級な小便のような——の匂いがした。マンハッタン・カクテル。ニューヨークのような匂いがする街は、ほかに地上のどこにもない。

タクシーの中に荷物を放りこんだ。ノエルを制止しようとする者はいない。それどころか、誰も彼には目もくれない。

新年の、最初の一日。次の百年（ミレニアム）に続く始まりの一日だ。

新たなスタートの日。

ならば何故、世界の終わりのような気がするのだろう？

1

十年後、十二月二十三日（現在）

「思ったよりもずっとうまくいったわね！」

最後の客がオデッセイ書店から十二月のみぞれ混じりの道へと歩き去ると、エリス・ベネットは店のドアに鍵をかけた。ノエルに視線を戻す。

「ねえ、ナッシュ・ブルーシリーズがこれで完結って、まさか本気じゃないわよね？」

　エリスは四十そこそこの可愛らしいブルネット女性で、以前は大手出版社でマーケティング担当をしていた。今ではこうして自分の書店を開いており、個人経営の小規模書店が次々と閉店していく中でこの書店が成功をおさめているという事実からして、彼女の才覚と勘のよさがわかろうと言うものだ。

　ノエルは黒いカシミアコートに袖を通した。

「そろそろ頃合いだよ、だろ？　ここまでよくうまく行ったもんだよ。シリーズ八冊だ」

　予定よりも七冊も多く書いてしまった——そもそも、出版するつもりもまるでなかった。

「昨日までなら、そうね、って言えたかもしれないけど……でもあなたのファンたちの言うことを聞いちゃった今はねえ。まあ、ナッシュ・ブルーがゲイになった、っていう新刊のエピソードにどんな反響がくるかはこれからだけど」

「なったわけじゃなくて、ナッシュはずっとゲイだったんだよ。ついに小説の中でカミングアウトしただけで」

「ナッシュがずっとゲイだったたって言うなら、ベッドを共にしてきた大勢の美女たちは一体何だったのよ？」

　言いながら、エリスは両開きの正面ドアにシェードを下ろし、大きなウィンドウを飾るクリスマスの照明を切ろうと向き直る。

素敵な書店だった。固い木の床は磨き上げられ、本格的な書架のような書棚は本が取りやすいように低く、古びた色とりどりのポスターが額に入って飾られている。まさにノエルが子供の頃に夢見た書店そのもの。ノエルがまだ子供だった頃……読書にふけるのは〝ガルボジ〟――ホモ――でしかなかった家で育っていた頃の話だ。

「ナッシュは美形の男とも何回かベッドインしてたろ？」

「それはそうだけど、それは生き残るための手段だと思うじゃない」

ノエルは笑って返した。

「セックスの目的なんてつまるところ全部そうだろ、生存競争」

エリスのアシスタントのノーマが、レジを精算しながら顔を上げる。

「すみません、つまりこういうことですよね。ナッシュ・ブルーは実はゲイで、しかも彼をしつこく追っている刑事のリチャード・クロスに恋をしてるってこともわかった……で、そこでおしまいにしちゃうんですか？」

「じゃあ、どういう終わり方が希望？」

ノエルはポケットから引っぱり出した灰色のシルクのマフラーを首に巻いた。年々、十二月は寒さを増しているようだ。それとも、彼自身の体温調節機能に欠損が生じているのかもしれない。

「クロスもゲイだったっていう続きがいいです」

「ああ。……女の子は好きそうだね」

　ノエルはエリスと視線を交わす。

　エリスが口を開いた。

「でも、クロスもゲイなんでしょ。違うの？」

　エリスとノエルはきわめて親しい友人だった。ノエルの人生初のサイン会がこのオデッセイ書店で行われたのだが、それ以来シリーズ新作が発売されるたびに、エリスは献身的に応援してくれた。時おりニューヨークに滞在する際にはマンハッタンの彼女の高級住宅にノエルが泊まることもあったし、毎年夏にはエリスと夫はニューヨーク州北にあるノエルの牧場に遊びに来た。

　ノエルは彼女が好きだったし、信頼をよせていたし、尊敬もしていたが、酔っ払った勢いで小説のリチャード・クロスのモデルとなったのがＦＢＩ捜査官ロバート・カフェなのだと告白してしまったことは、心の底から後悔していた。

「でもよく売れてますよ」とノーマが言う。「すぐ棚からなくなっちゃいます」

「いいね、それならよかった」

「まだまだ売れるわよ」請け合ったのはエリスだった。「まあ、評論家の中でも保守的な連中はあなたを吊るし上げてるけどね」

「それ、何か影響があるの？」ノエルは自分の書評を読んだことがない。「保守的なミステリ好きなんて、シリーズの読者層にほとんどいないだろ」

「そりゃ勘違いってもんよ。ナッシュ・ブルーシリーズは四十代以上の白人男性層にもとても評判がいいんだから。美形の宝石泥棒と執念深い捜査官が繰り広げるちょっとエロい頭脳戦？そんな話、うちの旦那もそのお友達も逃がしやしないわよ」

「マックスは、ナッシュのカミングアウトについて何か言ってた？」

「マックスはあなたを知ってるしね。だからナッシュもゲイなんだろうってずっと思ってたんですって。もう得意になっちゃって」

ノエルは笑いをこぼした。リベラルなエリスと対を成すように、夫のマックスはきわめて保守的な男だったが、どうやってか、二十年来の彼らの夫婦生活はうまくいっていた。うらやましいものだ。ノエル自身と言えば、人とまともに付き合うコツを、いまだに身につけられないでいる。

エリスが店じまいの準備をする間、二人はさらに数分、おしゃべりを続けた。それからノエルはノーマにおやすみの挨拶をして、エリスにサイドドアから道まで送られていく。ポルシェ・ボクスターSのロックを開けるノエルのそばで、エリスは自分の体を腕で抱いて寒さをしのごうとしていた。

道の左右を、ノエルは習慣的な視線でチェックする。身に付いた癖はなかなか消えないものだ。

　エリスが街灯の光の下で彼を見つめた。

「疲れてるみたいね。カーセイジまでは長いドライブよ。本当に、泊まっていったら？」

　ノエルはためらった。確かに疲労が溜まっている。今夜は栄光の夜だったというのに、理不尽なほど疲れ切っている。そしてジェファーソン郡のカーセイジまでは、確かに長時間のドライブだ。六時間近くかかる。雪の予報も出ているし、運転向きのコンディションとも言えない。

　エリスの誘いに甘えたい気持ちは強かった。

　だが気乗りしないまま、言葉を返す。

「帰った方がいいと思うんだ。ホワイト・クリスマスになったらまた帰りそびれるしね」

「私もマックスも、あなたが一緒にクリスマスをすごしてくれたら嬉しいわ」

　また、ためらう。

　ノエルもこのクリスマスを一人きりですごしたい気はしなかった。だが今の気分では、客になっても雰囲気を悪くするだけだろう。

「そう言ってくれてありがとう。でも戻って、馬の面倒も見ないとね」

「誰かに電話出来ないの？　馬の世話に人を雇ってなかったっけ」

「人はいるし、電話すればやってくれるけど、やめとくよ」

　ノエルはエリスの頬にキスをする。エリスはうなずきながら、自分の腕をしきりにさすり上げていた。

「ほら、凍えてるじゃないか。店に戻りなよ」

エリスはまたうなずいたが、ノエルが運転席に乗りこんでドアを閉めるまで路肩で待っていた。ノエルはボタンを押し、ウィンドウが溜息のような音を立てて下がる。

「新刊発売は大成功よ」エリスが告げる。「喜んで頂戴ね」

「わかってる。嬉しいよ。色々やってくれてありがとう」

「私なんか大したことしてないもの。シャンパンとキャビアを買ってきただけ。皆、あなたの本が大好きなの、ノエル。あなたには才能がある。シリーズ完結なんて、やっぱり勿体ないわよ」

ノエルはどっちつかずのうなずきを返した。

エリスが突如として言った。

「相変わらず、三十一日には、ロバート・カフェに酔っ払った留守電を入れてるの？」

「その話は忘れてくれるとありがたいんだけどね」

「私、記憶力はいいのよ」からかいまじりだったが、声には愛情がこもっていた。「残念だったわね」

ノエルは注意力半分でうなずきながら、ダッシュボードの計器を眺めて、すべてが順調で準備万端整っていることを確かめていた。常に、確認を怠ることはない。完璧に備えていてもなお、トラブルは向こうから勝手にやってくるのだ。

「カフェが電話に出たことはあるの？」

問われて、ノエルははっと我に返った。

「いや……」

「電話番号が違ってるってことはないの」

ノエルはかすかな笑みを返す。

「まちがいないよ」

この十年、カフェが受話器を取ったことは一度もない。あの、二人にとってただ一度の夜以来、ノエルは彼の声すら聞いていない。カフェが電話に出るかもしれないという望みはすでに捨て去っていたが、どうにもやめられずに電話をかけ続けていた。

自分の一冊目の小説、『氷滑（ひょうかつ）』が出版されてから、ノエルはその電話をかけ始めたのだった。最初の電話は、主に、謝罪をしようとしてかけたものだった。ノエルは、小説が出版されて他人の視点で内容を見返すまで、捜査官のリチャード・クロスが〝道化役〟として描き出されていることに気付きもしなかった。コミカルな、ドジで滑稽な警官。さらにはＦＢＩの誰かがその小説を読むことも、そして登場人物のリチャード・クロスと捜査官のロバート・カフェが結びつけられることも、まるで予期していなかった。

ノエルにとって……小説は、遊びのようなものだった、それだけだ。ある意味であの小説は、ノエルにとってカフェへの歪んだじゃれ合いの延長でもあった。勿論、その本が売れるなどとは考えてもいなかったし、よもやシリーズ化されるとも思わなかった。あの時期、小説を書くことは、ノエルにとって自己セラピーのような作業でもあったのだ。

一冊目の『氷滑』が出た後、カフェが周囲の非難を浴びたと、ノエルは人づてに聞いた。そしてカフェが、遠くウィスコンシンにとばされたとも——FBIにとって、それはシベリア送りのようなものだ。それらについて、ノエルは心底申し訳なく思っていた。ロビー（彼はロバート・カフェのことをこっそりそう呼ぶに至っていた）に害を為して、申し訳ないと。

傷つけようとしたことなど、一度もなかった。

——実際、もしお互いの立場が違っていたなら……。

だが、現実は現実だ。何も変わりはしない。

カフェに対して、償いか何か出来ればと思う——罪を自白して手錠を掛けられるのは別にしても——が、どうしたらいいのかがわからなかった。理性も論理的思考も、ノエルにもう手を引けと告げている。電話などしたところで、その意図すらカフェには誤解されているかもしれない。

すでに、もう今年は電話をやめようと自分に言い聞かせていた。新作——シリーズの完結編——に、ノエルはその分の謝罪をこめた。伝えたいことはすべて書いた。『隘路（あいろ）』の中では、リチャード・クロスこそが最後の勝者となっている。今回ばかりは、主人公のナッシュ・ブルーの方が道化のような間抜けに見えるのだ。二人の間のゲームで、結局負けたのはナッシュの方なのだと。

だが、エリスが何気なく口にした可能性にノエルはぞっとさせられた――もしかしたらカフェは、ゲイだということを周囲にカミングアウトしていないかもしれない。その場合、今回の本はノエルが願ったように二人のスコアを引き分けに持ち込むどころか、さらなる嫌がらせと取られかねない。最悪の、嘲弄（ちょうろう）として。

色恋絡みにおいてノエルのツキを考えれば、いかにもありそうな話だった。

気付くと、エリスがまだそこで待ったまま、彼を見つめて、どことなく心配そうにしていた。ノエルは安心させるように短く微笑む。

「メリークリスマス、エリス」

「気をつけてね、ノエル」

その言葉には軽く返した。

「気をつけてるよ。いつも」

ノエルが背後のヘッドライトに気付いたのは、アルバニー郊外まで来た時だった。ニュージャージー・ターンパイクに乗った時からその車の存在はぼんやりと意識していたのだが、州間高速道路87号線に合流したところで、やっと自分が尾行されているのだと悟った。

ショックだった。年と共に注意散漫になっている、それは否定しようがなかった。かつてであれば尾行などものの数分で見破ったに違いない。

もっとも誰かに尾行されるような理由が、最近あるわけでもない。ここ八年間はずっと真面目に(ストレート)――法的な意味で――暮らしているし、昔の様々な「お仕事」もとうにすべて時効をすぎている。

だからと言って、彼に対して好意的とは言えない気持ちを持っている、あまり品の良くない――ありていに言えば悪党の――知己(ちき)がいないわけではないが。ノエルの引退について全員が快く受けとめたわけではなかったし。しかしそれでも、ここまで八年も何もせず待つほどの執念に思い当たるものはない。

もしかして、二重の皮肉としか言いようがないが、どこかの馬鹿が、楽な獲物だと見誤ってノエルに目をつけたとか?

手っ取り早く振り落とすことにした。細かい手を弄するには疲れすぎている。実のところ家まで六時間近くのドライブもやっとなぐらいだったし、余分なゲームに費やすような気力も忍耐も持ち合わせていなかった。

予定の道を逸(そ)れてアルバニーへ入ると、まずは二十分ばかり、主として商業地域の中を走り回って、ついてくる尻尾を引きずり回した。ついでにアルバニー国際空港近くを抜ける不愉快なツアーをおまけしてやる。それから元の87号線に舞い戻った。

レーサムのクオリティ・インのあたりで尾行は振り切っていたので、深々とアクセルを踏み込むとポルシェ・ボクスターSは強烈な加速で一気に飛び出し、あっというまに数マイルを置き去りにした。

電柱が背後に飛び去り、ハイウェイの路面に描かれたラインもかすむ。深夜二時には、オールドステートロードへとハンドルを切っていた。惚れ惚れするタイムだ。

ブラックバード牧場へと続く土の道に、車がゴトゴトと乗り入れる。背後にのびるハイウェイに車影が見えないことに安堵した。

細い道を慎重に走るヘッドライトが、骨のようなホワイトオークとブナの列を照らし出す。また雨が降り始めていた。太い雨粒がフロントウィンドウにびしゃりと潰れる。

白い農場風の家が見えてくると、ノエルの心のどこかがふっとゆるんだ。彼の家。

この家は建てられてから百年以上になる。二平方キロ近い家の部屋は広々として、松材仕上げの床が張られ、上げ下げ窓が据えられていた。家の周囲には二百エーカーの開けた草地と林が広がっている。

ノエルは今でも、不動産屋の広告の言葉を、一言一句あやまたず思い出すことが出来た。

――この家は、田舎の多様な安らぎを提供します。あふれる自然の中、鹿、熊、七面鳥、兎、鴨や雁など、狩りの獲物は豊富で、敷地内にはビーバーが巣を作る池もあります。家の正面には、林檎や松、広葉樹の林があり、裏には野草の花が咲き乱れる草地が広がっています。プライバシーを求める方には、まさに理想の地。誰一人、あなたがここにいることに気がつきはしないでしょう。

誰一人、あなたがここにいることに気がつきはしないでしょう——正に、その一言で、ノエルはこの場所を買った。誰が書いたコピーか知らないが、その誰かはノエルの心を代弁していた。

家の裏にあるガレージに車を停めると、ノエルは馬の様子を見に丘の斜面を降りていった。厩舎の中は比較的暖かく、ノエルは脱いだコートとマフラーを作業ベンチへ放ると、馬房の列を移動しながら、それぞれの餌箱に青々としたいい香りの牧草を足してやった。馬と牧草の、土臭い匂いに緊張がほぐれていく。やはり家はいいものだ。

もう、サイン会に行くつもりはなかった。昨夜は楽しい夜だったたし、成功も実感できた。だがそれでも……。

足をとめ、馬のスクラブル——アメリカンペイントホースの雌馬だ——の白くて長い鼻面を撫でてやりながら、ノエルは自分らしくもない無気力感をいぶかった。

この暮らしに、何か不満があるわけではない。むしろ満足していた。彼の人生の中でこれほど穏和で安全な暮らしは初めてだった。悲しいかな、ノエルの人生においては「穏和」も「安全」もずっとないがしろにされてきたものだ。

退屈している、というわけでもない。この馬の牧場を成功させるためにここまで全力で働き続けたし、まだまだ働くつもりだ。それに、執筆活動だってある。宣伝活動こそあまり好まなかったが、物を書くのは好きだった。馬の繁殖などの、体を動かす実際的な肉体労働と、執筆とで、うまくバランスを補い合えていた。

そう、何ひとつ不満はない。それこそが問題なのだろうか？

それとももっと深い何かがあるのか……もしかしたら、あまり見つめない方が身のためかもしれない、何か。

まあきっと、クリスマスにつきもののただの寂寥感だろう。大体の人間は――少なくとも十二歳以上のほとんどが――クリスマスシーズンには気が沈むものだ。その筈だ。一緒にすごす相手がいない人間にとって暗鬱としか言いようのない季節である。だからノエルも、出来る限り、自分のクリスマスを明るいものにするべく努力を重ねているのだ。

厩舎の作業を終えると、ノエルはコートを着て外へ出、重い扉を閉めた。

まだみぞれ混じりの雨が降っていた。空気はあかさらまに雪の匂いをはらんでいる。

見られている――ふと、異様な感覚が誰かに背すじをさわられたようにはっきりと走り、ノエルは丘を凝視した。

動きをとめ、濡れた暗闇に視線を走らせる。

目に入る光と言えば家のフロントポーチのやわらかな明かりだけだ。耳に届く音は、雨粒がパタパタと落ちてはフェンスや屋根を濡れ光らせ、草地や水たまりにしぶきをはねる音だけ。動くものは、雨と風のほかにない。

ある朝など、この地上で生きているのが自分だけのように感じたこともあった。

多分、何でもないのだろう。だがノエルは偶然というやつが好きではない。まず車での尾行があって、そして今……。

今、何があると？

水たまりが点在する景色のどこにも、動くものはない。

首の後ろを滴がつたい落ちた。立ち尽くしているうちに雨が肌まで沁みてきていた。ノエルは丘の斜面をふたたび登り始め、家の中へと戻った。

朝は、まるで冬の百合のように開いていく——冷たく、瑕ひとつなく、雪の香りを漂わせて。あるいは、よくあるきらびやかなクリスマスカードにも似て。

厩舎の屋根から黒い松の木に至るまで、すべてが雪に白く覆われていた。

ノエルはジーンズを履くと、何年も前にレイキャビクで買った分厚い白黒のセーターを着込んだ。それから馬の世話をしに外へ出る。

戻ってくると、コーヒーメーカーのスイッチを入れ、メインの居間の暖炉に火を起こしてか

ら、朝食の準備にかかる。

卵を割っている最中に、ドアベルが鳴った。

昨夜の奇妙な感覚を思い出し、ノエルはまず居間に向かった。窓から長いフロントポーチの一部が確認出来るのだ。そこから、今やドアをドンドンと叩き鳴らしている男の輪郭が見てとれた。

背が高い。肩が広い。黒髪は短く、レザージャケットを着ている。ふっと見えた横顔は粗削りで、強情そのものだった。

ノエルの心臓が激しい、期待混じりの鼓動を打ち始める。

廊下を歩いて正面玄関まで行くと、彼はボルトロックを外して、一気にドアを開いた。

ロバート・カフェが、黒髪とレザージャケットの肩に雪を散らして、ノエルをじっと見つめ返していた。

2

十年分、年を取って。十年分、厳しさを増して。

十年分、くたびれているようにも見えた――まるでこの十年、カフェがずっとノエルを追いかけ続けて、やっと今ここに追いつめたかのように。

衝撃を隠し切れないノエルの様子に、カフェの黒い目に満足げな光がともった。

ノエルはもつれた言葉を押し出す。

「何で……あんたがここに……」

「俺（オリジナル）のことをまだ覚えていてくれたのか？　こりゃ驚いた」

そのカフェの声は低く、口調は険しかった。ノエルの記憶の中ではもっとやわらかだったのだが、それも記憶のトリックか。

ノエルはさらに目を見開いて、唇をかすかに開いた。ほとんど無意識のうちにドアを開き、彼の家に足を踏み入れるカフェを無言で迎える。

時おり、ほんの時おり、こんな瞬間を夢見ることを、ノエルは自分に許した。思い浮かべていたのはもっと違う展開だったが。まず第一に、夢では大体において無精ひげもちゃんと剃って身繕（みづくろ）いしていたし、馬と厩舎の匂いまみれでもなかった。

「俺の本を……読んだってことか？」

カフェは――にこりともしない顔と刺々しい態度を目の当たりにした今、彼を〝ロビー〟として考えるのは難しかった――黒い目をきつく細めた。

「単に、貴様の――お仕事には目を配ってた、ってことだ」

うわ。

うげ、と言った方が近いかもしれない。

「その話なんだけど、ちゃんと説明させてくれないか。作家だからって好き勝手に書くなって思われてるかもしれないけど、俺は――」

だがカフェがさえぎった。

「そんなのはどうでもいい。俺が評論家じゃなくてよかったな。あんな駄作じゃお前はそれこそ牢屋行きだ」

その言葉はズキリと痛んだ。

「確かに名作ってわけにはいかないけどさ――」

「後にしろ、スノウ。俺がここに来たのは、ニューヨーク市内でこの三ヵ月頻発している宝石窃盗の件についてお前の関連を調べるためだ」

これは、まったく予想だにしていなかった。ノエルの、多少混乱しつつも喜びに驚き浮かれた気持ちが一気にしぼむ。

「……冗談だろ？」

だが、カフェはひとつ、冷たく首を振った。本気なのだ。

「でも、俺はもう――」ノエルは言い替える。「俺は合法に暮らしてるんだよ、何年もずっと」

「異性愛者じゃないだろ」

冷淡にあしらわれる。

それでもその言葉の含むものに、ノエルの心臓はドキリとはねた。どうやらカフェが――カフェが、何だ？　ノエルの性的指向を覚えていたことに？　そりゃどう考えても忘れようがないだろう。それを言うカフェの鋭い輪郭の顔には表情がなく、わずかな甘さも、笑みの気配すらなかった。

「まさか本気で信じてるわけじゃないだろ、俺が今でも――」

ノエルは言いかけた言葉を呑み込んだ。彼の犯した犯罪の全てが時効となっていることは確かだったが、それでもこれは罠かもしれない。何か――彼が見落としている、法的な抜け道のようなものを使った。自分が法の専門家でも何でもないことをノエルはよく自認していたし、FBIだったらその手のグレーゾーンを利用してノエルを仕留めるようなことまでやってもおかしくない。特にカフェは、返す借りがあると思っている筈だ。

ノエルのためらいを、カフェは読み取ったようだった。

「楽なやり方でやってもいいし、きついやり方もある。お前次第だぞ」

「やるって……何を？　楽だの何だのって、どういうことだよ」

たじろぎも狼狽も増すばかりで、ノエルはそう答える。

カフェがニッと笑った。笑いと言うよりは、白い歯を剝き出しにしただけのようでもあった。

「楽な方は、お前が今すぐ俺の質問に答える。聞かれたこと全部に、おとなしくな。さもなければ、お前は弁護士に泣きつき、俺はお前をＦＢＩまで引っ立てて行って、このクリスマスを貴様はブタ箱の中ですごすことになる」

　さらにつけ加えた。

「これから二、三十年先までの貴様のクリスマスがどんなもんになるのか、そこで予習しとくのもいいだろうな」

　ノエルは黙り込んだまま、事態を呑み込もうとしていた。カフェはまるで、この場の全てのカードを握っているのは自分だと疑う余地すらないかのように、冷酷な表情でノエルを凝視している。まるで、ついにノエルを、思い通りの場所へ追いこんだかのように。

　しまいにやっと、ノエルは肩をすくめた。

「質問には全部答えるよ。隠すようなこともないからね」

「ないと思うのか？」

「ないよ。なあ、ロビ――カフェ捜査官、その手の生き方からは本当に足を洗ったんだ。今の俺は、見たままの男だよ」

　カフェはじっくりと、ノエルを上から下まで眺めやったが、感銘を受けた様子はかけらもなかった。

「それで、貴様は一体自分がどう見えると思ってるんだ？」

　ノエルは顔に血が上ってくるのを感じる。何年も、ぼんやり夢に思い描いていた再会シーンのようにうまくいかないことは、もはや明白だった。

「馬を育てて暮らしながら小説を書いてるようにだよ」

「ここも印税でまかなったって言いたいのか？　二百エーカー近い土地を持ってるだろ」

「そりゃ」ノエルは苛々と返した。「本の売上げでここを買ったんじゃないことぐらいあんただってよくわかってるんだろ――」

　そこでやっと警戒心が働く。

「……投資がうまくいったんだ、それだけだよ」

　カフェは鼻を鳴らした。唾を吐き散らさんばかりに、馬鹿にした息を吹く。

　ノエルは背すじを精一杯のばした。だがそれでも誰の基準から言っても大柄なカフェの前では数インチ足りずに、内心落ちつかない。

　カフェは気付いた様子すらなかった。

「投資だなんてデタラメで口が曲がる前に、誰に話してるのか思い出すことだな。いいか、現実の世界ではな、主役以外の連中にもそれぞれちゃんと頭があって、自分の考えや意見を持ってるんだ」

「確かにあんたは独自の意見を持ってるみたいだけど」

「そうだ」

　どこかがひどくおかしかった。

ノエルがその犯罪に加担しているわけがない、そうならとうにノエルに手錠をかけている筈だ。大体、ノエルに借りを返すチャンスが来たと思ったなら、いちいちこうして行儀よく無駄な時間を費やすわけもない。

まあ、このカフェの態度を「行儀よく」と言えるかは別にして。

あるいは、そこが問題なのか？　カフェがノエル・スノウに宿怨を抱いているのは周知の事実だからこそ、この件は慎重に扱わざるを得ないとか。

もしかしたら作家としてのノエルのそれなりの社会的ステータスが、彼を守ってくれているのかもしれない。多少は。

香ばしい匂いが漂ってきて、ノエルはオーブンにスコーンを入れたままなのを思い出した。

「俺を取り調べるんなら、その前にちょっと一息つこう。コーヒーは？」

一瞬迷ってから、カフェは肩をすくめた。「まあいいだろう」

ノエルは先に立って廊下を抜け、キッチンに入った。焼けたスコーンをオーブンから取り出しながら、肩ごしに視線を投げる。

「朝飯を作ってたところでね」

キッチンに足を踏み入れたカフェは、しげしげと周囲を見回していた。この古い田舎家のキッチンを、ノエルは少なからぬ金を注ぎ込んでリフォームしたのだ。スレートのタイル製の汚れどめの前にはヴァイキング社の本格的なレンジが置かれ、アンティークガラスのパネルがはまったオーダーメイドのキャビネットが並び、御影石の天板を使った作り付けのアイランド式カウンターもある。機能的、かつ快適な空間だった。

「ほお、随分とゴキゲンに暮らしてるようだな？」

そう言われて、あの墜落について話してしまおうかと、ノエルの喉元まで出かかった。それにあれならどんなアリバイよりも、彼の無実を証明してくれるだろう。だがどうしても——そこまで……脆い部分をカフェの前にさらけ出すことは出来なかった。特に今、明らかに、カフェがノエルの弱点をつかもうと狙っているこの時には。

一方、考えてみれば、カフェはすでに百も承知かもしれない。知っていても何もおかしくない。墜落のことを知っていて、知っていながら、無実の罪でもノエルを刑務所送りに出来るならそれでも構わないというほど、ノエルのことを憎んでいるのかもしれない。ありえないことではなかった。ノエルの思うカフェはそんな汚い手を使う男ではなかったが。

それも思いこみだったのかもしれない。そう夢見たかっただけで。

陶器のマグカップにカフェの分の熱いコーヒーを注ぎ、自分のマグにも注ぎ足すと、ノエルはアイランドカウンターにもたれた。

「じゃあ、俺が一枚噛んでるって言うその宝石強奪事件について聞かせてくれないか」

たずねながら、コーヒーに口をつける。

「聞いたこともありませんって顔をするなよ。カクテルアワーの真っ最中、高級住宅街を狙った窃盗事件だ。家の中には上品な金持ち連中がうろついているが、何杯か飲みすぎているせいで誰もろくな注意を払っちゃいない、その中に犯人が入りこんで、後はいつもの通りだ。お前の手口そのものだよ。丁度オードブルが出てくる頃合いを狙うところまでな」

「模倣犯(コピーキャット)だ」

「そう言うだろうと思ってたよ」

カフェはマグを取り上げると、ごくりとコーヒーを飲んだ。

「だがたとえコピーキャットだとしても、お前が後ろで糸を引いているのは間違いない」

あまりにも落ちついて断言され、ノエルは動揺する。

「まさか。さっきから言ってるだろ、俺は法律なんか破ってない。泥棒をする必要もないし」

「昔も、盗む必要などなかった筈だ。お前はスリルとゲームのために盗みをやってた」

黒曜石のようなカフェの目に見据えられて、ノエルには返せる言葉がなかった。カフェの言葉は多くの真実を含んでいた。勿論、金を手に入れることも大きな目的だったが、ノエルは犯行のもたらす興奮、あの昂揚感を愛してもいた。しかも、ひとたびロバート・カフェがゲームに加わってきてからは？　まさに二人の勝負のためにこそ、ノエルは生きていたようなものだ。

レンジに向き直ると、彼はすっかり冷めてしまったミルクグレービーソースをかき混ぜ、横のスキレットを再度火にかけた。鍋にオリーブオイルを垂らす。

朝食の支度を順にこなしていくふりをしながら、その間にどうにか考えをまとめようとした。

まだ玄関でカフェと顔をつき合わせた瞬間の衝撃から立ち直れていないのか、脳がひどく鈍く感じられる。

「朝食は？　食べてきた？」

沈黙。

ノエルはぐるりと視線をめぐらせた。カフェは、昨日ノエルが整理しかけていた箱から、一枚の写真を手に取って眺めていた。

それはノエルの写真だった。六歳で、ポニーにまたがっている。子供時代、馬に乗った初めての、そして唯一の思い出。

「ああ、その箱は適当なところにのけといていいよ」

カフェが、手にした写真を束に戻した。

「何か食べないか？」とノエルはたずねる。「スクランブルエッグ？　グレービーソース付きのスコーン？」

「いらん」カフェはぶっきらぼうにつけ足した。「遠慮する」

ノエルはスクランブルエッグを作ると、自分の皿を盛ってテーブルについた。食欲など失せていたが、カフェにそうと悟らせたくはない。

カフェは窓際に歩いていく。増援が到着したか確かめてでもいるのだろうか。窓辺から、彼はノエルの皿へ非難のまなざしを投げた。

「そんな飯食ってると早死にするぞ」

ノエルは投げやりに右肩をそびやかした。「誰でも永遠には生きられないさ」

「その手のセリフを吐くには、お前は年をとりすぎてるだろ」

「三十八だよ」

「だからさ」

苛ついて、ノエルは逆に聞き返した。

「そっちはいくつなんだよ」

「三十七だ」

知るのは不思議な感じだった。ずっと気になっていたのだ。てっきり年上だと思っていたのだが。

グレービーソースにスコーンを浸しながら、ノエルは口を開く。

「今の俺には、もうああいうスリルは必要ないんだ。わざわざご指摘頂いたように、俺ももういい年だからね。自分が永遠に無傷じゃいられないってことぐらいはわかってる。半身不随になったり、死んだり、刑務所に入ったりって将来は御免なんだよ」

「胸に染みることだな。だが犯罪を犯した者は、刑務所で償うべきだ」

「俺は何もやってないから」

「最近は、だろ?」

カフェは懐疑的に眉を上げてみせる。法の抜け道的な罠に自分を引っかけようとしているのではないかという疑心が、ふたたびノエルの中にわき上がった。

ノエルは自分の皿を横に押しやった。

「どの日のことが知りたい？　それがわかれば簡単に片づく話かもしれないよ。犯行の日によっちゃ、俺にアリバイがあるかも」

「お前が裏で糸を引いているのなら、そのあたりも抜かりなく仕込んでるだろうさ」

「ロビー――」

カフェがギラリと目を光らせた。

「カフェ特別捜査官と呼べ」

「わかった、カフェ特別捜査官――」

ドアベルが鳴り響いた。

ノエルの手がびくっと揺れて、コーヒーをこぼしていた。「しまった」とナプキンを取り上げ、コーヒーの水たまりを拭う。

カフェが黒い眉をくいっと上げた。

「随分緊張しているな、スノウ。お仲間がやってくる予定でもあるのか？」

ノエルは刺々しい視線をカフェに投げつけると、椅子をぐいと押しやって、ドアベルに応答すべく歩き出す。

カフェも立ち上がると、コーヒーを片手に持ったまま悠然とついてきた。ノエルが逃げ出すとでも思っているのだろう。

今にもショートするんじゃないかという勢いで鳴り続けるベルに、ノエルはどうにか間に合ってドアを開けた。

アーティ・シュラング——赤黒チェックのジャケットにハンティング帽姿のがっしりとした男が、玄関ポーチのステップに立っていた。

「あんたの木をつれて来てやったぞ」

くわえたコーンパイプのはじから、アーティがもごもごと言う。

ノエルの木?

確かに時々、ノエルの馬がフェンスを越えて逃げ出すことはあるが、今のところ敷地内から木が脱走したという話は聞かないのだが。

チェックのシャツに包まれたアーティの頑健な肩の向こうを見やって、やっとノエルは、アーティの息子がボロボロの白いトラックの横に立っているのに気付いた。トラックのタイヤにはチェーンが巻かれ、荷台から長いシロトウヒの木の先端が槍のように突き出していた。

——ノエルの、クリスマスツリー。

「ああ、そうだった。忘れてたよ」

「クリスマスを忘れてたって？　はっ、クリスマスの方があんたを忘れないでいてくれてよかったなあ！」

ゆるい冗談をとばして、アーティはくくっと笑う。

「んじゃどこに運ぶかね？」

「居間にスタンドを用意してあるよ」

無言のまま状況を注視しているカフェの存在を意識しつつ、ノエルは正面ドアを開けて固定し、アーティが車に向かう間に廊下の敷物をたぐり集めてよけた。数分後、戻ったアーティはひょろりとしたティーンエイジャーの息子に手伝わせて、二・七メートルほどの木を引きずっていた。

雪と針葉樹の匂いをまき散らしつつ、シュラング親子は開いたドアから木をうまく屋内へ運びこんだ。ボタボタと雪溜まりを後に残して引きずりながら、壁に架かった茶や白のウェッジウッドの皿をあやうく叩き落としそうになったり、十八世紀の猫脚の椅子をなぎ払いそうになっている。やっとのことで、広い居間に続く両開きのドアに向かって曲がりこんだ。

「ここまで持ってきてくれれば、後は何とかなるから――」

ノエルはさっと手をのばすと、アルマジロのように着込んだアーティ・ジュニアがかすって揺らしたロイヤル・ドックスのヴィンテージランプ――道化師をかたどったアールデコ様式の――をあやうく押さえた。

だが、アーティも息子も、ノエルの言葉に耳も貸さなかった。それから十分間というもの、彼らは青々と茂った背の高いシロトウヒの木を古いツリースタンドに立てようと格闘し続けた。

何も言わずに進捗を眺めているカフェの横に、ノエルも立った。

「意外と真剣に、クリスマスをやるんだな」とカフェが呟く。

「ああ。真剣だよ」

カフェの物問いたげな視線を感じたが、この話題はノエルがあまりふれたくない記憶を呼び起こしそうだし、思い出すだけならまだしも他人に話すつもりはない。特にカフェには。すでにして、彼のノエルへの評価は低いのだ。

ついに、ツリーは固定されてすっくと立った。樹木の香りが、暖炉でパチパチと鳴る炎の暖かさに混ざって室内に広がっていく。

ノエルはシュラング親子を玄関まで送ると、心付けを足して支払いを済ませ、去っていく二人へ手を振った。

家の中へ戻ってみると、カフェは書斎に移っており、ノエルの本棚を仔細に眺めていた。

そう言えばまだ捜査令状を突きつけてもこない、とノエルは気付く。どういう意味だろう？ノエルが思っているほど確固たる捜査ではなく、探りを入れに来ただけなのだろうか。それともカフェが探しているものは、物理的な証拠ではないとか。

ノエルは扉口からカフェに声をかけた。

「好きなだけ中を見て回っていいよ。かまわないから」

「そいつはどうも」とカフェは顔も上げずに答える。大量にページの耳が折られているノエルの類語辞書を手にして、ぱらぱらとめくっていた。

どうせ「犯罪者」の類語でも探しているに違いない。

好きにさせておいて、ノエルは廊下に点々と散っている泥と雪を拭おうと、タオルを取りに行った。

作業をすませ、廊下の細絨毯を足で蹴り戻した時になって、カフェが書斎の入り口からじっと眺めているのに気付いた。

「なんかおもしろいものでもあったか？」

「お前に関することはすべて興味深いよ、スノウ」と小馬鹿にする口調で応じられる。

「そうは言うけどさ、俺のことほとんど知らないだろ」

「どうかな、今じゃお前のことはかなりよく知っていると思うぞ。ああお前の方こそ、俺のことは何もかもすっかりご存知のつもりでいるんだったな？」

きまり悪さにノエルの顔に血がのぼった。だが無視する。

「じゃあこのへんでお互いをちゃんと知ろうじゃないか」彼はずけずけと言い返した。「クリスマスをここで過ごしていくのはどうだ？」

カフェは筋肉ひとすじ動かさなかった。

ノエルはさらに押す。

「嫌か？　クリスマスの予定が何か？」

「お前を逮捕して報告書を書く」

「真面目に」

「真面目な話だ」

確かにカフェは、真剣に、本心から言っているように聞こえた。

だがそれでも何か……もしかしたらその嘲弄の下で、彼がまるでノエルにはわからないジョークを楽しんでいるかのようにも見えるのだ。それはカフェが黒い目に溜めたきらめきのせいかもしれない。親しげな光ではないが、ただ仕事上の目つきとして片付けるには鋭すぎるし、熱っぽすぎるような。

その目の光を、もう遠い昔、ノエルは二人だけのニューイヤーパーティの夜に見たのだった。

「クリスマスはいつも家族とすごしてるとか？」

「いや」

カフェが険しく否定した。

その否定の激しさは予期していなかったもので、ノエルは虚を突かれた。何と答えていいのかわからない。どうやってかカフェを傷つけてしまったのだとわかったが、まるでそんなつもりはなかった。

混乱が表情に出ていたのだろう、カフェが続けた。感情を完全に抑え込んで、すっかり冷静に戻っている。

「以前は家族とすごしていたが、両親ともバッファローであったコンティネンタル航空の墜落事故で死んだ。今年の二月だ」ぴくりと片方の肩を上げた。「一人息子でな」

「それは……お気の毒に。すまない、知らなかったんだ」

「ああ。残念だな。知ってりゃ小説に使えただろ」

ノエルはカフェの言葉が染み込んでくるのを感じながら、ただその場に立ち尽くしていた。言われても仕方がない。それは確かだ。だがそれでもその言葉はアンフェアなものに感じられた。ノエルのしたことすべて、書いた単語のひとつたりとも、カフェを傷つけるつもりなどなかったのだ。

言い訳したかったし、説明してカフェにわかってほしかった——だが、ここで大事なのはノエルの気持ちではなく、カフェがどう感じているかだ。今はノエルよりカフェの方が大切なのだ。

カフェにとって、両親を失って以来、これが初めて一人ですごすクリスマスなのだし、間違いなく辛いクリスマスになるだろう。ノエル自身はたとえいくら積まれても家族と一緒にクリスマスをすごすのなど御免だったが——それどころか二度と顔を見たくもない——そんな彼でも、このクリスマスがカフェのような男にとってどれほど孤独なものになるのかは想像がついた。親に愛され、きちんとその愛を返せた男に違いないのだ。

ノエルはカフェに歩みよった。カフェがわずかに身構えたのを心のはしに留めながら、カフェの腕にそっと手をのせる。

「すまなかった。本当に残念だ、ロバート」

果たしてカフェが両親を失ったことを悔やんでいるのか、それとも小説の中でリチャード・クロスというキャラクターを作ったことを謝ろうとしているのか自分でもわからなかったが、とにかくノエルは何もかもが切なかった。

カフェはノエルの手を見下ろした。

その視線が上がり、ノエルの目を見つめる。

カフェの目は、ほとんど漆黒に見えるほどに暗い。黒く、そして——予期せぬその刹那——何か危険な獣の毛のように、まなざしはひどくやわらかだった。

奇妙な、そして張りつめた沈黙の中で、ノエルは、今にもカフェが……何だろう。何か言うか？　それともするとか？　わからない。ただノエルは息をつめ、待っていた。

だが、カフェは考えを変えてしまったようだった——本当に何かを考えていたとして。そしてノエルは、自分がまだカフェの腕をつかんだままその場に立ち尽くしていることに気付く。

やっぱりこれは変だろう。

手を離し、ノエルは一歩距離を取った。

「できたら、考えてみてくれ」

　何について？　言っている自分でも曖昧だ。

　ノエルはくるりと踵を返した。

「ちょっとだけ出てくる。納屋からクリスマスの飾りを取ってこないと」

「納屋？　随分と都合がよさそうな物があるな」

　嫌みったらしいカフェの言葉は、今のノエルの揺れ動く気持ちとはひどくかけ離れて響いた。

ノエルは笑ったが、それはどうしたらいいのか、何を言えばいいのかわからない笑いだった。

何かノエルがつかめていないもの、ノエルには見えていないものが、ここにはある。カフェは怒りを抱えているし、ノエルを恨んですらいるかもしれない。だがそれでも二人の間にはまだ引力が存在する。

　たしかにノエルは恋愛のエキスパートとはとても言えないが、恋はともかく、欲望ならおなじみだ。そしてその欲望こそが、カフェが時おり合わせてくる不機嫌な視線に、時おりお互いに絡める視線の中に、ノエルが読み取ったものだった。

　カフェはそんなものは望んでいないかもしれない。それでも、二人の間にはまだつながりが残っている。

　そうと気付くと、ノエルの心はもう長年感じたことのない熱を帯びた。カフェは彼のことなど好きでも何でもないかもしれないし、ノエルが合法的な暮らしを送っていることも信じないかもしれない。本気でノエルを逮捕して、牢屋に放りこむつもりなのかもしれない。そうかもしれない。

だがそのどれも、カフェがいまだに彼に惹かれているという事実を変えはしないのだ。

3

「週始めにやっておけばよかったんだけどね。本の出版だの何だので、すっかり忘れてて」

ノエルは靴裏でざくざくと雪を踏みながら、納屋までの道を先に歩く。

納屋に向かうノエルについてきているカフェは――きっとノエルが馬に飛び乗って地平に走り去るのをとめるためだろう――曖昧にうなった。

出版のことを話題に出したのは、思えばあまり利口ではなかったかもしれない。だが、ノエルにはひとつ知りたいことがあった。カフェは『隘路』を読んでくれたのだろうか？　四日前に発売されたばかりだが。もし『隘路』を読んだのであれば、償おうとしたノエルの努力は伝わっている筈だ。

一方で、もしエリスの言葉が正鵠を射ていたなら、最新刊でリチャード・クロス――すなわちロバート・カフェ――がゲイである可能性を世の中に知らしめたことは、とどめの一撃となってしまっただけかもしれない。内心その可能性にひるみつつ、ノエルはたずねた。

「あのさ――」

「何だ？」

背に毛布をかけられた馬たちが囲いの中をとまどいがちにうろついては、雪を踏み散らしたり、馬同士で顔を合わせていないないている。そちらに向いていた視線を、カフェはノエルに向けた。

「その……あんた、カミングアウト、してるのか――？」

「カミングアウト？」カフェは眉を寄せた。「ああ、そういうことか。ゲイ・プライド・パレードに参加して練り歩いたりはしないぞ、貴様が聞きたいのがそういう話ならな。まあどうせ、聖パトリックの日のパレードにも参加してないが」

「聖パトリックの日……アイルランド系なのか」

「そうだ。両親ともな」

「ＦＢＩはゲイには風当たりが強い職場じゃないか？」

「公式見解を知りたいか？　ＦＢＩが個人をその性的指向によって差別することはない。ＦＢＩはゲイの職員による助力や協力を歓迎するし、感謝の意を表するものである」

「求人広告のコピーだろそれは。非公式には？」

「法執行機関は、種類を問わず、個人の生活に犠牲を強いるものだ。どんな個人でもな。もしそのプライベートが時間や労力を要する類のものだった場合──」

「そうなのか？　つまりその、誰か、つき合ってる相手がいるとか──？」

答えを待ちながら、ノエルは知らず、またも息をつめていた。

「今はいない」

ノエルはほっと、小さな溜息を押し出す。「俺もだよ」

「そうだな」

カフェの相槌は確信ありげだった。来る前に、彼はどれほどノエルのことを調べ上げてきたのだろう。

「恋人がいると大変？　何て言うか、ＦＢＩの仕事をしてると。これまで俺が聞いた話だと──」

「ＦＢＩ職員の方が、犯罪者よりは楽だろう」

「うっ……」

ノエルは横目でチラリとカフェを見る。

カフェは、同じほどに歪んだ笑みを返してきた。

厩舎に到着すると、ノエルはドアを開けて中へ入り、厩舎係のトニー・ランキンと挨拶を交わした。

「どうやら、アラパホが左前足の踵にちっと傷をこしらえちまったみたいでね」トニーはノエルにそう報告する。「この雪と氷じゃな。注意して様子を見とくよ」

さらに数分、ノエルは、厩舎のあちこちをのぞいているカフェを意識しつつ、トニーと立ち話を続けた。

「ヤバい金なら馬のおやつ入れの中に隠してあるよ」

と、やっと装具室にいるカフェに追いついて、ノエルはそう言ってやる。装具室には革と軟膏と、それにカフェのアフターシェーブローションの香りが漂っていた。

「……ちょっとした厩舎ジョークってやつなんだけど」

カフェから返事がなかったので、そうつけ足す。

キャビネットの一画、低い棚に並べられた写真の額とトロフィーカップをじっと観察していたカフェが、背すじをのばした。

「実際には、お前の好みはスイス銀行の口座だろ」

図星を突かれ、だがそれを覆い隠そうと、ノエルはなるべく軽い調子で返す。

「昔はそうだったかもしれないけど、今の俺はバンク・オブ・アメリカの忠実な顧客だし」

カフェは嘲笑するような表情を浮かべた。だが意外にも、何も反論せずに流す。

かわりに写真に向けて顎をしゃくった。

「どうしてピント種の馬を？」

「ピント種じゃない。アメリカンペイントホースだ、血統が違う。馬は好きか？」

「馬のことはさっぱり知らん」

ノエルは真理を語りかけるような口調で言った。

「誰でも完璧とはいかないものさ。そのくらいの欠点なら、二人で一緒に乗り越えていけるよ」

ほぼ笑いに近い反応をもらえた。

カフェがたずねる。

「子供の頃に馬を飼ってたのか？」

「うちが？」ノエルは笑うしかなかった。「まさか」

「だがお前はアリゾナ育ちだ、そうだろ？」

一体どこからカフェはそんな情報をつかんだ？

ノエルは抑揚なく応じた。

「そうだよ、でも馬は飼ってなかった。取りに来た箱は牧草棚の上だよ」

装具室から出るノエルに、カフェもついてきた。

出来ることなら、誰も見ていない時にやりたい作業だった。出来ることなら、一人の時ですらやりたくなかったが、だが医師だのセラピストだのの「地面にしっかりしがみついて高いところには上るな」という命令に唯々諾々（いいだくだく）と従うつもりもない。

長梯子を持ってくると、牧草棚に向かって立て掛ける。梯子をきつく握りしめ、壁にぶら下がった古いダーツの的に視線を固定して、ノエルは梯子を登り始めた。

人の視線を意識すると、余計にきつい。リラックスしてしっかり集中できてさえいればめまいに襲われる前に一メートルくらいは登れるのだが、今朝はほんの三段登ったところで胃がひっくり返ったようになり、肩甲骨の間に冷や汗がにじみ、視界がぐらぐら揺れ始めた。

ノエルは梯子の縦木を痛むほどきつく握りしめた。ダーツの的だけをひたすら凝視して、足の下で梯子がぐにゃぐにゃと揺れ動いているのは錯覚だと言い聞かせる。

頭をわずかも揺らさないようにしながら、どうにかもう一段、登った。

まだ梯子の半分も来ていない。棚は何マイルも彼方に感じられ、梯子は星まで続くかのようだった。登りきるのは不可能だし、たとえ登れたとしても、上にある箱を取って、また梯子を降りてくるなど到底無理だ。そもそも、箱をこんな高いところにしまうのが間違いだったのだ。理屈を無視した衝動的な決断だった。現実から目をそらした反抗。

「どうかしたか？」

と、カフェがたずねる。

ノエルにはとても、下を見下ろすことなど出来なかった。ただ咳払いをする。

「いや。飾りはこの上にはないなと思って」

「何でわかる？　そんなところからじゃ上は見えないだろ」

「見えないけど。ただ……上にのせた記憶がないんだ」

近づいてくるカフェの足の下で、床板が立てているきしみをはっきりと意識する。カフェが歩み寄って梯子の下に立つ、その動きのひとつひとつを感じる。素晴らしい。何であれ、これで手が離れて落下してもクッションがある。

「俺に知られたくないような物が上にあるのか?」

カフェの声にはまた疑いの響きが戻っていた。

ノエルは、そこで、下を向くという大失敗をやらかした。

頭ではよくわかっていたが、どんな理屈も、足の下で梯子が車輪のようにすべり出したという戦慄を否定することは出来ない。体は反射的にバランスを取ろうとして動いたが、実際には何の問題もないところにいきなり動いたものだから、逆にその動きでバランスが崩れた。

梯子が横にずるずるとすべり出す。木と木が擦れる音が耳に響いた。倒れる梯子がギギッときしみを上げている。

落ち方なら心得たものだ。大した高さでないこともわかっている。感覚を完全に失ってはいるが、実際には頭から落下しているわけではないことも知っている。床に落ちるだけだ、何てことはない。ずっと高いところから落ちたこともある。

ノエルはすべてを成り行きにゆだねて、全身の筋肉を弛緩させようとした。

何もない虚空を漂う、気持ちの悪い浮遊感——。

――ドサッ。

固く、温かな、それは人の体の感触だった。筋肉質の腕がノエルの体を抱いている。ノエルの両足は床に着地しており、ささくれた床板の上をカフェと一緒にもつれ合うように数歩、よろよろとたたらを踏んだ。

「一体どういうことだ」

カフェが問いただす。

彼の両腕に抱き込まれ、そうして立っているのは心地よかった。ほんの束の間でも、誰かによりかかっていられるのは。

ノエルはまなざしを上げる。

まただ。また、カフェの目の中に名状しがたい感情が浮かんでいた――ノエルのまなざしからほんの数インチのところ、その黒い目の中に、閃くような熱がある。

カフェの息がノエルの頬に熱い。二人の唇は今にもふれあいそうなほど近い。

もしカフェが望みさえすれば――。

そして、彼の表情の中にはそれが見えた。望んでいる。迷っている。

ノエルは待ちながら、ただ息をつめ、睫毛の下からカフェの葛藤を見つめた。前のようにノエルの方から誘うわけにはいかなかった。今回は、カフェの自由意志によるものでなければならない。

厩舎の空気の暖かさが二人を包んでいる。そして牧草やアルファルファのやわらかな香りと、馬や人間の、もっとざらついた土っぽい匂い……。

その時——何たるタイミング！——トミーの足音が近づいてくるのが聞こえた。足音はまたすぐ離れていったが、時すでに遅すぎた。

カフェの手がノエルの腕にきつくくいこんで、体をもぎ離す。

「一体今のはどういうことだ……？」

その息はかすかに荒かった。彼の問いがノエルの落下についてなのか、それとも寸前までいったキスのことなのか、ノエルには判断がつきかねる。

「わからないっていうなら僕かお前のどっちかが悪いな」

「そんなことはもう知ってる」

カフェはすでに歩き出しており、交差した梁の向こうに引っかかっていた梯子を立て直しにかかった。

「俺が上をのぞいて来てもいいか？」

「ご自由にどうぞ」

カフェは元通りに棚段に立てかけた梯子を素早くよじ登っていく。ノエルはその様子を批評家のような目で眺めた。泥棒向きの体格ではない、それは確かだったが、カフェの動きはなかなかのものだった。力強く、機敏だ。バランス感覚もいい。男として、実にノエルの好みである。

馬鹿だな、と自分でニヤついているうちに、カフェは棚段まで登りきって姿を消した。

ふたたび、クリスマス用と書かれた大きな箱を持って現れる。

「何かおもしろいことでもあったのか？」

「まあね、ただの思い出し笑いだよ。その箱、こっちに落としていいよ」

「落とす？」

「軽いから大丈夫。しっかり包んであるし」

上から投げ落とされた箱を、ノエルは易々と受けとめる。

カフェが次の箱を取りに消える。結局、全部で三つの段ボール箱を下に落とした。

二人は大きな箱を抱えて納屋から出ると、斜面を登った。道すがら、ノエルは初めてカフェの車に目を留める。スポーツタイプのセダンだが、ＦＢＩの覆面車ではない。その手の車は昔散々目にしてきたから、遠くからでも一目で見分けがつく。

――だが、夜の闇にまぎれてなら……。

ノエルはカフェに向けて目を細めた。

「夕べ、俺を尾行してたのはお前か？」

「夕べ誰かに尾行されたのか？」とカフェがはぐらかすように問い返す。

「お前だったんだろ」

「人の追わぬところ諸悪のさばる、と言ってな」

今やノエルははっきり確信した。

「お前だったんだな」

「もし俺だとしたら、あんなコンディションの悪い道を二百キロでかっとばすようなイカれたドライバーに対してひとつふたつ言いたいことがあるかもしれないぞ」

「お前がビビらせなきゃあんなスピードは出さないんだよ！」

「持ち前の氷の度胸はどこへ行った？」

ノエルは言い返そうとしたが、その時、ラジエーターグリルの鼻先をクリスマスリースで飾り立てた古い型のトラックがガタゴトと家に向かって走ってくるのに気付いた。

「今度は何だよ……」

「こんな辺鄙(へんぴ)な場所のくせに、随分とにぎやかじゃないか」

そう言うカフェの口調に、ノエルと同じ苛立ちが含まれていると感じるのは気のせいではないだろう。

「いつもはこんなじゃないんだ。あれは隣の住人だよ、フランシス・リッチ」

かかえていた二つの箱をノエルが玄関ポーチまで運んではじに下ろす間に、フランシスの車が家の前で大きな半円を描き、雪をはねとばしながら停まった。

フランシスが飛び降りてポーチまで駆け出した時にも、トラックはまだわずかに動いていた。

ぽっちゃりした若者で、茶色いくせっ毛を肩までのばしている。四角いメガネをかけ、茶と白のポンチョを羽織っていた。

「ノエルぅ！」

ノエルはすぐ後ろに立つカフェの存在を意識する。初めてその存在が、見張りというよりもたよりになる仲間のように感じられた。もっとも、そうあってほしいというただのノエルの願望かもしれない。

「どうした、フランシス？」

フランシスの丸っこい顔がくしゃっと歪んだ。

「生まれたばっかのクリアがあんたの敷地で岩の隙間に落ちちまったんだよ」

ノエルの心も一気に沈み込んだ。「まだ生きてるのか？」

「十分前には。だけど俺一人じゃああいつを穴から引っぱり上げられねえ」

「クリーってのは一体全体何のことだ？」二人の顔を交互に見ながら、カフェが口をはさむ。

「クリアだよ。リャマの子供のこと」ノエルは説明した。「フランシスはリャマの繁殖農家なんだ」

そのリャマが何故ノエルの敷地内の穴に落ちたのか――それもよりにもよって今日――フランシスを問いつめたい気持ちは募っていたが、しかしリャマ牧場の隣で暮らした数年間は、リャマがフェンスの隙間を嗅ぎつけて脱走するのに長けた動物なのだとノエルに悟らせるに充分でもあった。

「消防かどこかに電話してレスキューしてもらえないのか？」

カフェの、いかにも都会人らしいのどかな言葉に、ノエルは少し笑った。フランシスに向かって告げる。

「納屋からロープとシートを取ってくるよ。何とかそれでハンモックみたいにして吊り上げよう」

「ああ、たのむから急いでおくれよ！」とフランシスが懇願した。「早くしねえと子供を助けようとして親リャマまであの穴にハマっちまうかも……」

「リャマを育ててるのか？」

カフェの口調は探るようで、「リャマ」という単語が何か、もっと邪悪な獣をさす暗号ではないかと勘ぐっている様子だ。

「リャマはものすんごく利口で頭の回る動物なのさ」

フランシスはそう説明しながら、ノエルがクリスマス飾りの箱を拾い上げて家へ戻る後ろにくっついて、ポーチまで登ってきた。

「そんなに利口な動物なら穴に落ちたりしないいんじゃないか」

背後のやり取りを無視して、ノエルは階段裏のクローゼットからL.L.Beanのフィールドコートと手袋をつかんだ。まったく、何という一日だ。起きてからこっち、まだシャワーも浴びていないし、ヒゲを剃る余裕すらない。思えばカフェがノエルとの間に距離を保とうとするのも当然だ——しかもリャマとのふれあいがまだまだこれからだ。

後ろでは、まだフランシスが滔々とリャマの素晴らしさについて熱弁をふるっており、カフェは礼儀正しい、だが懐疑的な相槌の音を立てていた。

「俺は行ってくるけど、まだ帰らないだろ？」

ノエルはカフェにたずねながら、コートのファスナーを上げた。

「ああ、そこは心配いらない。俺も一緒に行くからな」

「よっしゃ！　人手は多い方が助かる！」と、フランシス。

「ここで待っててくれ」

フランシスにそう言って、納屋に向かったノエルを、カフェが追ってきた。

「別に、あんたまで一緒に行く必要はないんだよ」すっかり足跡がついた丘の斜面を二人で足をすべらせつつ歩きながら、ノエルはカフェに言った。「すぐ片付けて戻ってくるから」

「同意しかねる。いいチャンスだとばかりにお前が姿をくらまさないと、どうしてわかる？」

ノエルは思わず足をとめた。まさか、本気で言ってるわけではないだろうが……だがカフェの顔は怖いほど真剣だった。

「本気で言ってんのか？　だって——なんで？　俺の家はここだよ。もう十年近くここに住んでる。あんたが来ようが誰が来ようが、どうして逃げ出す必要があんの？」

「口だけなら何とでも言えるな」

カフェはノエルをまっすぐ凝視していた。

「毎年、電話しただろ」

「俺はあんたから隠れたりしてない、ロバート。……その逆だ」

カフェの口元が奇妙に歪んだ。まなざしが大きく揺らぐ。

ひどくいびつな表情だった——ノエルには、彼が今にも笑い出そうとしているのか、それとも苦しんでいるのかもわからない。だがたちまちにその表情は消え失せ、いつもの冷徹な仮面の下に覆われてしまった。

それが仮面だとノエルにわかるのは、あの二人の唯一の夜の記憶を、その一瞬ずつを、彼が大事に心の深くに抱え続けてきたからだ。あの時知ったロバート・カフェは、仕事用のタフガイの仮面の下に、思いもかけずに愉快で、ひどく優しい、そんな素顔を持っていた。

その男は、まだそこにいるのだろうか?

いる筈だ。糾弾されながらも、最近の宝石泥棒の犯人がノエルだとカフェが本気で信じこんでいるとは、ノエルには段々思えなくなりつつあった。大体、そんな話を信じるにはカフェは頭がよすぎる。一連の犯行がどれだけノエルの昔の手口に酷似していたとしても、カフェが信じ込むほどそっくり同じということはない筈だ。

それに、ノエルを逮捕しようと決めてきたのならば、自分の車ではなくＦＢＩの車に乗ってくるだろう。制服警官も引きつれて。

「あのさ、これがどういうことなのかちゃんと説明してくれたら、こっちも何か協力のしようがあると思うんだけど」

「もう司法取引狙いか?」

その返事に苛ついて、ノエルは踵を返して納屋へ歩き出した。カフェは丘の斜面に立ったまま彼を待っている——少しは信用してきたということか、それともいい加減歩き疲れたのか。

納屋に入ると、ノエルはロープとカンバス地のシートをつかみ、急ぎ足でフランシスの錆ついたトラックまで戻った。

そのトラックの中にフランシスとノエルとカフェの三人、そしてフランシスが飼っているオーストラリアン・シープドッグのデイジーとがぎゅうぎゅう詰めに乗りこむ。車内にはリャマの獣臭と、湿った犬の匂いがたちこめていた。少なくとも、その匂いであるようノエルは祈った。朝からシャワーを浴びていないツケが目立ち始めたとは思いたくない。

雪の積もった牧草地をトラックで突っ切りながら、フランシスはカフェに右手を差し出した。

「ところでさ、俺はフランシス・リッチ。ヒドゥン・クリーク・リャマ牧場をやってんだ」

カフェの視線は雪の中の道にじっと据えられたまま——このトラックの疾走ぶりでは当然だ——短い握手を交わした。

「ロバート・カフェだ」

「あんたはノエルとどういう知り合いなんだ？」

問われたカフェは愛想よく「昔の知り合いだ」と返す。

ノエルはまっすぐ前を向いたまま、カフェがさらに続けるのではないかと心で構えていた。ノエルのことをはっきり暴露しなかっただけでも驚きだ。どうでもいいが。

フランシスは当然のように何も気付かず、からから笑っただけだった。

「へえ、じゃあノエルの昔のおトモダチってやつなのかい？　俺もみんなも、ノエルのアブない武勇伝を聞いてみたいんだけど、口が固くってね」

「アブない武勇伝があるんだって？」

カフェがノエルの方へと矛先を向ける。ノエルは視線を返したが、無言のまま答えなかった。

カフェはまた、ノエルに囁く。

「昔のおトモダチ連中は元気か？」

「知るわけないだろ」

「知らないか。そうだな、お仲間のチッキーは重窃盗でダンネモラに十年ぶちこまれたぞ」

ノエルの体を戦慄が抜けた。いつかそうなるだろうと思っていた。大体の場合ノエルは単独犯行を好んだが、相棒が必要な時にはチッキー——チック・マッケヴォイを使っていた。チックは相方としてなら実に有能な男だったが、本人は決して忍耐や計画に優れていたわけではない。

「そうだ」

　カフェが考え深げに呟く。これだけ身をよせて座っていては、今のノエルの身震いに気付かれないわけがなかった。

「遅かれ早かれ、誰でもいつか必ずツケを払う時がくる」

4

　雪の積もった道の脇に二頭のリャマが肩をならべて立ち、もぐもぐと口を反芻しながら見張りの憲兵のように厳粛な表情で、ゴトゴトと上下しながら路肩に寄るトラックを見つめていた。

　ドアを開けたのはカフェだったが、一番に外へ飛び出していく犬のデイジーに踏み台にされて、思わず呻きをこぼした。人間たちも犬に続いて車から降りると、くるぶしまで埋まる雪の中、トラックの荷台に回る。

　こんもりと盛り上がった小丘の上に、もう一頭、毛むくじゃらのリャマがたたずんでいた。岩の間をのぞきこんでいるようだ。その雌リャマが立てるクゥクゥという奇妙な鳴き声が下にいるノエルたちにも聞こえてくる。フランシスまでもがクックックッと心配そうな音を立てていた。

ノエルはカフェと顔を見合わせて、かすかに苦笑した。

シートとロープを荷台から引っぱり出していると、最初に見かけたリャマたちがふらふらと近づいてきた。フランシスの上着のポケットに鼻先をつっこもうとする二匹を、フランシスは心ここにあらずのまま撫でてやる。

「ロープの長さが足りりゃいいんだけどもよ……」

それを聞いて、ノエルははたと手をとめた。

「それどういう意味だ、ロープの長さが足りるかって？　その穴、どれくらい深いんだ？」

フランシスが困り切った顔になった。

「ええと……それはなぁ……」

広げた手を遙か頭上まで高々と上げてみせる。

「嘘だろ？」と、カフェが誰にともなく呟いた。

「岩の隙間とか言ったのは」ノエルは問いただす。「もしかして地割れの穴のことか？」

「そ……んな感じかも？」

フランシスは認める。

ノエルは溜息をついたが、喉元までせり上がってきた不満をぶつけたところで何にもならないことはわかっていた。結局、フランシスは……フランシスなのだ。

小丘の斜面を登り始める三人を、先導するデイジーが尾で雪を左右に払いとばして走っていく。

丘の頂上では、母リャマが雪上でも確かな足取りで人間たちに近づきながら、たとえるなら潰れた牛のような奇妙な鳴き声を立てた。

「大丈夫だ大丈夫、ママ。今助けてやっからなあ」と、フランシスがなだめる。

ノエルはその「岩の隙間」に歩みよってのぞきこんだ。十メートルほど下に、もこもこと白い、足の生えた塊が見てとれる。

たちどころに二つの事実が明白になった。あの子リャマは、ここから自力では脱出できない。そして、この地割れの隙間の入り口は、フランシスの体格で入るには狭すぎる。

ということは、すなわち……。

ノエルは周囲に視線を走らせた。丘の上は、三人の人間と犬とリャマたちとで、やけに混雑し始めていた。カフェが横に来て、地割れの下のクリアを眺めおろした。

「持ってきたロープの長さは？」

「足りるよ。三十メートルあるからね」

母リャマの心配そうな鳴き声に応えて、子リャマがあえかな声をたてた。

「何だってこんなところに落ちたんだ？　リャマってのは頭がいいとか言ってなかったか」

「頭はいいよ、でも好奇心が強い動物だからね。それにあの子はまだ生まれて何時間かだと思う。リャマは大体、日中に出産するから」

「お前もリャマに詳しいのか」

「フランシスのところのフェンスを越えてリャマがよくこっちに入ってくるもんでね。おかげでこれまで散々、フランシスに話を聞かされてる」

そのフランシスは地割れの向こうはじに両膝をつき、心配そうに中をのぞきこんでいた。鼻の上からずり落ちそうな眼鏡を片手で押さえている。母リャマも彼と並んで下をのぞいた。

母リャマが小さくいななき、子リャマがこだまを返す。

「どうにかすりゃ、俺が下に降りられる筈だ」

フランシスがぶつぶつと呟く。

「冗談だろう」カフェがずばりと言い切った。ノエルから目を離し、正気かどうか測るようにフランシスを眺める。「夢でも見てるのか」

無遠慮だが、まぎれもない真実だった。フランシスの立派な体格をこの地割れの中に押し込むのは無理だ。カフェならまだ何とかなるかもしれない――筋肉はあるが引き締まっているし、必要な柔軟性もありそうだ。

だが、明らかに、第一候補はノエルだった。

ノエルは膝をつき、クリアが倒れている岩棚の様子をはっきり見ようとした。降りていくのは大丈夫だろう。少なくとも、登る時ほどの困難さはない筈だ。下りも登りも、かつてノエルが幾度となくこなしてきた登攀（とうはん）に比べれば、お話にもならない。

――もっとも、すべて、あの墜落の前までのことだが。

「俺が行くよ」

ノエルの言葉を聞いて、フランシスは見るからにホッとした。

「いや、そんなダメだ、俺がやるよ勿論！　ちっと手を貸してもらおうと思って呼んだだけだし。俺だって出来るさ。あのリャマはウチのリャマなんだし」

たまたま視界にカフェの姿が入っていたので、ノエルはカフェがあきれてぐるっと目を回す瞬間を見てしまった。

「いいから俺にまかせてくれ、フランシス」ノエルは立ち上がり、手袋から雪を叩き払った。

「この手のことには俺の方が慣れてる」

カフェが、鼻を鳴らすのと吹き出す中間のような音を立てた。

「ああ、リャマが行方不明になるたびに、俺も真っ先にお前をたよりにしてるよ」

ノエルはカフェに向かってロープの束を放った。「突っ立ってないでそこの木の幹にこれを結んでくれ」

「木の幹だと？　それしかないのか」

だがカフェはロープを持って、落雷に打ち倒された松の木まで歩いていった。幹の周囲にロープを回して支点にし、強く引いてしっかり持ちこたえることを確かめてから、腕にロープの輪を下げて戻ってくる。

ノエルにロープを巻こうと動いた彼を、ノエルは手を振って払った。

「俺用じゃない。このシートを袋みたいにして、ロープで吊ってあのガキを上に出そうと思うんだ」

「クリアだろ」

「だな。とにかく、その方がクリアが怯えて暴れ出した時にも安全だしね」

「とりあえず腰回りに結んでいけ。わざわざ必要のない危険を冒す必要はない、違うか？」

「俺が落ちて首を折った方がお前は嬉しいだろ」

「フランシスの前では遠慮しておくよ」

ノエルは手早く、自分の腰にロープを結んだ。カフェの言葉は正しい。馬鹿げたリスクを冒す必要はないのだ。そもそもこの地割れの中に降りていこうというのが馬鹿げたリスクそのものだ、という事実は別にしても。

エイトノットでしっかりと結び終えると、ノエルは動き出そうとした。だがカフェがノエルの腕を下からつかむ。

「そのまま」

ノエルの腰に手をのばすと、彼は結び目を再確認した。

「別にエベレストに登ろうってわけじゃないんだからさ」

「わかってる。少なくとも七、八メートルの高さで、足場が悪く、岩に氷が付着しているな」

ノエルはうなずく。「そんな調子じゃ、もしかしたら俺のこと心配なのかと思っちゃうよ」

「口のへらない奴だ。とにかく気を抜くな」

「まかせとけって」

フランシスも、穴のへりに身を屈めるノエルに声をかける。「たのむから気をつけておくれよ」

「心配ないよ、フランシス」

ノエルは地割れの中に右足を入れた。視線はロープを結んだ木にじっと据えたままだ。

集中すれば出来る筈だ。どうやればいいかはよく心得ている。何百回もこなしてきたことだ。重心移動から生じる吐き気をこらえ、体の下が地滑りのように傾き出していく錯覚を無視した。手袋で岩の突起を強く握りしめ、ノエルはその拳に視線を移す。黒いウールに雪の粉がまとわりつき、陽光にダイヤのようなきらめきを放っている、そのひとつひとつの光がくっきりと見えた。

ゆっくりと、用心深く、右足の爪先で足場を探る。またもや平衡感覚の喪失による揺らぎに襲われたが、ノエルは——理屈では——体の感覚が何を告げようと、実際にはすべてが正常に進行しているとわかっていた。

体は揺れていない——地面も、揺れてはいない……。

誰かが彼の手首をつかんだ。

ノエルは顔を上げる。

こちらに屈みこんでいるカフェの背が陽光を遮り、その表情も陰に沈んでいた。だがそれでも、目に宿る獰猛な光は明らかだった。

「一体何がおこってるんだ」

「は?」ノエルはきょとんとした。「別に何も……」

「ふざけるな」

カフェはまるでノエルの表情を読もうかとするように、さらに深く屈みこんだ。

「お前はどこかおかしい。平衡感覚に何か異常があるのか?」

最悪のタイミングと言うしかない。

「大したことじゃないよ。慎重にやれば――」

「出ろ、そこからすぐ出るんだ!」

ノエルの手首をつかむ指が強くくいこんだ。自由になるにはその手を振り払うしかないが、今の状況でそんな乱暴な動きをして無事にすむわけがない。

「なんだ?　なんかあった?」

フランシスが口走りながら、うろたえた様子でノエルとカフェを見比べる。デイジーもくんくん鳴きながら地割れの周囲を走り回っていた。リヤマたちまでもがノエルに向かってガラガラ声で鳴き立て始めた。

こんな場合でなければ、愉快な光景だったに違いない。

――そうでもないか。

「計画変更だ」

カフェが簡潔に、素っ気なく告げる。

「俺が下に降りて、ノエルは上でロープを引く」

「ふざけんな！」

元来ノエルは現実主義者だが、今回は傷つけられたプライドが先に立った。

だが彼の怒りをよそに、カフェは手袋をした大きな手でさっさと余分なロープをたぐり上げていた。右手をノエルに差し出す。そのバランスにはまったく揺らぎがない。

「よしとけ、ノエル。時間を無駄にするな。自分が下に降りるなんてのは最悪の考えだって、お前だってわかってるだろ」

ノエル。

カフェの声で呼ばれる、その名はごく自然に響いた。何というか……いい響きだった。だからと言って能なしのように扱われることに対する憤怒がいくらも薄らいだわけではないが。

「断る。このくらいやれるさ。ゆっくり降りればいいだけのことだ。これでもやっぱりあんたより経験豊富だし」

「俺の経験がどのくらい豊富かなんて知らんだろ。さっさとそこから上がれ」

「あんたの体格じゃこの裂け目に入れないよ」

カフェが笑った。「腹が立ったからって今度は八つ当たりか」

多少はそうかもしれない。だが、的外れというわけでもない。カフェには狭い空隙なのは確かだ。もしわずかでも閉所恐怖症の気味があれば、まず不可能なほどの。

「ほら、動け。リャマの子供が待ってるぞ」

「まったく、腹立つ――」

ノエルは手袋の手をカフェの手のひらに叩きつけ、上までおとなしく引き上げられるにまかせた。動きの角度が変わった上に、引き上げられた早さのせいで内臓が取り残されたような感覚が生じ、完全に平衡感覚を失っていた。思わず一瞬目を閉じたが、そのせいで――常のごとく――さらに状態を悪化させてしまう。

身を起こすカフェに引かれて、ノエルはよろよろと地上によじ登った。カフェの固い胸板にほとんど倒れ込む。体を強い腕にかかえられ、世界がぐるぐると回り続ける中で、少しの間、ノエルはその胸にもたれかかった。自分のコートのカンバス地とカフェのレザージャケットを通して、お互いの心臓が激しく鳴っているのを感じる。

数秒して、ノエルは耳元でカフェの唇が静かに動いているのに気付いた。

「今、地面が揺れてると思うか？　なら俺がお前を抱く時どうなるか、楽しみだな」

ノエルはぎょっと頭を上げた。信じられずに目を見開く。

まさか、カフェは今――本当に彼がそう言ったのか、それともノエルの白昼夢か？

もしかしたら実は覚えていないだけで、すでに落下して頭を打った後だとか……何しろカフェの顔には、読み取れるような表情は何もない。両目にともった、奇妙な熱以外は。

ここに来て、ついにノエルの理性が崩壊しつつあるとか？

そうでなければ――カフェは本当に、ノエルの心をかき乱す今の言葉を言ったのだろうか。

ノエルは、焦る手で結び目をほどいた。ロープを渡して、無言のまま、カフェがロープを結ぶ様子をじっと見つめる。たしかに慣れた手早さだった。

「……クライミング向きの格好じゃないだろ」

「やっとまともなことを言ったな」カフェはうなずいた。「だがお前も言ったろ、クライミングとしては簡単なものだ」

行くと決めていて、もはや再考の余地はないのだった。ノエルは残りの反論を呑み込んだ。

「ジェロニモ」とパラシュート部隊が使う降下の合図を口にして、カフェは無表情にノエルを見つめたまま、ロープに身を預けながら岩壁を蹴る。完全に地の中へと姿が消える寸前、彼はノエルに向けてウインクした。

――ウインクだと？

ノエルはあやうく、手にしたロープを取り落とすところだった。

一体どういうつもりで……。

何とか気を取り直して、フランシスに声をかける。

「手を貸してくれ、フランシス。木の幹だけじゃ多分支えきれない」

フランシスは手足で岩を這ってくると、ロープにしがみついた。カフェの体重のほとんどは倒れた松の幹が支えているとは言え、かなりのものだ。

ノエルはゆっくりとロープをたぐり出しながら、頭の中でカフェの位置を計算していた。だがそれでも、ロープにかかる力がいきなり消えた瞬間には不意を突かれた。

二人は地割れのふちまで移動すると、カフェが下でロープをほどき、膝をついて、子供のリャマを吊る準備をしている様子を見つめた。カフェはシートのリングにロープを通し、口を絞って大きな袋のようにしてしまう。間髪入れず、子リャマがシートの隙間から顔をつき出した。

カフェは少しの間怯えた獣をなだめようと時間を費やしたが、ほとんど無駄に終わった。

「いいか」下から二人を呼ぶ。「チャンスは今しかない。こいつを引っぱり上げる気があるならさっさとやってくれ」

子リャマは、半ばほどまでは引き上げられたが、そこで袋の中から逃れようとして暴れ出した。

フランシスがわめき出し、ノエルは悪態をついた。二人で力を合わせ、一手ずつたぐりながら、袋がゴツゴツした岩に叩きつけられないよう必死に引き上げていく。怯えた子リャマは脚で空を蹴り、自由になろうと身をよじっては、恐怖のいななきを上げた。大人のリャマたちがそれに反応して鳴き立てる。

ついに、ノエルとフランシスはその袋を地上に引っぱり出した。

子リャマはシートからこぼれ落ちると、もがき、ひょろっとした脚で立ち上がる。よろよろしながら走り出したが、あやういところでまた地割れの中にもんどり落ちるところだった。母リャマが子の後を追ってトコトコと走り去っていく。

礼を言おうとするフランシスを、ノエルは途中で遮った。慎重に地割れをのぞきこむ。カフェが落ちついた様子で素早く登ってきていた。すでに半ばをこなしている。

ノエルは声をかけた。

「今ロープを下ろすから」

「いや、いい。後少しだ」

ノエルは緊張しながら見守っていたが、実際、大した難易度の岩壁ではなかった。特に、鍛えた体とそれなりの経験をそなえた男、つまりカフェのような男にとっては。

ほんの数分で、カフェは地上に帰還を遂げた。息を乱してはいたが、それ以外は何も――。

「血が出てる」

小さな赤い滴が雪に落ちるのを見て、ノエルは眉根をよせた。

「登る途中、岩で手のひらを切った」カフェはチャコールのズボンで血を拭う。「大した怪我じゃない」

ノエルの表情をじっと眺めて、彼は唇のはじを持ち上げた。

「本当に、かすり傷だよ」

ノエルはうなずく。頭の中には、子リャマを助けに降りていく寸前、カフェが残していった言葉が回っていた。

本気で言ったのだろうか？　それとも仕返しのつもりでノエルをからかっているのだろうか？

カフェと一緒に時をすごせばすごすだけ、気持ちがかき乱されていく。

人間たちは肩を並べ、デイジーがリャマたちを牧草地の向こうへ追い込んでフェンスの中へ戻し終えるのを待った。犬とリャマたちが木々の間に消えていくと、フランシスがとぼとぼと足を引きずるように雪原を歩き出す。

三人はふたたびトラックの中に詰め込まれて、ノエルの家へ向かった。


救急箱はメインのバスルームに用意してあるので、カフェをつれていくには寝室を通っていかねばならなかった。

カフェはじろじろと、好奇心もあらわにノエルの寝室を見回している。白い鉄フレームの大きなベッド、ベッドの足下の古いトランクの上にある貝殻で飾られた箱、鏡付きの衣装箪笥、その上にのせられた飾り物の鳥籠。

セージグリーンの衣装箪笥は、ノエルがこの家のために買った最初の家具だった。ノエルが自分自身のために買った、人生最初の家具でもあった。

「好みが雑多だな」カフェが総評する。「窓辺にあるのぞき用の望遠鏡が気に入った」

「星を見るんだよ」

「全員、そう言う」

ノエルは笑った。

「こっちだよ。集中治療室にようこそ」

浴室は古びた魅力を残しつつ、最新技術の粋を集めた近代的なバスタブが据えてあった。ジェットバス付きの深いジャグジー。ノエルのように幾度も高所からの落下をくぐり抜ければ、様々な痛みやきしみが体に根付いてしまうものだ——彼を完全に、そして永遠に〝引退〟に追い込んだ、あの墜落を数に入れなくとも。

「なかなかだな」

カフェがうなずいた。バスタブのはじに腰をおろし、慎重に袖をまくり上げる。

「まるで高級スパだよ」

その声にはまた皮肉るような響きが戻っていた。

ノエルはたずねる。

「入ってみるか？」

カフェは一瞬、ぎょっとしたようだった。

「断る」

「大人二人で充分入れるぐらい広いよ」

「大人二人にリャマを何匹か放りこめるぐらい広いだろうな」

洗面台の下から救急箱を引っぱり出し、ノエルはカフェの前に膝をついた。

まず目に入ってきたのは、カフェの仕立てのいいズボン——もうすっかり台無しだが——の股間で、そこには見逃しようもない膨らみがあった。

カフェは、欲情しているのだ。それもはっきりと。

思わず見つめてしまっていたのだろう、ノエルの目の前に、傷のある手のひらがずいと突きつけられた。

親指の下の肉厚な部分に切り傷が出来ている。大した傷ではない。縫う必要もないだろう。

だが痛そうだった。ノエルは綿棒でそっと消毒液を塗る。

「痛むだろ？」

「泣きそうだよ」

カフェが抑揚なく答える。

ノエルは小さな笑いをこぼした。見上げる。カフェの表情にはわずかの揺らぎもない。

「さっきの、本気？」

ぶつ切りの単語を並べて、ノエルは問いかける。

「本気って何がだ？」

「……穴のそばで言った」

「俺の経験がどのくらい豊富かなんて知らんだろ？」

と、カフェが眉を上げる。

ノエルは目を見開いた。

カフェの顔は整った無表情で、どこかおだやかですらあった。問いかけるようにただノエルを見つめ返している。

ノエルの中に芽生えかけていた希望が、またしなびていく。彼は下を向くと傷に包帯を巻き終えた。いい手だ。大きく、それでいて形がいい。強靱そうな手だったが、その手が時に優しく、時に愛しげにさえ動くのを、ノエルは知っていた。

ごくりと唾を呑みこみ、粘着性のテープのはじをカフェの肌にそっと留めると、ノエルは身を屈めて、傷のない箇所にキスをした。

カフェがぴくりと指を曲げたが、何も言わなかった。

「……とんでけ」

ノエルは痛がる子供をなだめるように、なるべく軽く言おうとしたつもりだったが、喉が詰まったような声になっているのが自分でもわかった。

空気に緊張感が張りつめていた。カフェは何も言わなかったが、ノエルはそれを感じとる。

ノエルは座ったまま踵に重心を休めた。

「あれは本気で言ったのか？　俺を……抱いたら、って」

視線はカフェの膝、ズボンが裂けた部分に据えたまま、たずねる。

「こっちはお前にヤラれたけどな。だろ？」

そう言われて、カフェの目を見ることが出来なかった。それは事実だ。しかも文字通り、カフェの人生をも引っくり返した——それも掛け値のない事実で、だがノエルにはカフェに害を為す気などかけらもなかったのだ。

ただノエルは——恋が絶望的に不器用だった、それだけだ。

セックスだけの関係？　ならたやすい。

だが、恋となると？　自分より下手くそな人間を見つける方が難しいのではないかと、ノエルは思う。

それでももし——カフェとなら……？

気持ちを奮い起こして、ちらりと見上げてみた。カフェは包帯の巻かれた手を見下ろしていた。ノエルがキスしたところを。その表情はいつもと変わらず、ノエルには何も読み取れない。

「何ひとつ、傷つけるつもりなんかなかった。誓って本当に」

その言葉に、カフェは濃い睫毛を上げてノエルを見た。揺らぎのない視線を据えられる。

「それに俺はもう、どんな違法行為にも関わってない。ひとつもだ。税金すら誤魔化してないぐらいで」

「ああ、それはわかっている。お前の税務状況は精査したからな」

その言葉で冷たく知らしめられる。アメリカという国は――たとえ逮捕は逃しても――許したり忘れたりは決してしないのだと。

ノエルは息を吸い込んだ。人生最大の崖から飛び降りる覚悟を決め、口を開く。

「もし――もしお前が、俺を、その……抱きたいと思うんだったら、俺はかまわ――」

「お前に一体何があったんだ？　頭部外傷か何かか？　それで平衡感覚に異常が生じたのか？」

カフェはまるでノエルの言葉が聞こえなかったかのようにさえぎった。

とは言え、これ以上はっきりした意思表示もない。ノエルは立ち上がると、手を洗うべく洗面台に向き直った。

楕円形の鏡に映った自分の姿は、実にがっかりするようなものだった。金髪はしおれたようにぺたんとしているし、一日分の無精ヒゲ、緑色の目の下は疲労で黒ずんでいる。カフェが思い描いている様子のいかがわしいノエル像と同じぐらい、今のノエル本人も薄汚く見えた。

「墜落して、頭蓋骨を骨折したんだ」

鏡の中にカフェの表情が見えた。恐怖に凍りついている。一瞬の、だが本心からの表情が、ノエルの心をほんのり温める。

「遊びに行った先で落ちたんだよ。笑えるだろ？　ピレネーに登っててね」

「何があった」

「正直なところ、覚えてない。客観的事実として何があったのかは知ってるけど、記憶にあるのは、その瞬間は登っていたのに、次の瞬間にはフランスの病院のベッドで目が覚めたことだけだ。ざっくりまとめると、俺の右内耳は機能を失って、それで……つまり、そういうことだよ」

「お前はもう高低差に対応出来なくなった」

「文句はないけどね。だって、最初は立つことも出来なかったんだよ。どっちが上なのかまったく見当もつけられなかった。地面がいつも体の下でぐらぐらと揺れているみたいでね。そこから、どうにか壁に手を付いたり何かにしがみついていれば歩けるところまで回復した。歩けるようになっても、次は階段が登れなかった。それが今は、ほとんど問題なく暮らせるんだ」

「梯子と地割れの穴以外はな」

「だね。そんな感じ」

「乗馬なんて出来るのか？」

「無理な日もある。でも馬の足取りはおだやかだし、反復動作が人間の歩行と近いんだよ。馬に乗ることでバランス感覚も鍛えられるし、姿勢や可動域、反射神経なんかにもいい影響がある。当然、競技会は無理だけど」

さらに水泳も感覚を混乱させるし、風邪を引くと五感の多くが削られたようになってしまう。

「だから、わかるだろ。あんたが探してる宝石泥棒は俺じゃないんだよ」

カフェは何も言わなかった。まったく何の反応も見せなかった。

とらえどころのない沈黙が落ちたまま、あまりに長くそれが続いたので、ノエルは何と言っていいのかわからなくなる。カフェの表情を読み取るすべを知っていればまだよかったのかもしれないが、ミラーサングラスをかけた他のＦＢＩ連中の方が、素顔のカフェよりまだ読みやすいぐらいだ。

「……それに、本当に俺を見張っていたなら、俺がまだその手の仕事についているとは思えない筈だよ」

カフェが、答えようと口を開いた。

またもドアベルが鳴り響き、何であれカフェが言いかけたことを断ち切ってしまった。

5

「そろそろサンタクロースが来る番か」

と、カフェが言う。

ノエルは短く笑ったが、愉快だからというより苛立ちからくる笑いだった。

「ちょっと見てくる。どうせなら風呂入ってたら？」

個人的には、今、熱い風呂に入れるのなら何を投げ打ってもいいぐらいの気分だった。

特にもし——カフェと一緒に入れるとしたら。

「通勤ラッシュの中で入ってるような気分になるだろうな」

カフェは立ち上がると、まくり上げていた袖を元に戻した。

「普段はこんなじゃないんだよ。誰とも会ったり話したりせずに何日かすごすこともざらだし」

この人里離れた地へ引越してきたのは、その孤立が大きな理由でもあった。もっともこの頃は、この孤独の豊かさを、誰か分かち合える相手がいればと思うこともあるが。

　ドアベルはまだ鳴り続け、ベルの合間には勢いよくドンドンとドアを叩く音も混じった。玄関の曇りガラスのパネルの向こうに、不格好な影がぼんやり映った。

「しまった」

　ノエルは居間を横切って、窓から外を見やる。家の前にフォルクスワーゲンのワゴンが、カフェのセダンに並んで停まっていた。車の窓は黒いフィルムで目隠しされ、車体の横には天使や神秘的な紋様がペイントされている。

「あれは何だ？」

　カフェの声はノエルのすぐ背後からした。ノエルは驚きを押し殺す。これだけ大柄な男にしてはカフェの身ごなしはひどく静かだった――ノエルにとっては評価の高いポイントだ。

「あれはヴァルスパーだよ」

「ヴァルスパーってのは何だ」

「何、じゃなくて、誰。彼女は、その……そうだな、超能力者だと考えればいいと思うよ」

「できればそれは考えたくない」

　ノエルは気乗りしない相槌を打って、玄関のドアへ出迎えに行った。

「ノエル！　万物のお力に感謝致します！　あなた、家にいないんじゃないかと思い始めていたところよ」

　ヴァルスパーは黄色いドレッドヘアと月のように丸々とした顔の、むっちりとした体格の女性だった。まるで冬に真っ向から勝負を挑むがごとく、長い緑色のケープの下はレースのブラウスと赤いバラ模様の黒ベルベットのスカート姿だ。

「いたよ」

そう請け合いながら、いなければよかったと後悔する。

「温室の発電機が停まってしまって、このままでは草花たちが凍えてしまうのよ。メリークリスマス！」

最後の一言は、姿を見せたカフェへ向けられたものだ。

カフェは片手を上げて挨拶を返す。

「来てくれないかしら？」ヴァルスパーはノエルに向き直った。「お願いよ」

クリスマスには似つかわしくない返事が喉元まで出かかったが、ノエルはこらえて、それを呑み込んだ。

「勿論行くよ」

「祝福あれ！」

「先に行ってて、すぐ行くから」

ヴァルスパーはうなずき、パタパタと自分のバンに駆け戻っていった。ノエルは玄関のドアを閉めると、寝室に脱ぎっぱなしのフィールドコートを取りに戻った。

「すぐすむ筈だから、その間、風呂使いなよ」

寝室のドア口に立ってノエルを見ているカフェへと、彼はそう薦める。

「さっきもすぐだと言ったがな。それに言わせてもらうとな、あまりしつこいと俺の衛生状態に対するクレームとして受けとめるぞ」

ノエルはぷっと吹き出しながら、コートに腕を通した。

「俺は、今熱い風呂に入れるなら何でもするけどな。あと昼寝とさ……」

「確かに、くたびれた顔をしてるよ」

じろじろとノエルを眺めるカフェの目つきは、前ほど辛辣ではなくなっているように思えた。

「今から何かによじ登りに行くわけじゃないんだろうな？」

「まさか、勘弁してくれ」ノエルはポケットの手袋とマフラーを探る。「あの発電機は年に二、三回停まるんだよ。でも大体毎回、簡単に直るから」

「どうも、お前が善き隣人タイプだってのは何か意外だな」

カフェも窓際のロッキングチェアに架けてあったジャケットをつかんだ。

「ほら、一緒にすごすのも悪くないだろ？　俺のことがもっとわかってくるよ」

そう、ノエルは上着を着込むカフェにじいっと視線を送る。

カフェが眉を上げた。

「そうやって今年の長距離電話代を浮かすつもりか？」

「バレたか」

カフェがかすかに笑った。

「お前は一体何で、留守電にあんなメッセージを残すようになったんだ」

二人の乗った車がヴァルスパーの住居がある森に向かって雪道を走り出した時になって、カフェがそうたずねた。

「話がしたかったから」

ノエルの答えに、カフェが小馬鹿にした音をたてる。

「本当だって。ほかにどんな理由で電話をかけるんだ？」

それには返事がなかった。

「そっちは？　電話に出なかったのはどうして？」

「俺は話がしたくなかったからだ」

「ああ、そうだろうよ」

サイドウィンドウから外を眺めながら、カフェが言った。

「たとえもし俺が――お前と、話したかったとしても、不可能だったということぐらいわかるだろ」その声には苦さがまとわりついていた。「本当なら、俺はあの電話をＦＢＩに報告するべきだった」

「してないんだ」

「あれがなくとも俺はもう充分すぎるぐらい笑いのネタにされてたんでな」

数秒、ノエルはまともな声を出せる気がしなかった。

「……忘れてほしくなかったんだよ」

「何？」

「無理だっていうのはわかってた――俺たちが……俺たちには、先なんかないってのは。でも――俺のことを、忘れてほしくなかったんだ」ノエルは打ち明けた。「ガキみたいだろ。自分でもそう思うよ。……こっちを向いてほしかったんだ」

カフェはあまりに長いこと、答える気がないのだとノエルが思うほどの時間、黙っていた。

「――本の中で自分がキャラクターにされてちゃ、お前を忘れようとしても忘れられないと思うがな」

ノエルは唾を呑む。「読んで楽しいものにしたくてさ」

「だろうな、それはわかった」

「俺は別に、あんなつもりは全然なくて……」ノエルは力なく言った。「……ロバート、本当に、俺はこういうの、どうすればいいのかわからないんだ。学ぶような機会もなかった。恋人もほとんどいなかったし」

「俺が調べた限り、ほとんどどころか一人もいなかったろ」

カフェが冷淡に言い切った。

「少なくとも大人になってからは。お前は誰とも付き合わない。デートすらしてない。高級な男娼に金を払って一夜のセックスを買った記録は残っているが、それがほぼ全てだ。それですら同じ相手を二回続けて指名したことはない」

ノエルは返す言葉が見つからなかった。悲惨としか言いようのない自分の真実が、そんなふうに淡々と、ただの記録を読み上げるような口調で暴露されていく前で、まるで心が痺れてしまったかのようだった。結局のところ、カフェにとってはノエルの存在など仕事上のものにすぎないのだと――過去も、そして未来も――明白な、そして機をとらえた警告でもあった。

ただの昔の事件(コールドケース)。逃がした魚。

それも、運がよければ。

車はヴァルスパーの家に到着した。クリスマスリースや、合奏中の金属の天使たちの楽団で飾り立てられた白い門の間を抜けていく。

駐車して降りると、ノエルは先に立って六角形をしたピンク色の家の横道を抜け、裏にある温室に向かった。温室のガラスごしに、いそいそと植物たちの世話を焼いて回るヴァルスパーの姿が見える。彼女はノエルたちに手を振った。

ノエルは発電機に歩みよると、雪に膝をつき、燃料の量を確認した。ヴァルスパーがぐるりと回って温室から出てくる。

「あなた、ノエルとはどういうお知り合いなのかしら？」

と彼女はカフェにたずねた。

「昔からの」

「あら、素敵なお話。それじゃクリスマスもこちらですごされるんでしょ？　私も毎年ノエルをうちに招待するんだけれども、でも彼の性格、あなたもご存知でしょ」

「ああ、よく知っている」

「自分の家と牧場を心から愛してるの。でもどんな人だってクリスマスは一人ですごしては駄目よ、ねえ？」

「ああ」

ノエルは発電機のフロントパネルに向かって渋面を作りながら、今にもカフェにぶつけてしまいそうな猛々しい言葉のあれこれを呑み込んでいた。

よく知っている、だと？　ノエルのことを？

あの一夜と、大量のＦＢＩの報告書だけを根拠にか。そんな乏しい情報を元に、カフェはノエルを裁こうとしているのだろうか。

――何も知らないくせに。

だがそれでも、ノエルは黙っていた。クリスマスを一人ですごしては駄目、というヴァルスパーの言葉にカフェが返した、短くこわばった一言を聞いて、すべての棘を呑みこんだ。カフェにとって今年のクリスマスは初めて一人ですごすクリスマスで、たとえ当人は認めなくとも、彼は痛みに苦しんでいる。ノエルを馬鹿にしたり嫌味を言うことで少しでもその気分が晴れるなら、それでいい。

それに足りるぐらいの借りは、きっとある。

ノエルはためしに発電機をかけてみた。一瞬動き出したようだったが、それらしい初動の唸りを上げた後、停まってしまう。

「一度かかって、それから停まる？」とヴァルスパーに確認した。

「その通りよ。これ新しいわよねえ？　ここまで来ると、あなたが取り換えていない部品なんてほとんどない筈だもの」

「うん、まあ……」

「エアフィルターの詰まりは？」カフェが示唆した。「スパークプラグの汚れ、燃料不足？」

「燃料ではないね、チェックしたから」

ノエルはまずケーブルを調べてから、次にバッテリーの電極を確認した。

「こいつが腐食してる」と呟き、ヴァルスパーにたのむ。「コップ一杯ぐらいのぬるま湯に重曹を溶かして持ってきてくれないか」

「重曹はどのくらい入れればいいのかしら？」

「俺が一緒に行こう」

とカフェが引き受けた。

二人で一緒に歩き出しながら、ご機嫌のヴァルスパーはノエルがどれほど電気や配線関係に詳しいかを手放しでほめそやし、それにカフェがどっちつかずの相槌を返していた。本当はもっと何か、犯罪の証拠となるような話を聞きたいに違いない。何か、ノエルを閉じこめ、鍵を放り捨て、そのまま存在を忘れ去ってしまえるようなものを。

ノエルはしばらくの間、電極に粘っこくこびりついたけば立ちを剝がしていたが、その手もやがてとまり、彼は雪の中にへたりこんだ。これほど疲れ切って、心が沈み込んだことはかつて記憶にない。

思えば今朝には、ほんの一瞬、今度こそ人生最高のクリスマスがやってくる予感がよぎったというのに。何て能天気な、とほとんど笑いたいぐらいだった。

「寝てるのか？」

カフェの声が頭上から降ってきた。

ノエルはさっと背すじをのばした。

「寝てない」

「あんまり長い間べたべた雪の中に座りこまない方がいいぞ」

「短い間だけだし」

ノエルは膝立ちになると、プラスチックのカップを受け取って、腐食した電極の上に重曹水を注意深く注ぎ始めた。腐食部分がシュッと音をたて、灰色の液体が流れ落ちていく。

「ロバートの手相を見てあげるって言ったのに、彼、本当にシャイなのよね」

二人のところへ戻ってきたヴァルスパーは少し息を切らしていた。腕に、キラキラしい青と金に包まれた大きな袋をかかえている。

「そうなんだ？」

ノエルは勢いをつけて発電機のクランクを回した。エンジンが咳き込み、うなり、それから回り出す。轟音から距離を取って下がった三人の前で、息を吹き返した発電機は無事ヴァルスパーのハーブや草花たちを温かく保つ仕事に戻った。

「万物のお力に感謝を！」

ヴァルスパーが歓声を上げる。

「あなたにもよ、ノエル」

ノエルはくたびれきった微笑を返した。

「少し寄っていってエッグノックでも飲んでいったらいかが？」

三時間足らずの睡眠と雪に濡れたジーンズでそこに立っているような状態でなかったとしても、ヴァルスパーがノエルをほめちぎり、カフェが石のような無表情でそれを聞いている場に居合わせるのだけは御免だった。

「いや、もう戻らないと」

「じゃあ今のうちに、メリークリスマス！」ヴァルスパーは包装された包みを二人へ手渡した。「いつものよ。お手製クラブアップルジャム」

さらに二人を車まで歩いて送る間も、ヴァルスパーはのべつまくなしにしゃべり続けた。ポルシェ・ボクスターSのドアを開けたノエルに、彼女は輝くような笑顔を向ける。

「あのね、別にロバートの手のひらを読まなくてもね、二人に大きな幸せが待っているって、私にはわかるのよ。あなたたちを包むオーラったら！」

6

ブラックバード牧場に戻ると、ノエルの方からこの短いドライブの間ずっと張りつめていた沈黙を破った。

「俺はちょっとシャワー浴びてくる。何か好きなのを飲んでていいよ」ジャムが入ったヴァルスパーの袋をカフェに手渡して、酒瓶のキャビネットをさす。「俺にも一杯入れといて」

熱いシャワーを浴び、ヒゲを剃って、清潔な服に着替えると、それだけで世界が一新されたかのようだった。まだ疲れていたし、睡眠も足りていなかったが、ノエル生来の楽観的な気質が復活しつつあった。

あの丘で聞いたカフェの言葉は、彼の白昼夢ではない。カフェは彼を欲しがっている。ノエルのことなど好きでも何でもないかもしれない——だが十年たって今もまだ一緒のベッドに入りたいと思うほどには、ノエルに惹きつけられている、筈だ。

戻ると、カフェはキッチンで朝食の皿を洗っていた。

チラッと顔を上げて、彼はノエルの姿に視線をゆっくり走らせた。テーブルに置かれたノエルの分のグラスへ顎をしゃくる。

「ありがとう」

ノエルは礼を言って座ると、ぼんやりと古い写真の束を眺めつつ、カフェの広い肩に視線を走らせ、背中から締まった腰へすらりと筋肉質なラインを目でたどった。

「シャワー使う？　なら、サイズが合いそうなスウェットがどこかにあったと思うし、その間に服も洗濯機に放りこんでおくけど」

カフェが最後のマグから洗剤の泡をすすぎ、洗いカゴに置いた。シンクに背中をもたせかけ、彼は腕を組む。

「いいか、俺から見ると、こういうことだ。結局のところ、お前が引退したのはやむなくだった。もし平衡感覚が無事だったら、お前はまだ他人の物を奪って暮らしていた筈だ」

どうやら、カフェはずっとその事について葛藤し続けていたようだった。まるでこの話題でさっきからノエルと話し合いを続けてきたような口調だ。

奇妙なことに、ノエルは心に希望の光がともるのを感じた。自分にとってどうでもいい問題なら、カフェがわざわざこだわることもない筈だ。

「それは違う。俺は元々、足を洗うつもりだったからね」

「口だけなら何とでも言える」

「本当のことだよ」

カフェが何も返事をしなかったので、ノエルは先を続けた。

「良心が咎めたからとか、綺麗事を言うつもりはない。俺は何も後悔してないし。盗まれても困らないような金持ちからしか盗んでこなかった。暴力を使ったこともない。武器を身に付けたことすら一度もない」

カフェの表情がまたさっと険しくなった。

「その手の宝石泥棒のロマンティックな都市伝説なら、散々聞き飽きた。暴力や武器のかわりに知恵と機転をきかせるとか、大金持ちと保険会社以外は被害を受けないのがこだわりだとかな。だがお前たちはそれでも、他人の家に侵入した。自分のものではないものを奪った。わかっている筈だ」

「わかってるよ」

「どうやれば……そんなことを正当化できる？」

正当化などしていない。

あるいは――ノエルは、犯罪が家業であった家で生まれ育つというのがどういうことなのか、それを語ることが出来たかもしれない。犯罪を、それも何世代にもわたって生業にしてきたような家だったとか、そんな家では窃盗など下らないもので、いかにも女々しい末っ子が映画を見過ぎた挙句に行きつく程度のものだったとか。

語ることは出来ただろう。だが語れば言い訳のように響くだろうし、ノエルは言い訳をするつもりはなかった。自分はあくまでも自分だ――そして出自を思えば、悪くないところまで来たと思う。いや実際なかなか上出来と言ってもいい。あらゆる意味で、ノエルは独力だけでここまでの人生を築き上げたのだし、ほとんど何もないところからの第一歩だったことを思えば、彼は今の自分を誇りにしていた。

だが、それでもその姿は、特別捜査官ロバート・カフェの目には犯罪者として――元犯罪者ではあっても――映るのだった。

それを変えるすべはない。

「答えはなしか？」

カフェがうながす。

ノエルは肩をすくめた。

「俺は別に、泥棒だったことがいいことだとは思ってないよ。ただ、誰も傷つけなかったという点では胸を張れる。まあ、たしかに保険会社のご機嫌はちょっと損ねたかもしれないけどさ」

「お前は、人々から奪った。彼らの気持ちを傷つけ、踏みにじって、恐怖を植え付けたんだ」

ノエルの指が、クリスタルのハイボールグラスをきつく握りしめる。

「恐怖？　本物の痛みがどんなものなのか、恐怖ってのがどんなものなのか、お前にわかるとでも？　傷つけられ、踏みにじられるってのがどういうことなのか？　あんな家に生まれて――」

半ばでどうにか言葉をこらえ、ノエルはこわばった笑顔を作った。

酒を一口すする。まばたきした。セブンセブン――７ＵＰとウイスキーのカクテルだ。そんなことで喜ぶのは愚かかもしれないが、ノエルが飲んでいたカクテルをカフェがいまだに覚えているという事実に、何かの意味を読み取ってしまいそうになる。

少し落ちつきを取り戻して、口を開いた。

「何て言うか……ほかの生き方もあるとわかるまで、俺には少しばかり時間が必要だった、そういうことだよ」

「お前とロシアン・マフィアのチェルノフファミリーについてのつながりなら、もう知っている。お前はニコラス・チェルノフの末っ子だ。一族の異端児」

ノエルは凍りついた。唯一そのおかげで、指の間からグラスを取り落とさずにすんだ。

「お前が考えているほど、俺も馬鹿じゃないってことだ」

「……馬鹿だなんて思ってない。思ったこともない」

その言葉は、まるでノエルの口を借りた誰かが代わりに答えてくれているかのようだった。

カフェがおざなりな微笑を返す。

「思われても仕方ない。あの夜、結局ボアズダイヤモンドの指輪とお前を取り逃がしたのは、馬鹿としか言えなかったしな」

「自信過剰だったかもね」とノエルは応じた。カフェをそれだけ気に入っているからこそ、耳に優しいだけの誤魔化しを言いたくはなかった。「俺を見くびってたろ?」

「見くびってたさ。ああ、まったく」

カフェはシンクから離れると自分のグラスを手にテーブルへ歩みよった。ノエルの向かいに腰を下ろす。

「あの時はまだお前のこともよく知らなかった。だがあれから何年も、俺は時間と手間を注ぎ込んでお前のことを調べ上げてきた、ノエル。これ以上誰かを詳しく知るのは無理じゃないかと思うほどにな」

「照れるね」

「よしとけ。ウィスコンシンにとばされてからというもの、暇だけはたっぷりあったからな」

「……だろうね」ノエルは咳払いをする。

「それで、お前は言ってたな。墜落事故がなくとも窃盗からは足を洗うつもりだったと」

「真実だよ」

「何故そんな？　お前は金を稼ぐのが好きだったし、スリルのあるゲームが好きだったろ」

「何故かって、俺の方だって馬鹿じゃないし、いつか運は尽きるってわかってたからさ」憂鬱につけ足した。「確かに、まさかピレネー山脈でその運が尽きるとは予想もしてなかったけどね」

　カフェの唇がこわばった。グラスに視線を落とす。

「あれだけ窓やバルコニーによじ登ってきたお前が結局そんなところで落ちるとは、皮肉なもんだな」

「元々、三十になるまでに足を洗うつもりでいたんだよ。最初からの計画だった。活動してる間もずっと、金は投資に回してた――質のいい、安定した、合法的な投資にね。三十をすぎても非常脱出口をよじ登っているような生活はしたくなかったし、一生、ずっと肩ごしに後ろをうかがいながら暮らしていくのも嫌だった。俺が欲しかったのは……人生だ。静かで、平凡な人生」

　カフェが吐き捨てた。

「だからそのためにお前は人の物を盗もうと決めたってのか？　ほかの手は何も考えなかった

のか――たとえばそれこそ、何だ、デイトレーダーにでもなるとか？」

「考えなかった」ノエルはグラスをあおった。「夕食だけど、サンドイッチでいいか？　ターキーとかあれこれ仕込んでおかないとならないし」

　カフェはまじまじとノエルを見た。

「一緒にイブの夕飯を食うとでも思ってるのか？」

　ノエルは長く、ざらついた息を吐き出した。

「思ってるよ。ああ。馬鹿じゃないって言ったろ。一体これがどういうことなのかは全然わからないけど、もし最近の模倣犯（コピーキャット）について俺を取り調べに来ただけなら、あんたがわざわざ俺につきあってリヤマの救出や発電機の修理に駆けずり回るわけはないってことだけはわかる。大体、最初から来るわけなかったんだ。昔のしがらみを考えりゃ、俺の逮捕のために、あんたはＦＢＩが一番よこしそうにない人間だろ」

「俺が、個人的に動いているとしたらどうだ」

「まさに、そうじゃないかと思っているよ」

　ノエルが向けた視線を、カフェの目はまばたきひとつせず受けとめて、ノエルの決意を揺らがせる。

「それと……まだ、さっき言われたこと、忘れてないから。俺を抱くのが楽しみって、言っただろ。もっと色っぽく口説かれたいところだけど、でも、そっちが好きなら、どんなのでも」

肩をすくめてみせる。

カフェが自分のグラスを取り上げて、酒を飲み干した。

ノエルは身を乗り出す。

「どうしてここに来た。何が望みだ、ロバート？」

「……俺自身にもそれがわかっていないのかもな」

こぼれた言葉は、カフェが意図したよりも本音に近いものだったのか、たちまちその表情は閉ざされてしまった。

ノエルは立ち上がる。キッチンを動き回りながら、彼はローストビーフとトマトをサワードウブレッドにはさんで分厚いサンドイッチをこしらえた。

「もう一杯、作ってもらえるか？」

飲み物をカフェにたのんで、ノエルは居間までサンドイッチの盆を運んでいく。

クリスマスツリーの飾りが入った箱を開けているところに、二人分のグラスを手にしたカフェがやってきた。

「クリスマスイブになってからツリーの飾り付けを始めるのか？」

カフェはつかんだサンドイッチにがぶりとかぶりつき、ライトのコードを選り分けているノエルをじろじろ眺めた。

「子供の頃、家ではそうしてたからね」

ノエルは目で、そっちはどうだった、とカフェに問いかける。

「俺の家では、感謝祭が終わるともうその週末にはツリーの準備をしてたな。うちではクリスマスを大事にしてた。ツリーの根元に置かれたプレゼントが日ごとに大きな山になっていくのが楽しみでな」

それを思い出しているのか、カフェは微笑を浮かべた。

ノエルにとってクリスマスとは、プレゼントだけは腐るほどあるものだった。

「信心深い方なのか？」

「そう言われても、何を聞かれてるのかよくわからなくてな。神の存在を信じるか？」とカフェは肩を揺らす。「それなら信じている。日曜のミサに行ってるか？　それならノーだ。もうクリスマスの日にすら、教会には行っていない」

「でも昔は行ってたんだ？」

「子供の頃はな」

そう言われながらも、ノエルはカフェが教会に立つ姿を思い浮かべることが出来た。ネイビースーツに帽子という姿の彼を——多分それは、一九五〇年代のギャング映画に出てくる、カフェに似て真摯なFBI捜査官たちのイメージに姿を重ねているのだろう。ギャングの犯罪を見事に暴き立てる一方で、父親として子供に自転車の乗り方を教えたり、結婚記念日も忘れず妻に真珠のネックレスをプレゼントしたりするタフで真剣な男たち。

ノエルの家は信仰心などかけらも持ち合わせていなかったが、クリスマスは毎年大騒ぎだった。宗教的な肉断ちもせず、一番星を待つこともせず、その一方でイブの晩餐には十二皿のコースが饗された。ボルシチやスタッフドキャベツなどの伝統的な皿はスモークサーモンや何ガロンものシャンパンといった最近の好みに取って代わられていたが。ロシア式に、マロース爺さんと雪娘(スネグーラチカ)が――本来なら新年前夜だが――クリスマスの朝、山ほどのプレゼントを配って回るのだ。

クリスマスの午後ともなれば、男たちは一人残らず酔っ払い、プレゼントのバイクやスポーツカーに乗りこんで次々と繰り出していく。そうして三十年前、ノエルの長兄ニッキーは、新車のホンダCR-Xごと電柱に巻き付いて死んだ。

とはいえ子供の頃、ノエルがクリスマスを楽しまなかったというわけではない。クリスマスは楽しいものだった。幼少期を比較的平和にくぐりぬけ、十五、六歳に成長してきた頃か、クリスマスが段々と息苦しくなっていったのは。プレゼントの入った靴下はお愉しみ用のドラッグと酒に取って代わられ、高価なおもちゃの代わりによく仕込まれた娼婦が与えられるようになった。マフィア家業に加わって責任ある役割を果たせというプレッシャーもかけられ始め――そしてノエルは、血を分けた筈の家族と自分とに共通するものは、偶然のいたずらとしか思えないその血のつながりだけだと悟ったのだった。

クリスマスが持つ意味合いについてノエルがより深く考えるようになったのは、ここ数年のことだ。それ以来、子供の頃に覚えたなつかしいときめきに、どうにかしてふれられないものかと、彼は自分なりのクリスマスを築こうとしてきた。今年もそうだ。

もし——希望的観測がすぎるかもしれないが——今宵のクリスマスイブが、ノエルにとっての、新たなクリスマスの始まりとなるとしたら……。

カフェはもう一口サンドイッチにかぶりつき、咀嚼して呑みこみ、言い出した。

「あのな、もしお前がどこにも登れないとしても、だからと言ってお前が犯罪を裏から指示していないという証拠にはならん——」

「やめてくれ」

ノエルはクリスマスライトのコードを放り、勢いよく立ち上がった。いつもより早すぎたせいで、歩き出しながらも少しバランスを崩していた。

ソファの横のテーブルに手を付いて体を支え、それから、カフェの前に膝を付いた。カフェが、驚きと、警戒の表情を浮かべている。

「駆け引きはもう、なしにしてくれ」

「……お前はこの手のゲームが好きだと思ってたよ」

ノエルは首を振る。「もう嫌なんだ。お前とは。もうゲームなんか……嫌だ」

カフェの表情の中で何かが変わった。

彼の親指が、ノエルの頬骨をかすめるように撫でる。

「ああ。俺も、ここまでお前を苦しめるつもりなんかなかった」

カフェの手に、ノエルは顔を傾けて頬を預ける。髪を撫でられて目をとじた。

カフェの問いにはどこかひねくれた笑みがあった。

「誰かに言われたことはないか？　お前はまるで、天使のような顔をしてるって」

母から言われた。——だがそれはノエルが思い出したくない記憶だった。必死に忘れようとしてきた記憶だった。

「初めてお前の写真を見せられた時」とカフェが続けた。「思ったよ。こんな、天使のように無垢な顔をしている奴は、とんでもなく邪悪に違いないってな。……その後、思った。どうしたら、こいつがこんなふうに俺を見てくれるだろうと」

ノエルはふふっと笑って、目を開けた。

「俺は初めてお前を見た時、思ったよ。いつかこの男に恋に落ちるかもしれないって」

カフェが痛むような呻きをこぼす。「まったく、ノエル。さっきの丘でもそうだ——お前は、俺の心臓をとめる気か」

それでも、今夜、先に動いたのはカフェの方だった。

闇の中ならば、安全だ。

互いを抱きしめ、キスしても、そこにこめられた愛しさが見えないふりさえ出来る。寝室の闇に沈んだ黒い影たち、ロッキングチェアや鏡付きの洋服簞笥、アンティークの鳥籠と同じように。存在していても、見えないように。

「お前を傷つけるつもりなんて、本当になかった」カフェの唇に肋骨をたどられながら、ノエルは囁く。「ごめん。……ロビー」

返事はなかったが、それでも今回は自分の言葉が届いたとわかっていた。そしていつか、信じてもらえる日が来るかもしれない。許されるよりも、その方がずっと大事なことに思えた。多分、もう許されてはいるのだ——このビロードのようにやわらかな影に包まれていると、許しはすでに与えられている気がしてならなかった。

この夜には、あの最初の時、二人の初めてで唯一の夜にはなかった優しさがあった。あの夜はまるである種のゲームのようで、二人とも激しく昂ぶっていた。ノエルはあれほど興奮した夜を知らない。あの時ほど——後にも先にも——セックスが気持ちよかったことはない。

だが今夜の方が、ずっといい。

気持ちは同じほどに昂ぶっていたし、欲望の強さに酩酊したようにもなっていたが、今夜求めるものはまるで違っていた。あまりにも単純明快すぎて、自分でも驚くしかない。

——カフェを幸せにしたい。

そして、彼に抱いてほしかった。抵抗感はまるでない。カフェの力を自分の下に組み敷いて、抑えこんでおく必要などもうない。今は、その力に自分の内側を満たし、温めてほしかった。ノエルを追い続けてきた冷たい冬を、その熱で終わらせてほしかった。もしかしたらこの十年続いていた冬を。

ベッドの相手には激しさばかりを求めて優しさなど必要としなかったノエルだが、今はカフェの示す優しさが愛しい。まるで慈しむかのように手で撫でられたり、さすられるのも愛しいし、肌を這う手がカフェのものだというのも、まるでノエルを所有するかのようにその手が無言で体の奥へすべりこんでくるのも。

覆いかぶさってくる大きな体に、ノエルはすぐさま自分の体を合わせて応じた。カフェは、手で自分の上体を支え、ノエルを見下ろす。その表情は陰に隠れ、目ばかりがギラリと光っていたが、ノエルは微笑して見上げた。

「何でも、お前の望むように」と約束する。

「何度もこんな夢を見た……」

ざらついた声で告げられて、ノエルの血が一気に熱くなった。フランネルのシーツのやわらかな肌ざわりやカフェの肌のぬくもりが、鮮明に感覚に伝わってくる。激しく鳴り響く自分の鼓動も。いやそれはカフェの鼓動だろうか？　どちらのものなのか区別もつかない。

こんなに、世界が生き生きとして感じられたことはない。肌をなぞる月の光すら感じとれそうだった。鎖骨の下の血管が脈打っているのも感じられる――何か、喜びのようなものに満ちて。

二人は体勢を整える。そしてカフェの濡れた指がノエルの内側へすべりこみ、抜き差しをくり返しながら指を拡げ、震えを帯びた奥をほぐした。その手つきは慎重で、注意深い。昔の仕返しだとか、自分の優位さを示そうという意図などまるでない。

ノエルは手をのばすと、カフェと指を絡めて、互いに握り合った。自分の手に応えるカフェの手の、猛々しいほどの力強さが愛しい。

こんな手につかまれていれば、二度と、どこかに落ちる心配などない。

目を閉じ、ノエルは自分の体の奥に侵入を始めたカフェの存在だけに意識を集中させた。

カフェがくぐもった声で聞いた。

「大丈夫か?」

「大丈夫……あっ――」

カフェの腰がノエルを突き上げる。始めのうちはゆるやかで長い動きを送り込まれ、ノエルも腰を上げてその動きを受けとめた。だがほとんどあっというまに規則的なリズムは壊れ、互いに求め合うばかりの激しさに呑み込まれて、突き上げも短く、荒々しいものになっていく。

それでもどうにか動きの調和を取り戻し、二人の体はふたたびひとつのリズムを奏でて動いた。互いに調和しながら、互いを深く、知っていく。

長くはもたない――どちらも、この時を十年も焦がれていたのだ。

ノエルは指をほどき、カフェに腕を回して、きつく抱きよせた。この一瞬ずつ、すべての瞬間を忘れたくない。すべてを記憶に焼きつけたい。まるで痛みを感じているかのように荒々しいカフェの息の音、汗に濡れた肌の熱、誰のものとも違う、カフェの生々しい雄の匂い――。

カフェの熱い口がノエルの口を覆った。ノエルは唇を開いて、同じほどの飢えをこめてキスを深める。口を舌で犯されながら奥を貫かれる、そのことにますます興奮が高まっていく。

二人の体の間にとらわれたノエルの屹立が、カフェが力強く突き上げるたびに腹筋に擦れて、刺激が走った。

熱が腰の奥に疼き、ノエルは高みへ押し上げられていく。カフェはさらに強く、激しく、深く、ノエルを突き上げ、しまいにはまるで時が溶けて一瞬ずつが永遠のように感じられ――その一瞬は草先に舞い落ちた雪の結晶のように、比類なく、脆く――。

そしてカフェが達し、絶頂は激しく、長く、脈打つように解き放たれた。

7

淹れたてのコーヒーの香りが、夢の中に漂ってくる。

ノエルは目を開けた。

クリスマスの朝だ。

口元が笑みを刻んだ。こんなふうに胸がわくわくするクリスマスの朝を迎えられたのは、随分と久しぶりのことだった。

半分上げられた窓のシェードの向こうではまばゆい陽光が降りそそぎ、木々は羽毛のような白い雪をまとって、遠い丘は粉砂糖をかぶせたかのようだ。

床板がギシッと音を立て、コーヒーのマグカップを二つ手にしたカフェが寝室に歩み入ってきた。ジーンズにノエルの黒いガウンをはおった姿で、ガウンは肩がきつそうで裾は短すぎたが、それでもどういうわけか素敵な色気があった。

「メリークリスマス」とノエルが迎える。

カフェは黒い睫毛ごしに彼を見て、歪んだ笑みを浮かべた。「メリークリスマス」と答え、ノエルに片方のマグを手渡す。

「わあサンタさん、これ欲しかったんだ」

カフェは鼻を鳴らした。自分のコーヒーを飲む。

「随分と遠いところまで来たな」とノエルは言った。

カフェがさっとまなざしを上げる。ノエルの視線を意識した様子で、彼はベッドの足側に腰をおろした。

「いや。……ここでいいんだ」

カフェに、ノエルは手をのばした。その手が握り返される。

コーヒーを一口飲むと、ベイリーズの甘さとウイスキーの香りがふわっと口の中に広がった。

「いいね」

ノエルは吐息をつく。

カフェもうなずいた。

「ああ」

彼の目がノエルの視線を捉える。カフェの微笑は抑えたものだったが、その両目を見た瞬間、
そこに宿る何かにノエルの鼓動がドキリとはね上がった。

ノエルは、絡め合った二人の指を見つめた。

「それで、じゃあ……クリスマスは、ここですごしてみる？」

「そうなるかな」

少しの間、どちらも何も言わず、思いもかけないほどおだやかな沈黙が流れた。

やがて、カフェの方から口を開いた。

「毎年、年末の電話のことだが――」

「それは……その、あやまろうとして、ってことなんだけど」

「そこはわかってる。俺だってまるで考えなかったわけじゃない――俺たちの立場が違ったものだったら、もしかしてとは……」

「言いたいことはわかるよ。俺はただとにかく、傷つけるつもりでお前と関係したわけじゃないって、それを知ってほしくて」

「関係？　俺とお前の関係ってのはつまり、俺がお前を牢屋に放りこもうとして追い回してたっていう関係か？」

「そうだよ」ノエルは、カフェのひねくれた笑みに向かってニヤリとした。「ほら、どんな恋人同士だってひとつやふたつ問題を抱えてるものさ」

カフェが鼻を鳴らした。その音も、もう可愛いものに思えた。カフェが相変わらず、二十年たっても同じように、楽しげにノエルに向かって文句を吐き捨てながら鼻を鳴らしている様子が目に浮かぶ。

きっと。もしかしたら。

「お前さ――もし俺をつかまえられてたら、刑務所送りにしたか？」

問われて、カフェは笑みを消した。「俺が電話を取らなかった理由の一つは、どちらかを選ばなきゃならないような状況に陥りたくなかった、というのもある」

「ああ……」

ノエルの心が様々な思いに揺れる。

顔を上げた。

「そっくりな宝石窃盗事件って、あんなの元々起こっていないんだろ、違うか?」

「そうだ」

「俺の手口に似てるとかいう話も、全部お前のでっち上げだ」

「だな」

「最初から俺をつかまえるつもりなんかなかったんじゃないか——」

「自分でも言ってたろ、警察が抑えているお前の事件は全部、もう時効だ」

「会いに来るのに理由をつけたかっただけなんだな」

カフェが喉の奥でうなった。「お前が焦る顔が見たくなかったわけじゃないがな。正直、お前に冷や汗をかかせてやりたかったよ」

ノエルは顔をしかめた。

「でも、最新刊は読んでくれたんだろ? 『隘路』を読んだ?」

「あのお前の本ども……」カフェは心の底からの、長い呻きを押し出した。「それもあの最後の一冊と来たら」

「あやまろうとしたんだ」

「酔っ払いの電話の方がまだマシだ」

ノエルはさっと手を引っ込めた。「あのシリーズ、これでも結構人気あるんだけど」

「ああ、よく思い知ってるよ」

　そう返されては、ノエルはコーヒーカップの影に顔を隠すしかない。

「ノエル」

　呼ばれて顔を上げた。

「今年のクリスマスな、俺は一人でいたくなかった。それも本音だ。お前に対する気持ちが、いつも、その——好意的なものだったとは言えないが、それでもお前を忘れたことは一度もなかった。お前絡みの情報にはずっと目を光らせてきたし、それに……もし、お前が本当にストレートな人生を送れるのなら、物事は変わるかもしれないと考え続けていた。法的にまともも、という意味だがな」

「俺もだよ」

「ここに来ようと決めた時、その先どうするかはあまり考えていなかった。お前の顔がまた見たいと思って、それだけだった。イカれた話だが——お前の存在は、俺の人生の中で、ひとつの真実だった」

「俺も、そうだったよ」

　二人は少しの間、それぞれの道を思い返しているように黙りこんだ。

「……これ、うまくいくと思うか？」やっと、ノエルは勇気を奮い起こしてそう問いかける。

「出来るのかな？」

「お前の温室のお友達と違って、俺は未来がわかるふりはしないからな。だが俺たちがどうなるにしても、ＦＢＩにはもう何の関係もないことだ」

「ＦＢＩには関係ない？」

カフェがうなずく。

「辞職したのか？」

「ああ、辞めた」

まず安堵の気持ちが湧き上がってから、ノエルは大きな罪悪感に襲われた。ＦＢＩを去るというのはカフェが本心から望んだ選択だったのだろうか、それともノエルがうかつにも彼のキャリアに傷を付けたせいで、生じた選択肢だったのだろうか。

ノエルはおずおずとたずねた。

「それでいい？」

「本音か？　ああ、かまわない。もう生き方を変える頃合いだったからな。随分前から、わかってはいたんだ。お前がゲームから消えた時、俺にとって仕事を続ける楽しみはほとんどなくなっていたってな」

カフェは自分のコーヒーカップを床に置き、腕をのばすと、ノエルのカップも取り上げてナイトスタンドに置いた。

「さて。お前の社交生活がどれだけ多忙を極めているかは、昨日で充分思い知った。新年の予定となると、今から押さえておいた方がいいだろうな?」

ノエルは笑い声を立て、カフェに腕をさしのべた。

「新年は、家で静かに迎えるつもりだよ。もしかしたら、友達に電話をかけるかも……」

「今年の長距離電話代は、俺が節約させてやるよ、エンジェル」

キスひとつ分の距離を残して、カフェが囁き返した。

Another Christmas

アナザー・クリスマス

Coda：Noel & Robert

コーヒーだ。

ノエルの鼻がピクッとした。無理矢理目を開け、焦点を合わせようとする。

ロバートがベッドの脇に立って、大きな両手の中には黄色いマグカップが包みこまれていた。

「今日、何曜日?」とノエルはかすれ声で聞く。

「火曜日だ。メリークリスマス。気分はどうだ?」

ごく慎重に起き上がりながら、ノエルは熱にうかされたこの一週間の脱力感や吐き気をもよおす眩暈にそなえた。

神よありがとう。幼子イエスに感謝。サンタクロースにもマロース爺さんにも雪娘にも、ほかにも誰だろうとクリスマスの朝の奇跡をプレゼントしてくれそうな誰かに感謝。ついに具合が良くなった。空間識の失調も消えた。転がり落ちることなく座れる。そばのロビーに大丈夫だと笑みを向けて、コーヒーをこぼす心配なくマグに手をのばした。

「記念日、おめでとう」

熱でしゃがれた声だった。ノエルは咳払いをして、ごくりとコーヒーを飲みこんだ。

ロバートがベッドの端に腰を下ろした。格子縞のウールのバスローブをまとって、もうひげも剃り、朝の六時だというのに黒髪も丁寧に梳かしている。スーツとネクタイ姿で寝てるんだろう、とからかってやりたいところだったが、それよりはずっとくつろいだ格好だ。もっともロバートがFBI特別捜査官ロバート・カフェだった時にはスーツで寝ていたかもしれない。

「俺たちの記念日はニューイヤーイブじゃないのか？」

ノエルは頭を振った。ほとんど眩暈もしない。いい感じに治ってきている。ロバートに大きな笑みを向けた。

「いいや。記念日は、二人が本当に一緒になった去年のクリスマスイブだよ」

また一口コーヒーを飲み、ウイスキーの香りとベイリーズの甘さを感じた。デジャヴ。まさに一年ぶりの。

ロバートはノエルを見つめて「たしかに」とうなずいた。言い足す。

「随分元気に見える。声もマシになった」

ノエルは曖昧な相槌を返し、大きなマグに顔をうずめた。クリスマスシーズンにインフルエンザなんてそれだけで悲しい話だが、その上ノエルは内耳炎をおこしてバランス感覚を根こそぎ失い、文字通りひっくり返ったのだった。手助けなしには起き上がって座ることもできなかったし、ロバートに支えられなくては三歩と進めなかった。全部の仕事がロバートだのみになり、厩舎の世話までやらせた。ロバートが何も知らない、好きでもない仕事だ。

ノエルは転がるボールの上にしがみつく赤ん坊さながらに無力で、その無力がついに昨日爆発した。きっとロバートにしてみればヒステリーの発作にしか見えなかっただろう。ロバートは一週間すべてを片付けてきたのと同じ落ちついた態度でノエルの涙を——もう情けないいくらい泣きじゃくっていた——拭ってくれた。そして大丈夫だ、元気になる、熱のせいでもう限界のように思えるだけだ、とノエルに言い聞かせた。

そんなことの後では、ロバートが荷物をまとめてさっさと出て行っても不思議はない。だがそうはならなかった。ロバートはここにいる。朝の身支度も終え、相変わらず落ち着き払った態度で。

皮肉なことに涙の洪水がノエルの内耳のつまりを取ったのか、それともやっと抗生物質がその効き目を見せたのか。何であろうと、昨夜やっとノエルは、ベッドが体の下でひっくり返るという錯覚なしで寝返りが打てた。そして今日は……ほとんど元通りになれた気分だった。

だが、可哀想なロビー。なんてひどいクリスマスシーズンだったことか。ノエルは勇気を出して、ちらっと視線を投げた。

ロバートが、いつものごとく生真面目な顔で言った。

「サンタが置いていった物を見てみるか？」

ノエルはベッドから下りてスリッパを履いた。ロバートが持ってきたローブに袖を通す。もう支えなしに歩けるのだが、それでもロバートに腕を回して抱かれると驚きつつもありがたく、ローブごしに感じるぬくもりを味わった。彼は激しく、ロバートがよろめきそうになるくらいの勢いで抱きしめ返した。

ぼそぼそと呟く。

「ごめん。お前にクリスマスプレゼントを探す時間もなかった」

「俺はプレゼントなど気にしない」

「俺はするよ」

「だろうな」ロバートはおもしろがっているようだった。「心配するな。ちゃんと誰かさんが、お前はこの一年間いい子だったと見なしているようだぞ」

間違いなかった。居間にどんとそびえた三メートルのシロトウヒのクリスマスツリーの下では、きらびやかな包みが雪崩を起こしていた。暖炉に赤々と燃えた炎が、パチパチと音を立てている。ソファ脇のテーブルにはまたコーヒーと、焼き菓子やパンをのせたトレイがのっていた。キッチンから流れてくる、七面鳥のローストの素敵な香り。

「これ、全部お前が？」

ノエルはドサッとソファに沈みこんだ。信じられない。ここまで見事なクリスマスの準備は、ノエルにだって無理だ。なのに、クリスマスの飾りなど虚飾としか思っていないロバートがここまでやってくれたと思うと、胸がつまりそうだった。

ロバートが、ノエルのために、このすべてをやってくれたのだ。

ノエルは大きく、ごくりと唾を呑んだ。

「大丈夫か？」ロバートが眉をひそめる。「まだ起きないほうがよかったんじゃないか？」

ノエルは首を振り、朝食のトレイの上にあるナプキンを取り、ぐしゅっと派手に鼻をかんだ。

「もっとコーヒーを飲むか？」

ノエルは首を振った。

「俺は……お前にポニーを買ってきたんだ」

「ああ、子供の頃からほしかったよ」

「本物のポニーだ」

「知ってるよ。ホワイトロック牧場のオーナーが、お前がポニーを引き取りに来なかったから電話してきた」

「思ったんだ。できれば、二人で……」

だがロバートは乗馬をしない。馬を怖がっているわけではない、ただ、どんな形であれ興味がないだけだ。一方、ノエルの毎日は厩舎や馬や乗馬を中心に回っている。その暮らしをロバートと分かち合いたかった。それどころか、いつのまにか次第に、すべてをロバートと分かち合いたくなっている自分がいた。

ロバートはごく真摯に、答えた。

「それは楽しみだ」

その言葉にまたノエルの喉が詰まった。彼はロバートの黒い目を見つめ、かすれを帯びた声で言った。

「なあ、去年のクリスマス、人生最高のクリスマスプレゼントをもらったと思った。でも今年はもっと最高だ」

ロバートは、鼻を鳴らすような、笑いのような音をこぼした。

「まだ熱があるからじゃないか」

ノエルも笑った。

「たしかに熱はあるかも」それから、本音が口をついて出る。「でもそうじゃない。どう言えばいいか……変に聞こえるかも……ただ、誰もいなかったんだ。たよれる誰かが。こんなふうに」

「ああ」ロバートが自分のマグにコーヒーを注ぐ。「知ってるよ」

「誰にもたよりたくないと思ってたし」

「それも知ってる。そのほうが安全だからな」

もっとも、ロバート・カフェのほうはそんな育ち方はしていない。彼は愛情あふれた家族の中で育ち、責任ある職についた。そしてその両方を失ったのだったが、それでもその喪失も彼という人間を変えはしなかった。たよれる、信じられる、よりかかれる相手。

ノエルは、ロバート・カフェと顔を合わせたまさにその瞬間から彼に恋していた。だが今にして思えば、本当にロバートのことを理解できていたか——あるいは信頼できていただろうか。昨夜までは。

クリスマスツリーの下で雪崩れたプレゼントの山を眺め、ノエルは呟いた。

「お前に何かあげられる物があればいいのに」

ロバートが、本気でおもしろがっているように答えた。

「あるぞ。もうもらってる。この一年間を、そして今日を、この先の毎日を俺はお前からもらってるよ。カフスだのたとえ新車だのをもらったところで、今以上に俺が幸せな気分になると思うのか？」

「富める時も貧しき時も、病める時も健やかなる時も？」

「ほらな。それでいいだろ、違うか？」

「ああ。俺にとってはその通りだけど」

「俺にとってもだ」

ロバートは微笑んでいた。だが彼は真剣だった。

未来永劫。永遠に。死が二人を分かつまで。

ふと、ノエルの脳内で電球がともった。

「ロビー……」と彼はゆっくり切り出した。「ダイヤモンド、ほしくない？」

欠けた景色

In Plain Sight

1

ナッシュは一目惚れなど信じていなかった。

そもそも恋や愛の存在を信じているのかどうかもわからない。

肉欲ならよくわかる。セックスも。人との絆も。友情、協調、連帯感。だがどれも、離れてしまえば切れるつながりだ。そして三千キロというのは、あらゆる意味で遠い距離だった。

つまり、これで終わりということだ。

ナッシュはこのアイダホ州のベアレイク郡を、地元警察向けの研修の監督役として訪れた。行動心理学から地域広報活動に至るまで手広く指導する、ＦＢＩの訓練過程を凝縮した一週間の研修コースだ。ナッシュはさらに二日間の休暇を取り、滞在をのばした。何故なら……。

何故なら、別れがたかったからだ。

だがその二日もすぎ、すでにナッシュがクアンティコへ帰るべき時が来ていた。それもあと数分のうちに。もう飛行機の搭乗が始まり、２３５９便への搭乗をうながすアナウンスが流れていた。

さよならを言って、去る時だ。

ナッシュはグレンを——グレン・ハーロウ警部を見やった。グレンは視線を感じとって、顔を上げ、まっすぐにナッシュを見つめ返してきた。煙のような、嵐の空のような色の瞳だった。にこりともしない。唇の端がピクリと動きはしたが、それは笑みではなく、笑おうとしたわけですらなかった。

この一週間で、二人は数え切れないほど笑った。もう何年もナッシュはこれほど笑ったことがなかった。だが今、どちらにも笑顔はない。

グレンは、飛行機の発着表示の電光掲示板にまた視線を戻した。すべての便がよどみなく運行されている。すべてが順調。

数秒、ナッシュはグレンを見つめた。すべてを見ようと。だが今さら何を見る？　この一週間、好きなだけグレンを見つめてきた——好きな眺めだった。グレンがいくらなでつけようとしても耳の後ろではねてしまう茶色の髪とか、くっきりと鼻筋が通った鼻の形も、広い口元も、笑いをこらえようとして口角がぐっと下がる唇も好きだった。グレンの笑い声の響きも、グレンの目の色も、グレンのキスの味も気に入っていた。グレンのつけているオールドスパイスのアフターシェーブローションの匂いすら、嫌だとは思わない。きっとこの先、この香りでいつもグレンのことを思い出すだろう。

『デルタ航空２３５９便へご搭乗のお客様は、搭乗ゲートへどうぞ』

頭上のスピーカーからくぐもったアナウンスが流れる。

グレンが、またナッシュを見た。目の奥の淋しげな影を見た瞬間、まるでナッシュのすべての内臓が引っかき回されて、胃が逆さまに締め上げられ、心臓が鼓動する隙間もないほど狭いところに押しこめられたようだった。

——行くな。

まざまざと、聞こえてきたようだった。だがグレンは何も言わなかった。ナッシュも何も言わなかった。一体、何を言えただろう。彼らに望みはない。不可能だ。

二人の間にあったものは……現実ではないのだから。

いや、違う。そんな風に切り捨てられはしない。たしかにあれはリアルな時間だった。現実だった。先週、飛行機から降り立ったナッシュの前に、背が高く、日焼けした肌の、生真面目そうな男が——グレンが、現れた瞬間から。今二人が立つ、この同じ空港のラウンジで彼がナッシュを待っていた、あの時から。

瞬時につながり合った、あの感覚を何と呼べばいいのだろう。理由のない、何かの予兆のような。

今回の研修は、よくありがちな、地方の警察とFBIが牽制し合って終わるだけのものとは違っていた。モントピリア警察も地元の保安官たちもFBIアカデミーでの訓練の実態を学ぼうと、先を争ってナッシュたちへ群がった。ナッシュのように、己の仕事を熟知した者のところには、常に熱心な聴衆が詰めかけてきた。

たった九人の地方の小さな警察がＦＢＩの薫陶を受けようとする熱意は、ナッシュを驚かせはしなかった。ナッシュにとっての驚きは、グレンの存在だった。グレンに対する己の反応だった。

ほとんど出会った瞬間から、二人の間にはある種の……親近感が存在した。人間の行動心理学を知り尽くした筈のナッシュにも、グレンとの間にいきなり生じたこの緊密さには説明がつけられなかった。

気が合う、というだけではすまない。ただの肉体的な渇望とも違う。その二つならなじみが深い。セックスに奔放な異性愛者の同僚にも負けず劣らず、ナッシュは健康な独身男として人生を謳歌してきた方だった。だが、グレンとの間に生まれたものは、彼の経験を越えていた。ナッシュの知らない、予期すらしていなかった、突然の何か。緊密さ――そう、ほかに言いようもない。

そしていきなり、人生で初めて、ナッシュは「さよなら」を言えなくなったのだった。

グレンが鋭く息を吸った。

「それじゃ……」

ナッシュも喉をふさぐ塊を感じながら、

「いつか、クアンティコを見て回りたくなったら――」

「もしまた、ニジマス釣りに行きたくなったら……」

釣りは、ナッシュが滞在を延ばそうと休暇に使った口実だった。アイダホはアメリカ西部でも有数の釣り場を誇る。もっとも二人は釣りになど時間を費やさなかったが。ナッシュに至っては、釣りが好きですらない。

そして、グレンはアイダホから一歩も出たことがなかった。

つまり、これでお別れだ。

さよならを言う時。いや、もう言ったか。言葉にしてではなかったが、二人だけの別れは終わっていた。この午後、彼らが二回も交わした愛——いやセックスは、優しく、互いを慈しむようなものだった。

ナッシュはサファリバッグを左手に持ち替え、右手をグレンにさし出した。グレンがその手を握る。きつく、こわばった握手だった。

どちらもなかなか手を離せず、結局、二人は笑いをこぼした。ナッシュの声は、自分の耳にも揺らいで聞こえた。

「かまうもんか」

呟くと、ナッシュは右腕をグレンの肩に投げかけて、ぐいと抱きよせる。

ほんの数秒、二人は抱き合った。それからナッシュは腕をほどき、歩き去った。

振り向くこともできずに。

ソルトレイクで、乗り継ぎの飛行機まで九十分の時間が空いた。スクワッターズ・パブでタコスとビールを注文すると、ナッシュはメールをチェックし、急ぎの内容に返信をすませて、携帯のメールに目をやった。

グレンからは何のメッセージも入っていなかった。

期待はしていなかったが、落胆する自分に苛立つ。用もないのに、メールが来るわけもない。しばらくの間、グレンに電話をかけたい欲求と戦った。みっともないだろう、空港で別れてまだ二時間も経っていない。

だがそれが何だ？　本当にありがとう、楽しかった、とまた言って何が悪い。たしかに薄っぺらい、見え見えのセリフだが、それでもグレンに電話していけない理由がどこにある。グレンの声を聞いていけない理由がどこにある？

もし近くに住んでいたなら、グレンとは必ずいい友人になれていた筈だ。きっと、友人以上に。

ナッシュは、グレンの番号にかけた。わざわざ番号を登録してあるのだ、かけてもかまうまい。

呼出音が数回鳴って、それから留守電に切り替わった。ナッシュは「やあ」とひとつ咳払いをする。ぼそぼそと、「ただその、ちょっと……ほら」

空港のスピーカーが取り澄ました口調で、デルタ航空７４２９便への搭乗をうながした。

「もう行かないと。今夜、時間があったらまたかける」

それまでにグレンの方からかけてくれれば、ナッシュも自分が小うるさくつきまとっている気分を味わわずにすむ。いつも警察官に注意しろと指導しているような、目ざわりなストーカーになりかかったような気分は。

ワシントンＤＣへ向かう機内では眠ってすごした。なにしろこの一週間ほどろくに寝ていない。彼だけでなく、グレンもだが。二人のどちらも、共にすごせる時間を一秒たりとも無駄にしたくはなかった。

飛行機がＤＣに到着すると、ナッシュは荷物を受け取ってＦＢＩ支給の車を駐車場から出し、フレデリックスバーグへと帰宅の途についた。途中、牛乳だけ買いこんでまた走りつづける。

家に帰ると荷をほどき、家の留守番電話のメッセージを確認し、メールをチェックしてから、携帯電話に目をやった。

何もない。

さよなら、という言葉の意味を、ナッシュよりもグレンの方がよく理解しているということか——。

そう思ったところで、空港でのグレンの表情が脳裏に浮かんだ。

違う。グレンが、ナッシュからの電話を嫌がる筈がない。たしかに二人とも、長距離でのつき合いなど無理だという点では同意したが、だからといって二人の間に生まれた感情が消えてしまったわけではない。

未来はない、それはたしかだ。根を切り離された花が枯れる運命にあるように。だがそれでも、咲いている間は美しいだろう……。

何てことだ。詩人気取りで花にたとえるなんて、今のナッシュは——ビタミンか何かが足りないに違いない。

もっとも、〝ビタミンS（セックス）〟だけは足りている、疑いの余地なく。

ナッシュは二人の記憶に微笑し、携帯に入っているグレンの家の番号を呼び出して、かけた。

数回の呼出音。それから、誰かが電話に出た。

『はい？』

「グレン？」

『あんた誰だ』

その声はグレンのものには聞こえなかった。もっと高く、鼻に抜ける感じの声だ。思うに——そしてまずいことに——モントピリア警察署のライアン・ウォーカー巡査の声に聞こえる。

先週の訓練過程で、ウォーカーの声なら山ほど聞いた。何もかも知っていると思っていて、自分の経験がどんな場合や相手にも当てはまると信じて疑わないタイプの男だ。

グレンの家の電話に、どうしてウォーカーが出たのか。ナッシュは困惑と苛立ちを抑える。

「グレンはいるのか？」

『あんたは？』

ナッシュは冷ややかに、

「ウォーカー巡査、こちらはＦＢＩのウェストだ。ハーロウ警部はどこにいる？」

沈黙が落ちた。その静寂に、ナッシュの頭蓋から背すじへと、ざわざわとした感触が這った。

ウォーカーが答えた。

『それはね、ウェスト特別捜査官、こっちが聞きたいことですよ』

「どういう意味だ？」

『ハーロウ警部がどこにいるのか、誰も知らない、って意味です。あの人は消えてしまったんですよ』

2

ベアレイク郡、モントピリア警察署長のアーヴィル・コリアーは、行方不明となった警察官の公開捜索に踏み切った。

モントピリア警察署に十年以上勤続のグレン・ハーロウ警部は、日曜の午後四時から五時の間にポカテッロ空港から立ち去る姿を最後に、仕事に現れず、現在も所在不明である。コリアー署長によれば、現在のところハーロウ警部の失踪が自発的なものかどうかは判明していない。

ハーロウ警部は白人、一八五センチ、中肉。茶色の髪と、明るい青から灰色の目。何らかの事件に巻きこまれた可能性も含め、捜査中である。

『あらゆる可能性を考慮している。過去には、警官が誘拐された事件もある。何が起こったのか確認中の段階だ』

コリアー署長はそう語った。

モントピリア警察署の犯罪被害者支援官マリリン・ベネットによれば、ハーロウ警部は分署全体の業務及び人事を統括しており、勤勉で責任感が強く、突然の失踪は人柄にそぐわない。

『こんなことになって、私たちも警部の家族も、とても心配しています』とベネットは語った。

ハーロウ警部の住居には争った形跡は見られず、仕事上のトラブルもなく、身辺に危険を感じていた様子もなかったという。ベネットによれば、ハーロウ警部は健康で体力もあり、キャンプや釣りに出かけるのが趣味だった。

　捜査はモントピリア警察を中心に、ベアレイクバレー保安官事務所も協力して行われている。四十八時間以内にハーロウ警部が発見されなければ州警察も捜索に加わる。

　コリアー署長によれば、現在のところ手がかりはない。最後の目撃情報では、ハーロウ警部の服装はジーンズにダークブルーのパーカー、ナイキのスニーカー。車はシルバーのニッサン・エクステラ。

『もしグレンがこれを聞いたなら、すぐ我々に連絡してほしい。また、市民の方々がグレンやそれらしき人物を見たなら、情報をよせてほしい』

　コリアー署長はそう呼びかけている。情報はモントピリア警察署で受け付けている。


　現在、モントピリア警察署では、署内における暴行事件について検察による内部調査が行われている最中である。暴力行為を行ったとしてすでに二人の捜査員が解雇されたが、警察友愛会のアイダホ州支部によれば、この二人ともロン・プレヴィン巡査の部下であった。

　コリアー署長によれば、行方不明のハーロウ警部はこの内部調査には関わっていなかった。

グレン・ハーロウはポカテッロ空港の建物を出ると、自分のＳＵＶ車に乗りこみ、そのまま蒸発したように消えてしまった。最後の目撃情報は、去っていく彼に手を振った空港の警備員によるものだった。

ナッシュは、ＦＢＩ捜査官として公的に捜査協力をしようとしたが、ＦＢＩから許可が下りなかった。警官一人の行方不明事件――そもそも事件であるかどうかすら不明だ――などＦＢＩの扱う事柄ではないと。地元の警察からの協力要請すら来てもいないのに。

溜まっていた有給休暇を取り、ナッシュはベアレイクバレーへと飛んだ。

すでに、グレンの失踪から三十六時間が経過していた。もしグレンが事件に巻きこまれていたとしたら、無事に見つけられるチャンスはもう低い。そして、グレンが自分の意志で姿を消したのなら、やはり望みは薄くなりつつあった。

警官の自殺率は、一般人の倍近い。捜査中の殉職に比べても二、三倍の数の警察官が、自らの手で命を断っている。そしてほとんどの場合、家族も友人もその兆候に気づかない。

ナッシュの脳裏にも、しきりに嫌な光景が浮かんでくる。グレンがどこか、人里離れた場所で車の中に座り、頭を銃で吹きとばしている姿。長年の捜査で山ほど見てきた現場写真のおかげで、その想像は細部までおぞましくリアルだった。

「グレンは物静かな男だった――いや、男だ」

コリアー署長は、ナッシュの前でそう言い直した。

「それだけに、気持ちが滅入るようなこともあったかもしれないな。仕事を離れると、あまり人づきあいのいい方でもなかった」

「たとえば、何が原因で気持ちが滅入ったと？」

二人がいるのは、モントピリア警察署内の手狭で散らかった署長室だった。壁の掲示板は一八九六年にブッチ・キャシディ率いるワイルドバンチに地元の銀行を襲撃された時以来、時間が止まっているように見えた。

コリアーはコーヒーを一口飲むと、慎重な手つきでカップを置いた。

「さてな。さっきも言ったが、人づきあいのいい方ではなかったからな。ウェスト捜査官、何故君がこの件に興味を持つのかうかがってもいいかね？　ＦＢＩの管轄ではなかろう」

カミングアウトしているのか、とナッシュはグレンにたずねたのだった。グレンはあの時顔をしかめて、そんなに単純な話じゃない、と答えた。

『ゲイだということを隠しているつもりはない。だが、はっきり宣言しているわけでもない。そこまでしたいような相手もいないしな。わかるか？』

ナッシュにはよくわかった。小さな町や田舎でのゲイの警察官は、多かれ少なかれ、そんなふうに身を処している。自分の性的指向を吹聴して波風を立てることはない——何も得るものがないのなら。誰もいないのなら。

ここで、署長相手に、グレンがゲイだとはっきり言うことはできなかった。グレンが、この職場に戻ってくる可能性があるうちは。選択肢のあるうちは。

ナッシュは答えた。

「グレンはいい友人だった。お互いに気が合った。それに責任も感じる。グレンは俺を空港で見送って、そのまま消えてしまったわけだから」

「ああ、実質上は君がグレンに会った最後の人間になるな」

コリアーは、何かを見透かそうとするように黒い目でナッシュを見据えた。ナッシュは微笑みを返す。

「人員が増えるに越したことはないだろう？　俺は訓練もされているし、やる気もある」

「君の休暇だ、好きにするさ」

コリアーはそう答え、思慮深げに白いひげをさすった。

「だがな、何がどうなろうと、日曜の飛行機には君を乗せて送り返すから、そのつもりでいてくれ」

ナッシュはおとなしく、うなずいた。

「ああ、そうしてくれるだろうと信じてるよ」

モントピリアは小さいながらに、いい町だった。分類的には市とされてもいいのだが、最近の統計によれば人口は減少の一途だった。都会とはほど遠く、住民の平均年収は三万ドルで、周囲には農場や自然公園が広がっている。評判のよいレストランが数軒と、美しい景観を持つ町。

ほぼ、平和な町だ。

だが捜査は常に、被害者に焦点を当てることから始まる。

グレン・ハーロウの人生の、少なくとも一面は、すっかり公開されていた。ネット上の物語のように。モントピリア警察のウェブサイトで読める物語だ。

ナッシュは、研修の最初の夜、モントピリア警察の皆との夕食会からホテルに戻った後、ウェブサイトにあるグレンのプロフィールを読んでいた。

グレン・ハーロウ警部（2B2オフィス）

ベアレイク郡で生まれ育つ。ベアレイク高校を卒業後、アイダホ州立大学で法執行コースを受講、捜査官への第一歩を踏み出す。二〇〇一年の五月にそのコースを修了し、六月からアイダホ中心部のカスター郡保安官事務所で通信指令係と看守として働く。

二〇〇二年八月、モントピリア警察に巡査として配属。以来、『最新技術による捜査法』や『呼気アルコール測定技能』などの研修、巡査部長技能訓練など、数々の技能を習得。

モントピリア警察署での仕事にやりがいを感じ、今後も市民の安全に全力を尽くす所存である。

二〇一一年の六月十六日から八月二十八日までの期間、暫定的にモントピリア警察署長を務めた。

ナッシュは、一目でグレンが気に入った。

グレンの外見も——実にいい男だった——たたずまいも。彼は黙々と仕事をなしとげていくタイプの男で、やはり感情を抑えがちなナッシュの目には好もしく映った。

研修でも、グレンの質問は鋭く的確だった。彼は、たとえばウォーカー巡査のように、ひけらかすために意見を述べようとするような男ではなかった。

しかし一日目に皆で出かけた夕食の席まで、ナッシュはグレンがゲイだとは気づかなかった。いわゆる〝ゲイ探知器(ゲイダー)〟なんてものは信じないナッシュだったが、時にゲイ同士ではっきり通じ合う直感があることは否定できない。一瞬の視線の交錯、塩入れを渡そうとかすめた指先、それ以上の何か。理屈ではなく、ただまぎれもない確信。

食後のアップルパイとコーヒーが出てくる頃には、ナッシュはグレンがゲイだという確信を持っていた。グレンがナッシュに興味を抱いていることも。

残念ながら、その夜はグレンだけでなく、全員がナッシュに興味を持っていた——興味の種類こそ違ったが。ＦＢＩの捜査官が地元にやってきた興奮で警官たちは浮き足立ち、レストランが閉まる時間まで話は続いた。

「おやすみ」

と、ナッシュは苦笑まじりで、レストランの表でグレンと握手を交わした。

月光の下、グレンの微笑もナッシュの気分と同じほど残念そうに見えた。

「じゃあ」

と言って、ほとんどはずみのように、グレンはたずねた。

「明日、朝飯をおごらせてくれないか？」

ナッシュの顔に笑みが広がる。

「いいね。明日は何時に署に行けばいい？」

「八時」

「じゃあ七時に会おう」

そんなふうに、彼らは始まった。

翌朝、朝食を共にしながら、ベーコンエッグの皿も空にならないうちに、ナッシュにはその夜二人が一緒に寝るだろうとわかっていた。

どちらもろくに眠れぬ夜となったが。

だが、たかが一週間のつき合いだ、それだけでお互いの何がわかる？　犯罪捜査に関わってきた年月からナッシュが何かを学んだとすれば、他人を完全に理解するのは不可能だということだった。この地上で、人間ほど予想を裏切る生き物はいない。

これ以上に、危険な動物も。

3

「グレンのことを嫌いな人なんて、いませんでしたよ」

マリリン・ベネットはそう言った。

モントピリア警察の犯罪被害者支援官は、六十歳ほどでぽっちゃりとして、暗い灰色の髪は丁寧に丸くまとめられて、のどかな祖母といった風情だった。グレンのことを語る目に涙がにじんでいる。

ナッシュは元気づけるように微笑んだ。

「それは、警察官の世界では奇跡だな」

「まあ、そりゃ、犯罪者たちは別ですけど」

マリリンはティッシュで鼻を拭う。

「でも犯罪者に対してさえ、グレンは厳しいけどいつもフェアな人だった——いえ、フェアな人よ。中にはそうじゃない人もいるから……」

「プレヴィン巡査のように？」

　返事は固かった。

「プレヴィンはいい人だし、いい警官ですよ」

「プレヴィンとグレンの間にどんなことが？　グレンは、プレヴィンの上役だろう？」

「何もありませんよ。何が言いたいの？」

　マリリンは、四角い眼鏡の向こうで目を大きくした。

「プレヴィンは内部調査を受けているだろう。当然、それについてグレンとも話し合ったのでは？」

「まあ、それは……でも……あの件を担当しているのはコリアー署長だもの。それに、もう州警察が調査に入ってるから……」

　テレビドラマの探偵なら指を鳴らす場面だ。動機と呼ぶには弱いが、グレンと部下のプレヴィンの間には軋轢が生じていたに違いない。職場内での不和は、時に猛烈な勢いでトラブルに育つ。ナッシュは身にしみて知っていた。この方向を、もっと調べてみなければ。

　ナッシュはひとまずその質問を脇に置き、別の話に切り替えた。

「二〇一一年に、グレンは一時的に署長をまかされている。一体、何があったんだ？」

「前の署長が突然亡くなりましてね。市議会は次の署長を任命するまで、グレンを仮の署長にしたんですよ」

「グレンは、次の署長になりたかった？」

マリリンは目を伏せた。

「ええ。そうでしょうね」

「〝でも〟？」

彼女は無意識の仕種で、机に置かれたハート型のガラス細工をいじった。

「でも、市議会は、署長になるにはグレンはまだ若すぎると判断したんです。たしか、まだ三十になったくらいかそこらだったから」

あの時、グレンは三十二歳だった。若いが、小さな分署の署長になるのに若すぎるというほどではない。市議会が彼を選ばなかった理由が、きっと年齢以外にある——たとえば、ゲイだからとか。

「昇進の機会を奪われて、グレンはどう感じていた？」

「いえ——あれはそんな大した話じゃありませんでしたよ」

いや、大した話だった筈だ。だがナッシュはおだやかに、

「ああ、たしかに。ただグレンの方では、どんな気分だったのかと」

「何も言ってませんでしたよ」

「コリアー署長とは？　うまく行っていた？」

「ええ。グレンはコリアー署長のことが好きだったようだし、署長もグレンを高く評価していましたし」

そうかもしれないが、そうではないかもしれない。何しろグレンはこの田舎町で警察官として暮らしてきたゲイの男だ。感情を覆い隠すことに長けていたと見て、間違いないだろう。

ふたたび、ナッシュは新たな視点から質問を放った。

「グレンは独身だ。誰か、特別な相手がいた様子は？」

マリリンは、一瞬ナッシュを凝視した。首を振る。

「一人も？」

「私の知る限りは」

固い口調だった。

興味深い。彼女の答えが、ではない——明らかに彼女が何か隠している、そのことが。

モントピリア警察署とベアレイク保安官事務所はきわめて迅速に手順を踏み、グレンの足取りの解析を進めた。空港のセキュリティカメラの録画で、自分の車に乗りこんで走り去るグレン本人の姿が確認できた。

ナッシュはくり返しくり返し、粗い白黒映像を再生し、警備員に軽く手を上げて去っていくグレンを見つめていた。ディスプレイの中を横切っていく背の高い姿には、不自然なところなどまったくなかった。何かを思いつめているような気配もない。

それでも安心はできなかった。時を刻むごとに、焦燥と絶望がつのってくる。この先どんな結果が待つのか、知らないふりをするにはナッシュはＦＢＩに長くいすぎた。

いい結末は、決して訪れない。

それがナッシュにずしりとのしかかる。重く。

つとめて客観的な視点を保とうとはしていた。グレンの失踪も、普段の事件と同じように対処しようと。ただグレンが――親しい友人だから、気にかかるだけだと。だがそんなことで自分を誤魔化せはしない。心が食い破られそうだった。つのっていく恐怖。グレンに何があったのか知ることすらできない苦しみ。

失踪人捜査の当事者側に立たされるのは、ナッシュにとって初めてのことだった。そこは、まるで地獄だ。地獄そのものだった。

何か――もっと、打つ手がある筈だ。

だが何だ？

グレンの自宅とガレージはモントピリア警察の捜査を受けたが、ナッシュを空港で見送った後、グレンがそこに戻った様子はなかった。警察、保安官、両方ともが空港から町までの道をくり返し確認したが、車で一時間半の道のどこにも事故などの痕跡は見つからなかった。病院や死体安置所も確認済だ。グレンから両親への連絡もない。モンタナにいる兄にも。

ナッシュ自身、その道を、モントピリアに戻ってきてすぐに車でたどってみた。のろのろとしたスピードで、タイヤ痕やオイルの痕跡、不自然な沁み、ガードレールの破損などの手がかりに目をこらしながら。

グレンが乗っていたのは自分の車だったから、警察車両のように位置情報発信機はついていない。彼の携帯にかけても留守番電話につながるばかりで、バッテリーが切れたようだった。

「救難捜索隊は？」

ナッシュは、戻ってきた翌日に、コリアー署長にたずねた。グレンが消えて四十八時間以上が経っていた。

「ヘリを出して赤外線探知を行えないのか？」

「ヘリを、どこに出せと？」

コリアーは苛々と言い返した。顔に、ナッシュにも劣らぬ憂いが刻まれている。

「この辺りの景色は見ただろう、ウェスト捜査官。山と森だらけだ。何の目星もなく、探してこい！とヘリを飛ばせるような所じゃない。せめて捜索範囲が狭まらなければ」

「だが、もう打つ手がないだろう」

「グレンがいたなら真っ先に、経費をそんなことに無駄遣いするなと言うだろうよ」

そうなのだろうか。ナッシュがグレンについて知ることはあまりにわずかだ。だがたしかに、グレンはあらゆる事態に冷静沈着に対応できる男に見えた。

ナッシュ自身、冷静さを失うタイプではないが、こんな立場に立たされたのは初めてだ。空港でグレンに別れを言い、ほんの短い間だけ抱きしめた、あの瞬間が遠い昔のようだった。

あのまま離さなければよかったのだ。

馬鹿な考えだった。だがもし、あと数秒だけでも長く、ナッシュがグレンを抱きしめていたら……時に、その数秒で人生は変わる。その数秒が生死を分けることさえある。道に飛び出して来た鹿、対向車線にはみ出す車、目をくらませる突然の陽光。

時には、もっと悪いことも起こる。

もっと悪意のあることも。

ナッシュは、やっと平静さを装った声でたずねた。

「グレンの口座情報は？　まだなのか？」

「昼までには令状が出る。裁判官が協力的でね。携帯の記録を調べる令状もその時に」

コリアーは黒い目をナッシュへ据えた。

「消防も捜索に加わった」

ナッシュはうなずく。コリアーは言葉に力をこめて、続けた。

「グレンは、必ず見つかる」

もはや二人のどちらも、「生きて」とは言わなくなっていた。

「グレンは、いい人だった」

ケント・ダン巡査は、エドナのカフェでコーヒーを飲みながらナッシュにそう告げた。ダンはモントピリア警察の新米警官で、勤続一年にもならない。制服の襟元がまだゆるく見えるし、ニキビの跡がひとつ、額にぽつりと残っていた。

「ただ、ちょっと孤独な人でしたが」

「どうしてそう思う？」

ダンは肩をすくめた。

「独身で、彼女もいなかった。あんまり人づきあいもなかったし」

不意にナッシュの喉が苦しくなり、やっと、言葉を押し出した。

「グレンは、そういう生き方が好きだったのかもしれない」

ダンは何気ない目を、左手の金の結婚指輪へ向けた。

「皆、目指す人生のゴールは同じでしょう？　家と、家族――」

「幸せも不幸せも一緒に分かち合うために？」

「ええ」

ナッシュの皮肉は、ダンには伝わらなかったようだ。気持ちがこもっていなかったからかもしれない。

誰もが人生に同じものを求めるわけではない。ナッシュ自身、家や家庭を望んだことはなかった。いや正確には、そういうものに時間を割くのはまだ先だと考えていた。いつでもナッシュにとっては仕事とキャリアが最優先だった。バージニア州に美しい持ち家はあるが、そこですごすことは滅多にない。友人たちはほとんどが仕事の同僚。家族とはクリスマスなどのホリデーシーズンにだけ会っていて、ナッシュにとってはそれで充分だった。時おりの恋人はいたが、一緒に長くすごしたいほどの相手は一人もいなかった。

「転職を考えたことは？　別の土地で？」

ナッシュは、グレンにそうたずねたのだった。土曜の朝。ほんの幾日か前のことなのに、もう遥か昔のようだ。

二人は、グレンのベッドに横たわっていた。グレンはむっつりと天井を見上げていたが、灰色の目が——窓に当たる雨の色を映した目が——ちらりと、ナッシュを見た。

「そう簡単にはいかないだろう。こう景気が悪くては、求人も冷えこんでいるしな」

否定できない、それは事実だった。

「今、何歳なんだ？」

問いかけられて、グレンの薄い唇の片端がくいっと下がる。おもしろがっている時の、それがグレンの癖なのだと、ナッシュはもう知っていた。うっすらとひげが見えるグレンの頬をなぞりたくてうずく指をこらえる。

「三十四だ。ＦＢＩに入るには、年を取りすぎたよ」

たしかに。年齢制限にはまだ達していないが、それでも、同等の資格を持つ若い候補者たちを押しのけてＦＢＩに職を得るのは難しいだろう。

わかっていても、確かめずにはいられなかった――そんな自分にナッシュはぎょっとしていた。

そこでもあきらめきれずに、さらに食い下がる自分が我ながら恐ろしい。

「もしポジションが――警察や保安関係の機関にいいポジションがあれば、転職する気はあるのか？」

ぐっとグレンの眉が寄った。

「いいって、どんな？　どういうポジションだ？」

ナッシュは肩をすくめた。守れるかどうかもわからない約束が、口をつきそうになる。

「これでも、俺はあちこちに顔が利くから……」

「へえ？」

ついに抗うのをやめて、ナッシュは指先で、グレンの強情そうな顎にふれた。意志の力があらわになった顎だ。

「ああ」

間を置いて、グレンがゆっくりと、言葉を選びながら言った。

「コリアー署長は、あと二年で引退することになっている。次の署長の第一候補は俺だ」

「そう予定通りにいくかは、わからないいんだろ」

「たしかにな」

グレンの口元が歪み、彼はまたじっと天井を見つめた。

あの時、グレンが噛みしめていた苦さの理由が、今ならナッシュにもわかる。

同じ土曜の夜、おいしい手料理の夕食の後で、今度はグレンが切り出したのだった。

「ポカテッロにもＦＢＩの駐在事務所があるな」

「ああ。ソルトレイク支局の管轄だな」

グレンは微笑んだ。目に光がともる。

「調べたのか？」

「ああ、調べた。ただ……あそこは、キャリアという点からは、ＦＢＩの中でのシベリアと同じだ」

グレンの目から光が消えた。ナッシュはそんなグレンを見たくなかった。どうにか雰囲気をやわらげようと続ける。

「アイダホの方がずっと景色はいいがな」

「ああ。この辺りは見どころが多い」

グレンはまだ微笑を浮かべていたが、さっきまでの表情は戻らなかった。ナッシュは、転職についての話題を最初に持ち出した自分をくやむ——希望など持たせるべきではなかったのだ。グレンにも、自分にも。

その夜のセックスも情熱的だった。それまでと変わらない情熱、陶酔、充足感。それでも、ナッシュの中にはほとんど胸騒ぎに近いような、奇妙な感情がこびりついたままだった。

ナッシュはあまり感情に引きずられるたちではない。だがその土曜の夜は、何か、虚脱感や、ほとんど飢えに近いものが心に渦巻いていた。

もうじきこの関係も終わる。それですべてだ——それ以上は、ない。いくら足りなくとも。

ほかに道は……。

いや、いったん家に帰れば、また仕事で違う町を訪れれば、グレンとすごしたこの日々もただの思い出に薄れていく筈だった。最高の、数日間の気晴らし。人生からの一瞬の息抜き。ちょっとした小休止。

ベッドルームの窓を横切っていく陰気な月を、二人はずっと見上げていた。やがてグレンがぽつりと、

「これまで研修の仕事以外で、この辺りに来たことは？」

「ない」

ナッシュは重く、首を振った。どちらもそれきり、何も言わなかった。

そして今、ナッシュはダン巡査に聞いている。

「プレヴィン巡査への内部調査については？」

「それが、何です？」

ダンはあからさまに警戒した声だった。

「二人の間はぎくしゃくしていたんじゃないのか」

「ハーロウ警部はプレヴィンをかばった筈ですよ。あの人はいつも自分の部下を守ってた」

「プレヴィン巡査は、よく職務を熱心に遂行しすぎる方かね？」

ダンの顔が怒りで赤くなった。つき放すように、

「俺たちはＦＢＩじゃない。手を汚さなきゃならない時だってあるんだ」

「言うね」

ナッシュはニヤッとした。
一、二秒ほどで、ダンの表情がやわらいだ。
「すみません。でも、小さな地方の警察ってのはあなたがいつも仕事をしているようなところとは違うんだ、ウェスト捜査官。あなたのところとは、世界が違う」

それを流して、ナッシュはたずねた。

「では、プレヴィン巡査とグレンはうまくいっていたんだな？」

「勿論」

「グレンをうらんでいたような人物はいなかったか？　たとえば、誰かと揉めているところを見たことは？」

「いいえ。グレンはもうほとんど現場には行かなかったし。署内で指揮を取ったり、監督業務をしてた」

　ダンは何か続けようとして、言葉を呑みこんだ。

「言ってみろ」

　ナッシュが水を向ける。ダンは右肩をそびやかした。

「別に何も。ただ、もしかしたら、グレンは現場に戻りたがっていたのかも……書類仕事にうんざりしていたのかも、しれない。あの人は——幸せではなかったと、思う」


　警察やＦＢＩなどで働いていると、運命など信じなくなる。物事には理由などないのだ。善良な人々が災難で苦しみ、悪人が人生を謳歌する。ただその場にいたというだけで、人がすべてを失ってしまうこともある。

　ナッシュはもう何年も前に、物事は意味や目的があって起こるなどという言葉を信じなくなっていた。すべては無意味なのだ。

気休めの嘘を信じられたなら、どんなによかっただろう。自分がグレンと出会って惹かれたのは、グレンに何が起きたのか見つけ出す運命だったからなのだと。だが運命なんてものが本当にあるというのなら、どうしてもっと単純に、もっと救いのある道ではいけなかったのか
――グレンを救うのが、ナッシュの運命だと。

いや、そんなふうに考えてはいけない。次には、神に怒りをぶつけ出しかねない。今さら神の存在など信じて。

物事は理不尽に起こる。意味も理由もない。時には愛する者にすら災難が降りかかる。そこに意味など見ようとしてはならない。意味はないのだ。人生など、ただの偶然の連続だ。

職場のグレンのデスクには、家族の写真立てすらなかった。清潔な、警察をからかうジョークが書かれた白いマグが置かれている。

今朝の新聞にグレンの両親のコメントが載っていた。いい人たち、善良な人たちだった。二人ともグレンが生きていると固く信じている。息子をうらむ者などいないし、息子は決して、自分を愛する家族や友人、仲間たちを捨てて消えてしまうような無責任な人間ではないと。

グレンの両親に会いに行くだけの勇気が自分にあればと願ったが、たとえ会えても、満たされるのはナッシュの自己満足だけだろう。彼らのためにはなるまい。ナッシュに何が言える？

グレンが立派な人間だったとか、かけがえのない男だったとか？　今さら、両親にはわかりきったことばかりだ。

机の書類箱の中には、封の開いていない手紙の薄い束と、いくつかの報告書が入っていた。ペーパーウェイトの代用品にオパールを含んだ大きな結晶の塊が置かれている。

デスクは潔癖というほどではないが、整理が行き届いていた。引き出しを開けると、かすかにオールドスパイスが香った。グレンのアフターシェーブローション。消えかけの香りに、ナッシュの胸がぐっと締めつけられる。

グレンは仕事を順調にこなしていたようだ。未決のものは、最後の数日分の報告書だけだった。机上の電話のライトが光っている。誰も、残されたメッセージを聞こうともしていない。

グレンの机の後ろの壁には、数々の資格証や修了証、表彰状の額が掛けられていた。グレンはたゆむことなく己を鍛え、そなえてきたのだ。だが町議会はそれを否定し、グレンに署長への昇進を認めることはなかった――それもきっと、グレンが若すぎるからではなく。

小さなオフィスで一番目を引くのは、大きな壁掛けフレームに入った写真で、緑豊かな山々と、針葉樹に囲まれたターコイズ色の湖が映っていた。

「どこの写真だ？」

ナッシュは、コーヒーを持ってきてくれたマリリンにたずねた。

「ベア湖。きれいでしょう？　石灰岩の成分でそんな色になるの」

マリリンは淋しげな表情になった。

「グレンはよく、その湖に釣りに行ったものだったわ」

失踪から三日間——すでにグレンは過去形で語られる存在だった。

「この写真を撮ったのも、グレン？」

「まさか！」

マリリンはナッシュの問いにくすくす笑った。

「グレンにはそんな才能はありませんでしたよ。あの人は、普通の人だったもの」

4

プレヴィン巡査は大きな男だった。しかも全身が筋肉だ。鼻の下にたくわえたひげすら筋肉の一部に見えるほどピンとしていた。ひげまで鍛えているようだ。

「はっきり言わせてもらうけどな」

パトロールから戻ってくるなり、プレヴィンはナッシュに言い放った。

「こうしてあんたと話すのは、署長からたのまれたから、仕方なくだ。俺はハーロウがどこにいるのか知らねえ。あいつに何かしたこともねえ」

「そうか？　やけに弁解がましいじゃないか」

ナッシュは指摘する。

「そりゃ、あんたが署の皆に、俺が地方検事に証言されないようハーロウの口をふさいだんじゃないかって匂わせて回ってるからだろ」

「いやいや、まさか。一言もそんなことを口にしたつもりはないがね。だが、その話題になったからには、折角だ、聞いておこうか。やったのか？」

「いや。俺は何もしてねえよ」

プレヴィンは、弧を描く黒い眉の下からナッシュをにらみ返した。

「だが言わせてもらえば、ハーロウも聖人ってわけじゃなかったんだぜ。あいつがどんな奴だったか、教えてやろうか？」

「どうぞ。是非聞きたいね」

プレヴィンは何か言いかけたが、結局「けっ」とその口を閉じた。ナッシュは手を広げてみせる。

「何か知っていることがあるなら話してくれないか。ハーロウ警部に何があったのか、手がかりになるかもしれない」

「あんたに教えてやるよ、ミスターＦＢＩ。ハーロウに何があったのかなんて、皆もうわかってるさ。口に出せないだけでな」

ナッシュは淡々とした声を保つ。

「ほう、ハーロウに何があったんだ？」

「あいつはな、どこか遠くに車を停めて、自分の口に銃口をつっこんだんだよ」

「成程。その根拠は？　何故、ハーロウ警部が自殺したと思う？」

「そりゃ、あいつがホモだからだよ。誰でも知ってる」プレヴィンの唇がくいっと上に歪んだ。

「あんただってよくご存知だろ？」

　ナッシュはプレヴィンを貫くように見つめ、聞き返した。

「そこに何か不服が？」

「おいおい勘弁しろよ、あんたが聞くから答えただけさ。とにかく俺は、ハーロウは自分で自分の頭を吹っとばしたんだと思うね。そりゃ、無理もないさ」

　ナッシュは、捜査官としてもう長い――もしかしたら長すぎるくらいかもしれない。もはやそう簡単に心を動かされることもない。

　だがそんな彼ですら、これほど剥き出しの偏見や憎悪をつきつけられるのは久々だった。偏見の存在しない世界に住んでいるからなどではなく、ただナッシュは滅多にゲイだと見抜かれることがないのだ。秘密にしているわけではないが、有能な捜査官であれば誰でも己を守るための偽装を本能的に身につけているものだ。サングラスやスーツと同じ、欠かせない装備として。

　捜査官が自分の私生活を喧伝しないのは、仕事柄、必須の防御でもある。無慈悲で獰猛で時にぞっとするほど頭の切れる犯罪者たちへの鎧として。

だが――グレンは。彼は、こうした偏見やさげすみの目に、態度や言葉に、あらゆる日々、耐えてこなければならなかったのだ。

ナッシュは口を開く。

「五十年前の映画じゃあるまいし、今どきゲイだってことが自殺の理由になるとは驚きだね」

本心ではない。統計を見たことがあるわけではないが、ゲイの警官の自殺率は、おそらく警官全体の平均値よりも高いだろう。元の平均値からして恐るべき数値なのに、さらにそれを上回るのだ。警官の自殺者のうち91％が男性、その63％が独身。

「あんたの世界じゃそうかもな」プレヴィンが返した。「だがハーロウはこの辺で生まれ育ったんだ」

「〝男はマッチョに、羊のケツを追い回せ〟？」

「好きなだけ笑えよ。ここらじゃあんたは一年ともたねえよ」

「君を驚かしてやれるかもな」

「今んとこ、全然だね」

「君は結局、どう考えてるんだ？　ハーロウ警部は自分がゲイだという理由で、車で拳銃自殺したというのか？　ならどうして遺書のひとつも残っていない？　そして何故、今？」

プレヴィンはしばらく、侮蔑しきった目つきでナッシュを眺めてから、背を向けた。肩ごしに吐き捨てる。

「その答えを一番よく知ってんのは、あんただろ」


グレンの銀行口座情報は空振りだった。失踪後にカードが使われた様子も、小切手を換金した記録もない。不自然な金の動きはなく、貯金もあり、失踪の原因になりそうな金銭的なトラブルは見受けられなかった。

「誰か、ベア湖は確認したのか？」

ナッシュはその夜、夕食を取って署に戻ると、ウォーカー巡査にたずねた。

「月曜にもう、俺が行ってます」ウォーカーが答える。「それにどうせ、グレンがあんな遠くまで行ったわけがないし」

「どうしてだ？　あの朝、勤務時間まではまだ数時間あっただろう」

「あなた、釣りはあまりしないでしょう？」

「ああ」

「じゃあとにかく信じて下さい。あの日、グレンには湖に釣りに行くほどの時間はなかったんです」

信じろと言われても、根拠もなく信じる性格ではない。ナッシュは探るようにウォーカーを凝視した。何かある——ウォーカーは何かを知っている。だが、何を?

　ウォーカーの目は充血して落ちくぼみ、頬はこけていた。精根尽き果てたような姿だった。彼の姿は、ついさっきトイレの手洗いの鏡から絶望した目でこちらを見つめ返したナッシュ自身の姿によく似ていた。

　実際、ナッシュとウォーカーは外見も似ている。背が高く、筋肉質だが引き締まっていて、身だしなみも清潔。金髪、青い目。

　ゆっくりと、ナッシュは切り出した。

「どうして日曜の夜、俺がグレンの家にかけた電話に、君が出たんだ?」

　ウォーカーの頬にひとすじの赤みがさす。

「グレンが……勤務時間になっても出勤しなかったから、俺がグレンの家まで見にいったんだ」

　弁解するようにつけくわえた。

「無断欠勤なんて、グレンらしくない。もしかしたら具合が悪いのかもしれないと思って」

　さすがに疲れきっていたせいに違いない。ナッシュの中でいくつかのヒントがつながるまで、数秒かかった。

　ナッシュはさらに追及する。

「何故、君が?」

「何で俺じゃ駄目なんです？」

ウォーカーの顔は今や紅潮し、青い目は感情的で、挑むように燃え立っていた。それでも葛藤しているようだったが、やがて、彼は吐き捨てた。

「俺は鍵を持ってるから」

「鍵を……」

深い意味などない言葉かもしれない。たとえば、グレンがキャンプに出かけて留守の間、ウォーカーが鍵をもらって植木に水をやっていたとか。

だがいくら解釈をひねくり回したところで、ウォーカーがナッシュを見据える表情は、ただひとつの可能性しか残していなかった。

ナッシュの心がぐらりと傾いた。

まさか。これは不意打ちだった。グレンとすごした一週間、ほかに恋人がいる気配はかけらもなかったのに。

「そうさ」

ウォーカーが、猛々(たけだけ)しいほど得意げに、だが低く言い返す。

「俺は鍵を持ってる」

間違っていたのだ——最初から、何もかもナッシュの独り芝居にすぎなかった。勘違いしていた。グレンとの間に何も特別なものなどなかったのだ。二人の間のことは、ただ淋しい独身男同士が欲望を満たしただけのことだった。単なるセックス。それ以上ではない。未来なんてもとからなかった。

だがその時、ナッシュは、空港でのグレンの表情を思い出す。最後の握手にこめられた、グレンの力を思い出す。

「ウォーカー巡査。君がまだ鍵を持っていることを、グレンは知っていたのか？」

ウォーカーは目を見開いた。挑戦的な表情がしぼむ。

「いえ」

「ほう、やるね」

「あなたが考えてるようなことじゃない。グレンは気にしなかった筈だ。俺たちはまだたまに、夜にも会ってたし」

嫉妬がこみ上げてきたが、ナッシュは無意味で不毛な感情を押しつぶして、聞いた。

「グレンとの間に何があった？」

「グレンが、俺とはもう――」

「そっちじゃない。グレンが消えた日のことだ」

「何も。グレンには会ってもいない」

ウォーカーは語気荒く、

「俺はあの日、午後はずっと勤務だった。皆に聞けばいいさ。署長から電話が来て、グレンが欠勤してると言われたんだ。それでグレンの家に行った。俺が何かしたとでも？　グレンを傷つけるようなことを俺が一度でもしたと思うのか？」

「それを今、グレンに聞ければいいんだがね」

ナッシュはそう応じた。

火曜の朝には、電話会社がグレンの携帯電話の場所をアイダホ州の隣、ユタ州北東部にある基地局の範囲内にまで絞った。昼には、そのユタ州のトレモントンにあるグレイハウンドバス乗り場の駐車場でグレンの車が発見された。車の助手席のシートの下からグレンの携帯電話が出てきた。車の鍵はついたままだった。

グレンの姿は、どこにもなかった。

鑑識が車をすみずみまで調べているが、一見したところ、車はきれいなものだった。とにかく暴力の痕跡などはない。マリファナの残滓（ざんし）が散らばっていただけだ。

バス乗り場の誰ひとり、そのニッサン・エクステラを覚えておらず、車がいつから駐車場にあったのかはわからなかった。監視カメラの録画映像にも手がかりはなく、車が来た時の映像はすでに上書きされてしまったようだ。ということは、車が駐車場に入ってから五十六時間以上経っているということだった。

その日の夜、ナッシュはコリアー署長のオフィスへ呼ばれた。

「ウェスト捜査官、君の尽力には大変感謝している。だが、もはや、ここで君にできることは何もないようだ」

「グレンがあのバス乗り場でバスに乗りこんで、ただ地の果てに消えてしまったなんてありえない」

「たしかに、信じがたいが」

署長はうなずき、

「だが結局のところ、現実にはおかしな事件など山ほど起こるものだ。君もわかっているように、時に、人が自ら姿を消すこともある」

「グレンはそういうタイプじゃない」

「私は君より長いことグレンを知っているがね、ウェスト捜査官。その私であっても、グレンが自らの意志で消えた可能性を完全に否定はできないよ」

そっちの方が長くとも、自分の方がグレンをよく知っている——そう、ナッシュの喉元まで出かかる。だが言いきる自信はなかった。ひとつだけ確かなことは、人が他人を、完全に理解することなど不可能だということだけだ。

だがすべては無理でも、本質は、きっとわかる筈だ。グレンにとって何が大切なのか——それくらいは自分にもわかっていると、ナッシュは信じたかった。

「あなた方の仮説によれば、グレンは車内でマリファナを吸ってからバスに飛び乗って消えたということになるが？」

「マリファナについてはわからん。グレンらしくない、それはたしかだが、鑑識が車を調べても事件性はなかったんだ。キーは挿されたままだったし、携帯も車内に残されていた」

「ではこれで終わりだと？　あきらめると？」

ナッシュのこめかみでドクドクと脈がうずく。数日間に亘って怒りや恐怖を押し殺してきたストレスで、血管が破裂しそうだった。

「まさか、あきらめたりするものか！」

コリアー署長も冷静さを失って、ぴしゃりと言い返した。

「だが、この事件に早期解決が望めないのはもう明らかだし、君がここに残って私の部下に嫌がらせをしていても何の助けにもならん」

「嫌がらせ？　それが俺のしていることだと？」

ナッシュの首すじに熱がともった。

署長は何を言おうとしたのか、とにかく言いかけた言葉を呑みこむと、両手を机に置いた。ほとんど優しさすらにじむ声で、

「いいか、ナッシュ。この件が君にとって大切なのはよくわかっている。君が力になろうとしてくれていたのも知っているし、実際、力になったのかもしれない。だが現実を見ろ、我々は日曜からこっち、グレンの発見には一歩も近づいていないんだ。だからな、君がここに引っ越してきて一日中捜索に加わりたいというのでもない限り、もう帰り支度をする頃合いだ」

ナッシュはもう、論理的に物が考えられないほど疲れきっていた。一体、最後に眠ったのはいつだったろう？　グレンに出会うよりも前のことだ。あれから一生分の時間が流れてしまった気がする。

彼はコリアーをじっと見つめた。署長の黒い目には、ナッシュがいたたまれなくなるほどの、いたわりの色が浮かんでいた。

言いたいことなら山ほどあった。わかってもらいたいことも。グレンを探しつづけなければならないと、あきらめることなどできないと、署長を説得して――。

笑える話だ。一体これまで何度、ナッシュは逆の立場に立たされた？　一体何回、誰の目にも明らかな真実を受け入れられず心痛に取り乱した遺族や恋人に詰め寄られてきた？

ナッシュには、一言も言う必要などなかった。彼の言いたいことなど、コリアーにはすべてわかっている。

ナッシュは、うなずいた。

5

古い映画に、ナッシュの好きな話がある。一人の女性が殺され、担当刑事が捜査を通して被害者のことを知るうちに、もう死んだ女への恋に落ちていく話だ。『ローラ』という映画だった。勿論、いかにもハリウッドらしく、殺されたのは別人で、刑事とローラは無事にハッピーエンドを迎えるのだったが。

当時の映画らしく、ローラは嫌味なほど豪勢で洒落た家に住んでいた。グレンが住んでいるのは、ヴァレービュー通りにある赤杉と石の家だった。四つの寝室に三つのバスルームというのは、男の一人暮らしには大仰すぎるように思えた。

「この家、かなり安く手に入ったらしくて」

ウォーカー巡査が説明しながら、ドアの鍵を開けてナッシュを中へ入れた。

いい家だった。天窓に木の床、花崗岩のカウンター、薪ストーブ、どれも今風だ。ベッドルームのバルコニーからは山々の見事な眺望が見晴らせる。

日曜にナッシュとグレンが朝食を食べた皿が、まだシンクに積まれていた。メインのバスルームのガラス棚にはナッシュの歯ブラシが横たわっていた。歯ブラシを置き忘れていったなんて、これまで一度も覚えがない。普通なら荷造りの最初に詰めこんでいる筈だ。

「ここに俺たちが入るのはまずいですよ」

背後のウォーカーから声をかけられた。

「犯罪現場でもないのにか？」

ナッシュはまるで、ここにいてはならない理由などひとつもないかのように、落ちついた返事をする。

だが、何のためにここに来た？　それが自分でもわからない。グレンに最後の別れを言うためか。いや、多分違う。なにしろナッシュはこの足でユタ州に向かい、トレモントンでグレンの乗り捨てられた車について捜査の進行具合をたしかめに行く気だった。

ウォーカーが寝室のクローゼットを開閉している音が聞こえた。ナッシュは鏡の中の自分を見つめた。ひどい顔だった。実際、ひどい気分だった。まさにこの状況にふさわしい顔だ。

もし誰かがグレンを傷つけたのなら、必ずそいつを見つけ出して——殺してやる。

ニヤリと、鏡へ向かって凶暴に笑いかける。不気味だ。

「こいつを片付けといた方がいいかもしれませんね」

ウォーカー巡査が背後に現れた。手に、ゲイ雑誌を一山かかえている。

「放っておけ」

「こんなの、母親に見られたら……」

今笑い出そうものなら、とめられない気がした。ナッシュは言葉を押し出すように、

「ウォーカー巡査、わきまえろ。何にも手をつけるな」

「あんたは？　その歯ブラシを置いてく気なんですか？」

ウォーカーが言い返す。

ナッシュは自分の歯ブラシを見つめた。緑に白のストライプの、平凡な歯ブラシ。ブラシ部分にはナッシュのＤＮＡがべったりと残っているだろう。

「勿論、歯ブラシもこのままにしておく」

「馬鹿じゃないのか」

そう言い捨てて、ウォーカーは寝室へ戻っていった。

彼の言う通りかもしれない。

ナッシュも寝室へ入った。ベッドの脇にはベア湖の写真が掛けられていた。ベッドは丁寧に整えられている——ナッシュが手伝って、二人でベッドメイクしたのだ。目をとじるまでもなく、今でもまざまざと、このベッドに横たわって微笑み交わしていた自分たちの姿を思い出せた。グレンの手の感触をまだ覚えている。彼の声、キスの味、髪の香り。

映画『ローラ』の中で特にナッシュの心をつかむのは、ひとたび死者となった存在がいかに無防備で、無力かという点だった。死者はもはや自分の秘密を守ることができない、それが真

理だ。殺人捜査の名目のもとに、すべての秘密は暴かれてしまう。

グレンもそれを理解していた筈だ。だが彼が他人に知られたくないこととは何だろう？ グレンはゲイだ。孤独だった。乾燥肌だった。どこからどこまでが秘密だろう。そう、塩味のポテトチップスが好きで、酸っぱいものも好きで、ルアーのコレクションに金を注ぎこみ、リンダ・ロンシュタットの歌に傾倒していた。

ナッシュは、グレンのことをろくに知らない。一番の好物も、一番好きな歌も、好きな映画も、好きな色も。民主党員、それとも共和党員？ 神を信じているのか？ いつか子供を持ちたいと思っているか？ ベッドの右側と左側、どちらがよく眠れる？ ひげ剃りはシャワーの前と後、どちらを好む？

ささいなこと。そのすべてが、どれも大事なのだ。きっと。違うだろうか？ もしあの時、どうしてもと願ったなら、本気で方法を探したなら、道はあったのではないだろうか。彼らにも……。

結局、またそこに戻ってしまう。どうしてあの時、一番大事なものが見えなかったのか。どうして見ようとしなかったのか。

何より胸を貫くのは、今になってグレンがどれほどかけがえのない存在か気付いても、何もかも手遅れだということだった。ナッシュが捜査を通してグレンについて知ったことなど、とうにわかっていたことばかりだ。グレンは真面目で、知性的で、勤勉な男だった。毎日、毎朝、目を覚ますと、彼は全力を尽くして世界を少しでも住みやすい場所にしようとしてきた。

それ以上、何が必要だ？

それに加えて、あの映画の刑事と違い、ナッシュは捜査以前のグレンの姿も知っている。一緒にすごした時間を通して、グレンのそばにいると自分がこれまでにないほど穏やかに、リラックスした気持ちになれるのも知っている。どんな男といても、あれほど安らげたことはなかった。グレンといると、ナッシュはよく笑った。グレンといると、心が締めつけられるような思いをした。グレンの作るスクランブルエッグがアメリカ西部で一番美味いと信じている。

「もう、行かないと」

ウォーカーが玄関ホール近くから呼んだ。玄関へ続く左右の壁にはフレームに入った写真が掛けられていた。一九六〇年代のカップルの古い結婚記念写真、カウボーイハットに保安官バッジを着けた細っこい二人の子供たち、警官の制服をまとって生真面目な顔をした若いグレン——。

「行きましょう、ウェスト捜査官」

ウォーカーが廊下の先からせかす。

「あなたは自分の職がどうなろうとかまわないかもしれないけど、俺はそうはいかないんだ」

歩みよってきたナッシュを、ウォーカーはじっと見つめた。

「これで終わりでいいですね？　ほかに何か、したいことは？」

「ほかにできそうなことがあるのか」

「いえ……」

「なら、俺は空港に向かうとするよ」

ウォーカーはほっとした表情を見せた。

玄関へ向かう途中、ナッシュはふと、アクアマリンの湖面と針葉樹の木立が写った写真の前で足をとめた。

「これはベア湖か？」

「そうですけど」

「どこだ？」

「湖ですよ」

「それはわかっているが、湖のどこなんだ？」

「どこってわけじゃないでしょう」

「何を言ってるんだ」

ナッシュは苛々とたたみかけた。

「どこか決まった場所の写真に決まっているだろう。固有の緯度と経度を持つ、特定の場所だ。どこってわけじゃない場所なんて存在しない」

ウォーカーの顔が赤らんだ。

「俺が言ってるのは、どこだってありえるってことですよ」

ナッシュに信じがたいまなざしを向けられて、彼はまたくり返す。

「どこだってありえますよ。ベア湖は一五〇キロ四方以上の広さがあるんです。どこだって似たような景色だし」

ナッシュはうなずいた。ウォーカーの目にはどこも似たような景色に見えるかもしれない。だが、三枚のフレームに入った写真——そのどれも、木立と山と湖の配置が一致していた。プロの写真家でなくとも、その構図の類似くらいはわかる。

ウォーカーが、気乗りしない様子でたずねた。

「空港まで送りましょうか」

「いや、自分のレンタカーで行くよ。空港で返せばいい」

「そりゃ何より。あなたを空港で見送るのは何だか不吉な気がしてね、嫌なことを言うつもりはないけど」

「かまわんよ、気にしてない」

とってつけたように、ウォーカーが右手をさし出す。やはりとってつけたように、ナッシュはその手を握り返した。

その三枚が、湖のどこで撮られた写真なのか、夕方前には判明した。

ナッシュの推論によれば、プロの手による同じ湖畔からの写真が複数存在するということは、そこはよく使われる撮影スポットで、かつ車で行きやすいところにある筈だ。結果、その推論は正しかった。

ナッシュが滞在していたホテルのカフェコーナーでは小綺麗なポストカードを店頭に並べており、狙い通り、ナッシュはその中からグレンの飾っていた写真と同じ木立と山並み、湖の構図を見つけ出したのだった。

そのショショニ岬が、グレンにとってどんな意味を持つ場所なのか、それはわからない。いい釣りのポイントなのかもしれないし、景色が気に入っていたのか。理由はわからないが、とにかくあの岬がグレンの好きな場所であることに間違いないと、ナッシュは確信していた。

そう、あの日の出来事は、こんな風に起きたに違いない。

空港でナッシュと別れた後、グレンはナッシュと同じような気持ちになった――まるで人生最大の失敗を冒してしまったような気持ちに。そこで、まだ出勤まで数時間の余裕があったグレンは、湖へ好きな景色を見に向かったのだ。釣りが目的でもなければ、自殺しようとしたわけでもない。ただ仕事に行く前に、心を整理して切り替えようとした。それは、いかにもグレンらしい。

そしてそのベア湖のほとり、ショショニ岬を訪れたグレンの身に、何か、ひどくよくないことが起こったのだ。結果、グレンの車がユタ州のトレモントンに運ばれて乗り捨てられたぐらい、よくないことだ。トレモントンにはベア湖から一番近いバス乗り場がある。偶然のわけがない。

ナッシュは、レンタカーを砂混じりの湖畔に停め、車を下りた。ひんやりとした空気に、松の木や濡れた草、魚の匂いが混じっていた。

ベア湖の湖面は本当にアクアマリンの色をしていて、〝ロッキー山脈のカリブ海〟という呼び名も納得できる。夏には絶好の観光スポットだが、四月の今、湖は鮮やかな色をたたえてはいても、遠くに点在するロッジやキャビンには人の気配がなかった。窓には明かりもなく、煙突から煙ひとすじ出ていない。ボートや釣り人の姿もなく、辺りには車すら停まっていない。

生き物の気配は、まるでなかった。

ナッシュは目の上に手をかざし、湿気を含んだ空を見上げて、もしや旋回する鳥の群れはないかと不吉な前兆を探した。だがコバルト色の空には何もなく、ただ引きちぎられたような縁の黒ずんだ雲が流れていくばかりだった。

ナッシュは身ぶるいした。湖面を渡る風はしんと冷たい。ほんの何週間か前には、この辺りにもまだ雪が残っていた筈だ。

ゆっくりとした足取りで、小高い隆起を越えながら、彼は濡れた地表にタイヤの痕を探した。石を積んだ小さな道標の脇に、白っぽい骨が散らばっていた。一瞬ナッシュの鼓動がとまったが、その骨は古く、人間のものにしては小さすぎた。だがその骨が、ここは獣の、それもヘラジカからミュールジカ、グリズリーに至るまでの棲息地なのだという事実をナッシュにつきつける。

「グレン？」

ナッシュは呼びかけた。その声はおずおずと、ためらいがちに響き、何故かナッシュは自分で怒りを覚えた。もう一度、力をこめて呼んだ。

「グレン！」

声は取り巻く山々にはね返り、草の生えた湖畔にボトリと落ちるように途絶えた。

ナッシュは、草群れの間に目を走らせてタイヤの痕を探しながら、湖のほとりへと下りていく。

地元の伝説によれば、このターコイズ色の湖面の下には〝ベア湖の怪物〟がひそんでいるらしい。もしかしたらグレンはその怪物に出会ってしまったのだろうか。グレンが自ら失踪したというぐらいなら、まだその方が納得がいく。

いや、そんな考え方は間違っている。物事のつじつまを合わせようとしてはならない。情報をつなげてパターンを導き出さねば。こじつけたり、結論ありきで理屈をつけるのではなく。

「グレン！」

ナッシュは叫んだ。山々と針葉樹の木立の静寂が、彼の声をすべて呑みこんでいくようだった。

また叫ぶ。もっと大きく。あきらめずに。

「グレン！」

斜面を数メートル下った倒木のそば、乾いた泥の上に、ナッシュはＳＵＶ車のタイヤ痕を見つけた。膝をつき、固い泥についた小さなギザギザを指でなぞる。まるでメッセージを読もうとするように。

――行きどまり。

このタイヤ痕から読みとれるのは、その一言だった。

そのＳＵＶ車が駐車していた場所もわかった。車はそこでギアを切り替え、いびつな弧を描いて大きくバックし、来た時のタイヤ痕を横切って小高い斜面を越え、走り去っている。

わざわざ、道を避けながら。

ナッシュの心臓が、期待と恐れに激しく高鳴った。

立ち上がると、彼はゆっくりと、だが大股に、湖へ向かってさらに下りながら、水際から草のまばらな斜面やゴツゴツした岩の間へ視線を走らせた。

水辺近くに焚火の痕を見つける。焼けて黒ずんだ石が円形に並べられ、中に炭化した流木が転がっていた。周囲にはビールの空缶が散らばり、複数の、消えかかった足跡があった。

「グレン？」

遠く、かすかな叫び声が聞こえた。

ナッシュは振り返り、無人の景色に目をこらす。動くものはない。

鳥の声か、こだまを聞き違えたのか。息をとめ、耳をすました。

もう一度グレンの名を呼ぼうとしたが、喉がつまって、言葉というよりむせぶような声しか出てこなかった。

それでもあやうく、答えた叫びを聞き逃すところだった。

ナッシュはよろめく足で岸を離れ、草の覆う斜面を駆け上がった。湖畔の小さな丘を登り、やがて彼は眼下に狭く深い、裂け目のような窪地を見つけた。

草色の斜面に、男が一人、じっと横たわっていた。ブルージーンズに青いパーカー。黒髪に血がこびりつき、拳銃を手にしている。無精ひげに覆われた顔は、頭上を流れる雲を見ようとするように傾けられていたが、両目はとじていた。

ナッシュは半ば走り、半ば転げ落ちるように斜面を下り、仰向けに倒れた男のそばへたどりついた。

声が揺らぐ。

「グレン？」

グレンの、充血した目が開いた。ぼんやりと見上げ、ふっと、そのやせこけた顔に生気が浮かぶ。ひび割れた唇が動いた。

「ナッシュ……？」

「ああ、俺だ、グレン」

「こんなところで……会えるとは、うれしいね……」

グレンがゆっくりと、痛々しい言葉を押し出した。

「どこを怪我したんだ？」

ナッシュは震える手でグレンにふれて傷をたしかめながら、見るからに脱臼した肩や、折れた腕は慎重に避けようとした。それと、ひびの入った――。

グレンが苦痛の息を呑む。

「肋骨……！」

「悪い。こんなに長くかかって悪かった。すまない。怪我はどんな感じだ？　痛いか？」

馬鹿な質問だ。ナッシュはただ、しゃべり続けずにはいられない。

グレンが喘いだ。

「それほど……じゃない……まだ死んでない程度、だ」

ナッシュは脱いだジャケットをグレンの上にかけ、力のない手から拳銃を取り上げた。携帯電話を取り出す。電波の反応なし。彼は低く、抑えた悪態をついた。

「すぐ戻る。一人でどこにも行くなよ」

グレンは目をとじていた。血の気のない唇がピクリと、笑うように動く。

ナッシュはゴツゴツした斜面をはねるように駆け上がった。携帯が電波を拾うまで歩き、緊急通報の番号にかけると、悪いニュースを並べ立てた。肋骨にひび、肩の脱臼、腕の骨折、頭部外傷、ショック症状、脱水症状……。

そのすべてが、いいニュースの前にはかすむ。

グレン・ハーロウは生きていたのだ。

「今、来る。助けが来る。もう少しだ。三十分。もっと早いかも」

ナッシュが転がり落ちるようにグレンの横に戻ると、グレンの睫毛が揺らいだ。目をとじたまま、呟く。

「……お前が、幻じゃ……ないと、いいが……」

声は消えるように途絶えた。

「俺は幻じゃない。消えたりしないよ」

グレンの口がとじる。ナッシュは慌てて、

「眠るな、グレン、意識を保て。お前は頭部に外傷があるんだぞ」

グレンが笑い出したが、それからきしむように呻いた。

「くそっ」

ナッシュも、途切れ途切れに笑った。

「本当に、お前は死んだと思った――」

グレンの頭がかすかな否定に揺れる。

どうしたらいいのかわからないまま、ナッシュはグレンに自分の体をかぶせ、彼を動かさないよう慎重に腕を回して温めてやろうとした。血と汗の匂いに混じって、グレンからはほんのかすかに、オールドスパイスのアフターシェーブローションの香りがした。グレンの頬はこけ、顔は血の気がなく、髪はすっかり汚れていた。

「グレン……」

ナッシュは囁く。何を話そうというわけでもなく。ただ名前を呼ぼうと。奇跡をたしかめるように。

グレンはここにいる。今、ここで、生きている。

グレンの、血の気のない唇が微笑んだ。そっと、ほとんど聞こえないほどの声で、

「ナッシュ……お前、雨、みたいに……」

ナッシュはぐいと、自分の肩口で目を拭った。

「ああ。なあ、どうして拳銃なんか?」

「どうにか……森林パトロールの……注意を、引こうと……」

グレンの顔が歪んだ。

「一体何があったんだ？　皆、てっきりお前が――」

いや、よそう。すべてを話すのは、グレンがもっと回復してからでいい。

グレンの目が開いた。眉をよせる。少し力を取り戻した声で、

「湖のそばに……車を停めた。そしたら……悪ガキどもが騒いでて……馬鹿騒ぎを、やめさせた方がいいと、思った」

ナッシュの肩の向こうを透かそうとするように、目を細める。

「後は……ぼんやりとしか。あいつらの誰かに、石で、頭を殴られたんだろう。とにかく、何かで」

「本当によかったよ」

グレンの目が見開かれた。弱々しく呟く。

「ああ。俺の人生で……最高の、ラッキーデイだ……」

ナッシュは笑い出した。

「いや、もっと悪いことにならなくてよかった、って意味だよ」

本当によかった。彼や、ほかの皆が信じていたような結末にならなくて。

まさに人生は偶然の連続だ。グレンの身に起こった出来事は、意図的なものでもなければ誰かの策謀でもなかった。ただの偶然。意味もなければ理由もない。

だが今、こうして、二人は奇跡のようにまた出会えたのだ。年齢とともに心が脆くなってき

ただけかもしれない――だが、それでもナッシュには、こうしてすべてを乗り越えてグレンを見つけ出せたことが、まるで運命の証のように思えてならなかった。

まるで、二人にはまだ未来があると。そういう運命なのだと告げられたかのように。

偶然としか見えない物事の中にも、もしかしたら意味があるのだと。

ナッシュはグレンの冷えた顔に頬をよせ、グレンの鼻に、唇の端に、そっとキスをした。

「いいね……」

グレンが呟いて、

「お前は……もう、行ってしまったと思ったよ、ナッシュ」

「戻ってきたんだ」

グレンはかすかにうなずく。浅く、慎重な呼吸をくり返して、彼はたずねた。

「どうして……？」

いい質問だ。まさに、どうしてだ？

グレンが死んだかもしれないと思った時、ナッシュは大事な職を失うリスクすら冒して、すべてを放り出し、三千キロも彼方からすぐこの地へ駆けつけた。それなのに、グレンが生きて、まだ抱きしめられた時には、そんなふうにすべてを捨てることなど不可能だと思っていたのだ。ありえないと。

ありえないのは、目の前の真実に気付くまでこれほど時間がかかったナッシュ自身だろう。

そっと、ナッシュは囁く。

「どうしてか、お前は知ってるだろ」

抱きこんだナッシュの腕が落とす影の中、グレンの睫毛に滴がにじんでいた。

グレンが囁き返した。

「ああ。知ってる」

Christmas in London

クリスマス・イン・ロンドン

Coda：Adrien & Jake

「ゆうべ、お前は眠りながら笑ってたぞ」

ジェイクが、シンクの上の鏡の中で僕と視線を合わせた。小さなホテルのバスルームで、今は彼が髭を剃る番だ。

「僕が？」

ジェイクの頬がへこみ、電気シェーバーがまだ剃られていない顔半分の即席のカーブをつたっていく。

「夢では楽しい時間をすごしてるようで、我ながらなにより」と僕は呟いた。

ジェイクは眉を寄せ、シェーバーを止めた。僕へ向き直る。

「楽しい時間をすごせてないのか？」

「すごせてるさ！」

口からこぼれた僕のさっきの一言に、より驚いたのはどっちだったものか。僕自身か、ジェイクか。

「ああ。この三年間よりずっと素敵なクリスマスをすごせてるさ」

「でも？」

今やジェイクの意識のすべてが僕に注意深く向けられ、僕を読みとっていた。時々まだそれに驚かされる。ジェイクは細かいことを見逃したりしない。決して。他人の心配を適当にあしらったり――それを楽しんでいたり――した人間にとって、たまに居心地が悪いほどに。

「お前は楽しんでるか？」と僕はたずねた。

「ああ、勿論」

何のためらいもなく彼は即答した。

「二人でここにいる。二人ともきわめて元気だ。俺たちにとって一緒にすごす初めてのクリスマスだしな。これ以上の望みはない。本当だ」

ああ。彼の表情から、その言葉が真実だとわかる。

「じゃあこの旅行が一分ずつまで行き先が決められているのは気にならないのか？　僕らの最初のクリスマスがロンドンの端から端まで引きずり回されて終わるのも？」

ジェイクは気楽に肩をすくめた。

「それか、たまに二人きりになれる貴重な時間があっても、僕の携帯が鳴って邪魔するのも？　それか誰かがドアをノックしたり？」

ジェイクの口元がピクついた。

さらに指摘してやらねばなるまい。

「僕らのクリスマスディナーはレストランでの食事だし」

「俺はもっとひどい場所でクリスマスディナーを食ったこともある。クリスマスディナーなんて食えなかった年もある」

僕は溜息をついた。

ジェイクは腕をのばし、ゆったりと僕を腕の中へ引き寄せた。キスはしてこなかったが。僕を眺める。僕も彼を眺めた。ジェイクがたずねた。

「書店が心配で落ちつかないのか？」

「違う」

「成程？」

僕はとりつくろおうとした。

「というか、まあ大体は違う。店がまだ無事で建っていてくれるよう願うけど、多分滅びたなら連絡くらいくるだろうと思うし。だから違う、僕はただ……お前と二人で家にいられたらと思ってるだけだ。もう少しだけのんびりとしたクリスマスをすごせたらいいなと思ってるだけだ。人に囲まれないところで。まだ引越しもすんでないのに。忙しいお前がやっと作ったわずかな時間なのに、それをここで使い果たしてる。もし理想の世界だったら今ごろ――」

ジェイクが静かに言葉をはさんだ。

「家に帰ろう」

「は？」

「今ので説得された。予定を早めて帰ろう。今日の午後はお前の家族と一緒にクリスマスらしいことをあれこれやって、明日になったら早朝の便で帰れるかどうか見てみよう」

その提案に僕の心臓がはねた。だが……。

僕は自信のない口調で言った。

「それ——そんなことできるかな？」

「お前の母親は、ロンドン行きにお前がうなずくとはそもそも思っていなかった。それが、クリスマスを一緒にロンドンですごせたんだ。俺たちが早めに引き上げたところでそう大騒ぎはしないだろう」

たしかに。僕が海外ですごす家族のクリスマスに一瞬の心の弱さからうっかり同意してしまった時、リサは皆と同じほど驚いていた。同意した理由の一部は、多分、遠くへつれてくることで、カミングアウトを受け入れられない家族たちからジェイクの気をそらせるかとも思ったからだ。

セント・ポール大聖堂でのクリスマス・ミサほど、あらためて自分の世界を見つめ直させてくれるものはない。世界を双眼鏡ごしとかオペラグラスごしにのぞきこんでいるだけの場合は除いて。

なんであれ、あれこれお楽しみつきのロンドンのクリスマスというのは素敵に聞こえた。そして実際、大部分がなかなか素敵でもあった。だがひとつ、僕がクリスマスに望んでいるものは……湿っぽく聞こえてしまうかもしれないが、この何年か僕が抱いていた小さな夢は——いや夢というのは大げさか、だがかすかな希望を抱いていた時があったのだ。一日だけのクリスマスでもジェイクと一緒にすごせたらと。その光景の中で、ロンドンでのクリスマスプディングは主役ではなかった。

それでもその景色が実現した……だから、僕は眠りの中で笑っていたのだろう。喜び。もう、一緒にすごせるのはクリスマスだけではないのだ。

僕はジェイクへ微笑みかけた。彼の鼓動が僕の鼓動に響くように打っている。いつでもよりかかれる、心地よい存在感。誰かによりかかりたいと思ったことがあるわけでもないし、今後よりかかりきりになるつもりもないが、この安らぎに満ちた一瞬は……。

「家に帰ろう」

ジェイクがそうくり返した。

僕はうなずいた。

「ああ。いいね。家に帰ろう」

彼の唇が僕の唇にふれた。甘く温かく、少しだけひげ剃りローションの味がする。僕は笑い出しながら顔を離した。

ジェイクは意表を突かれたようだった。

「いや、何が最高って――」

彼が眉を上げてその先を待つ。

「リサは絶対にお前のせいにするだろうってことさ」

So This is Christmas

ソー・ディス・イズ・クリスマス

1

「俺のこと覚えてたりしないよな？」

カリフォルニア州税務局がよこした最新のラブレターから顔を上げ、僕はできるだけ愛想よく見えるよう笑顔を作った。税金、時差ぼけに加え、この店の店長――もうすぐ降格だ――である義妹がクローク&ダガー書店の二階のフラットをまさしく愛の巣がわりにしていた事実発覚ときては、今は愛想笑いが精一杯だ。

中背。金髪。少年めいた雰囲気。奇妙になつかしい緑の目を見つめるうちに、記憶が一気に押し寄せてきた。目の前の人物への認識と、驚愕。

「ケヴィン？　ケヴィン・オライリー？」

レジカウンター代わりに使っているマホガニーのフロント用デスクを回りこむと、僕はケヴィンに多分、やあ久しぶりという感じのハグをするつもりだったのだろうが、ケヴィンのほうはその場を動かなかった。彼はニコッと大きな笑みを見せ、それから――驚いたことに――泣き出しそうに顔を歪めた。

「アドリアン・イングリッシュ……本当に、君だったんだ」

声が揺れていた。

「大丈夫？」

たよりない声に、僕も反応していた。思いやりと慎重の中間のような口調になる。要するに、警戒していた。

ケヴィンはすぐに立ち直った。

「いや、ただ……この店がそうだなんて、ありえないと思ってたから。それか店は正しくても、もう君は誰かに店を売ってフロリダに引越しているかと」

「フロリダ？」

一体どうして、南カリフォルニアからフロリダに引越すのだ。老後の住まいをフロリダに求めるユダヤ人夫婦とでもこっちを思っているのか。いや。ケヴィンはただ適当に口を動かしているだけで、その間すがるような目で僕を見ていた。何かへの踏ん切りをつけようと。

何への？

彼は……前会った時より年上に見えた。当たり前か、皆そうだろう。痩せても見えた。くたびれているようにも。不幸せそうに見えた。どうもあちこちで憂い多きクリスマスのようだ、今年は。クリスマスが終わっても――つまり、今も。クリスマスの翌日。

ボクシング・デーという日だ。イギリスではそう呼ぶ。今日も僕らがロンドンにいたなら。

もう、いないわけだが。

「いや、これは本当に驚いた」と僕は言った。「たまたま？　それとも僕を探してここまで？」

「ああ」ケヴィンはためらった。「……いいや」

僕は笑った。

「うまい答え方だ」

ケヴィンは口を開けたが、僕らの左手にある階段をドカドカと駆け下りてきた足音に、思い直してその口を閉じた。

ナタリー、さっきも言及した僕の義妹かつ降任確定の店長が、彼女らしからぬだらしない格好で現れた。僕の知る限りではにじんだ目元のメーキャップと寝乱れた頭は本物で、セクシーさを感じさせるべきものなのだろう。ナタリーのすぐ後ろにアンガス、僕のビジネス上の投資のもう一つの失敗例がついてきた。ぴったりと。事実二人は、僕が彼らの恐れるような行動に至るのを阻止しようと焦るあまり、階段を転がり落ちかかっていた。

「アドリアン、これはあなたが考えてるようなことじゃないのよ！」

手すりにしがみついたナタリーを、アンガスが猛スピードでかわしていく。

どうしていつも、人はそう言うのだ。

僕はぴしゃりとはねつけた。

「本気か？　本当に？　そんなことでごまかせると思うのか、ナット」

どうにかナタリーを突き落とさずにすんだアンガスだったが、たちまちトムキンスに足を取られた。トムキンスは僕が半年前に助けた野良猫だ。この猫も僕の怒りから逃げ出そうとしていたようだが、とは言え彼だけが、この面子の中で無実の一人——一匹——なのだ。

僕は息をつめ、アンガスが最後の三段をなんとかこなしてギリギリ着地するのを見ていた。

彼をにらみつける。

「それと、お前だ。もうその顔も見たくない」

灰色のフード付きパーカーの中に縮みこんだアンガスは、まるで世を捨てた修行僧のように見えたが、その実態は正反対というわけだ。心に刻んでおこう——次は首なし修行僧を雇うべし。

「僕、クビですか？」とアンガスが喘いだ。

ナタリーがはっと息を呑む。

「いやまさか、クビになんかしないよ。ホリデーシーズンのど真ん中で？　いや待て、やっぱりクビかも。これは少し考えてみないと。どうせならその間、そっちの台車に溜めこんだ一週間分の本を棚に戻しておいてくれないか？」

アンガスはとび上がって仕事にかかった。

「一週間分もないわよ」ナタリーが反抗的に言い返した。「一週間も留守にしてないじゃない。あれは二日分で、片付ける暇がなかったのは私たちが本を売るのに忙しかったからよ」

「本を売らないほうでも忙しかったようだけどね。その話は後だ」

「ああそう。ええ。そうよ、ミスター・スクルージ、私たちはクリスマス休暇を取ったわよ」

「ついでに着てるものも取ったって？　でも今言ったように、話は後にしよう。今はお客がいる」

ナタリーがケヴィンを見やった。

「彼のことじゃなくて」

「じゃあどこによ？」

挑戦的な青い目で、彼女は言い放った。モデルのような頬骨の上に緑色のラメが残っていた。

それを合図にしたかのように、正面のドアベルが客を迎える軽やかな音を立て、ナタリーの憤激の表情に僕は笑みを噛み殺さねばならなかった。店に入ってきたのは年嵩(としかさ)の二人で、教授風の見た目の両方ともが本の袋をきつく握りしめ、どうも返品に来たような不吉な感じを漂わせていた。

「コーヒーでも飲むかい？」

僕は、この三分間、唖然と成り行きを見守っていたケヴィンへたずねた。

「いいね」とケヴィンが答える。

「あの二人にも口裏を合わせる機会をやるとしよう。後で個別に尋問だ」

ナタリーが呟く。

「そりゃ楽しみね」

　今回は笑いをこらえきれなかった僕だが、とは言えナタリーは正しい。決して楽しい状況じゃないし、ナタリーとアンガスという足し算は、驚きな上にありがたくない方程式だった。仕事場だけでなく、それ以外のあらゆる意味で。だからこそ後悔するようなことを口走る前に、ここは一度距離を置いたほうがいい。

　それに、心底からカフェインを欲していた。今日の狼藉（ろうぜき）の仕上げと言わんばかりに、ナタリーとアンガスはこの建物内のコーヒーを残らず使いきっていた。今朝家を出る時僕は余った九分間をコーヒーとジェイクのどちらに使うかの二択を迫られたのだ。どっちを選んだかはご想像の通り。

　自然と視線が、フェイクの暖炉の上に置かれた時計を見ていた。そろそろジェイクが打ち合わせから戻ってきてもいい頃だ。書店へ向かう僕と同じ頃、依頼人に会いに出ていった。うまくいけばランチを一緒に食べる予定だった。昼食を食べに行こうかとジェイクと気軽に言える、それを思うだけで僕の胸がたちまち温まった。

　上の空で客の相手を始めたナタリーを残してケヴィンと店を出ると、僕は湿って肌寒い月曜の朝の中を先に立って歩いた。昨夜の雨の香りが街路の匂いと入り混じっている。ギトついた水が側溝の縁まで溜まり、路面は黒ずんで滑りやすい。まがい物の常緑のリースときらきらの金ぶちの大通りの旗は、よれよれでみじめに見えた——まるで昨夜化粧を落とし忘れてベッドに入ってしまったように。

それでも、祝祭の雰囲気は漂っていた。クリスマスの裏の顔のごとく。

「いつもあんな感じ？」

もう朝からせわしない交差点を小走りに抜けながら、ケヴィンがたずねた。

「時々ね。僕としては回数が少ないにこしたことはない」

僕は横目で笑みを投げた。

ケヴィンの眉が寄る。

「君は、まるで変わってないな」

「それは嘘だろう」

「いいや、本当に昔のままに見えるよ。それと凄く、元気そうだ」

「それはどうも。ウィーティーズのシリアルのおかげだよ」

それと、心臓手術の成功と。日々の幸せも、多分マイナスではあるまい。僕は小さなコーヒーショップの前で道を占領している白と青のパラソルを指さすと、ケヴィンと一緒に横断歩道をそれて水の溜まった側溝を跳び越え、横断歩道にも僕らにも気付かず走りすぎるメルセデスにしぶきをかけられずにすんだ。あるいはもっと悪いものを。

彼に話しかけた。

「もうどれくらいになるっけ？　三年？」

「大体そのくらい。十三年にも感じるけどね」

それを言うケヴィンは、本当に十三年分の重みを感じているように見えた。目の下には隈があり、せいぜい二十八歳だというのに顔に皺が入っている。大学を出て考古学を生業に？ あいうことで飯を食えるものなのか？

きっと、本を売って生計を立てるくらいの難易度というところか。

「それで、最近どうしてた？」彼のいきなりの、そして深い沈黙に問いかけた。「このクリスマスはどうだった？」

ケヴィンの顔がまた歪んだ。

「もし先週そう聞かれたなら――」

コーヒーハウスに着いていた。低い、鉄の門を押さえてケヴィンを通すと、ガラスドアの入り口に近づきながら、僕は彼の肩に心のこもった手を置いて、話は中で聞くと伝えた。心なごむホットコーヒーと焼き立てのあれこれの香りにふわりと包みこまれる。

「席を取っておいてくれ」幸いにして短い列に並びにかかった。「何飲みたい？」

「何でもいい……トールのパンプキンスパイスラテにキャラメルドリズル、ノンフォームで」

成程？と哲学的に呟きたくなる。

「了解」

注文をすませ、僕は赤いリボンと白いライトに飾られた大きな鉢植えの木の裏で、小さなテーブルに座るケヴィンを見つけ出した。彼は両手に顔をうずめていて、これからコーヒーを共にしようという相手としては、不吉な兆候だ。

僕は向かいの椅子を引いた。

「どうしてか、君のその様子は、クリスマスにBBガンをもらえなかった以上の問題だって気がするね。何があったか話してみないか？」

手の後ろから聞こえるケヴィンの声はくぐもっていた。

「どこから話せばいいのか……」

僕は心の中で溜息をついた。慈悲と思いやりと幸せのお裾分け、というクリスマスのテーマには心から賛成だが、僕自身は少なからず寝不足で、ナタリーとアンガスのことも心配だ。とは言え。

「最初から聞くよ。どうしてこの辺りに？　家族のところに来てたとか？」

「いいや。俺の家族は皆、もっと北にいるから……」

ケヴィンは顔を上げ、深々と息を吸った。

「人を探しに来たんだ」

「誰を？」

「アイヴァー。病院も、死体安置所も回った。警察は何もしてくれないんだ、アイヴァーの家族が失踪届を出そうとしないし、アイヴァーがもう成人だから。自分の意志で姿を消せる年だとか言って」

「大変だね」僕は口をはさんだ。「アイヴァーは……？」

「行方不明なんだよ」

「だよね。つまり、アイヴァーは、君の？」

「俺のボーイフレンドだ」

「それはよかった！」

少し声に熱をこめすぎたかもしれないが、僕の記憶にある限り、ジェイクはこのケヴィンから僕への、まあ子供っぽい好意に、あまりいい顔をしていなかった。もしくは僕の彼への好意に。別にケヴィンに対して本気でそういう好意があったわけではないのだが。

とにかく、もう昔話だ。

「うん。そうだった。そうなんだよ。それで、だから――」

ケヴィンは、コーヒーといくつかのペストリーを乗せた皿を手にやってきたバリスタの姿に、言葉を切った。

ミステリ小説なら鉢植えの枝の間からサイレンサーつきの銃口が出てきてケヴィンの口をふさぐシーンだが、現実世界の僕らはおとなしく、バリスタの女性が去るのを待った。

「バクラヴァを食べなよ」と僕はすすめた。「で、少し話を戻していいかな。アイヴァーは君の彼氏で、家族とクリスマスをすごしにこっちまで来てて、それが今は行方不明？」

「ああ。その通り。まさにそうなんだ」

ケヴィンがバクラヴァの一切れに手をのばした。

「それで彼の家族の話だと……なんて言ってた？」

「何も」

「それはつまり、家族が君に何も話してくれないのか、それとも何の情報も持ってないのかどっち？」

ケヴィンは脱穀機なみの勢いで咀嚼し、言葉を吐き捨てた。

「両方」

「両方ってことはないだろ」

「最初、家族はアイヴァーはここにいないと言った。その後、俺とは話をしなくなった」

「ああ。それで、君が思うに——」

「アイヴァーは俺とのことを心変わりしたりしない！　あそこにいたのはわかってるんだ。家族といる間に何かあったんだよ」

だろう。その〝何か〟が、アイヴァーにケヴィンとの関係を考え直させた。僕にも経験がないわけじゃない。そして正直言って、結局はそれでよかったのだ。メルに捨てられてひどく傷つきはしたが、最後にジェイクのところへ続く道ならばあの痛みをわずかも悔やみはしない。

それでも、ケヴィンにそう説きはしなかった。運命ならいつかうまくいくとは。世の中という大海にはまだたくさん魚がいる、という慰めも言わなかった。そんな言葉は役に立たないのだ、ただ一匹の魚に恋をしている時には。

「君は何が起きたんだと思う？」と僕はたずねた。

「わからない」

「現実的に見て、どう思う？」

「現実的に見て、わからない。家族に何を言われようがアイヴァーが心変わりすることはないんだ。アイヴァーのことはよくわかってる。彼は、俺を愛してるんだよ」

ケヴィンの揺るぎない確信ぶりには、たしかに説得力があった。ほだされているだけかもしれないが。

僕はためらいがちにたずねた。時に、他人の口からあらためて聞き直すと現実に引き戻されたりするものだ。

「アイヴァーが、自分の意志に反して拘束されてると疑っているのか？」

「かもしれない」

信じているというより、むしろ挑戦的な言い方だった。

「だとしたら、どんな目的で？」

「たとえば、アイヴァーを異性愛転向セラピーに行かせようとしてるとか？　物凄く保守的な家族なんだよ。いわゆる、九十年代って感じ」

「へえ……」

一八九〇年代のことを言っているわけではなさそうだ。

「普通の人たちがゲイに対してそんなふうに考えるなんて、とても信じられないよ」

ケヴィンの目は見開かれ、ショックを表している。七歳の年の差は一世代とは言えないが、ケヴィンが育ってきたのは僕とは違う世界のようだ。そして、ジェイクの世界とも。

「もし彼らが息子をその意志に反して拘束して転向セラピーに行かせようとしてるなら、それを普通と言っていいかは疑問だな」

「普通に見えるってことだよ。現実の世界で生きている人たち。大学にも行って。ちゃんとした職もある。友達もいる。金も持ってて……」

最後の一言が引っかかった。

「アイヴァーの家族は金を持ってるのか？」

「大金持ちさ」

ケヴィンは心から嫌そうに言った。

「アイヴァーの姓は？」

「アーバックル」

「ア、アーバックル？　アーバックルって、キャンディスとベンジャミン夫妻の？」

ケヴィンは、希望と不安に引き裂かれるような目で僕を凝視した。

「そうだよ。どうして？　知り合い？」

「うちの母のね。僕とテリルは同級生だった」

テリル・アーバックルのことはもう何年も思い出したこともなかった。このまま喜んで忘れておきたかったくらいだ。

ケヴィンが期待のまなざしで僕を見つめていた。僕はやむなくつけ足す。

「アイヴァーのことも、ぼんやり覚えてるよ。姉もいたよな、たしか」

「ジャシンタだな。ああ」

ケヴィンはさらに僕の声明を待っていた。

そんな大層なものはない。あるとしても「さっさとずらかるぞ」とかそんな類のセリフしかない。テリルとは、高校でテニスのダブルスのペアを組んでいた。テニスはうまいがコートの外では最低野郎だった。ありがたいことに、僕が健康問題でテニスから離れると、テリルとの縁もそのまま切れた。文字通り、ぷっつりと。病気になって以来テリルと一度も会っていないし連絡ひとつつなかった。

テリル・アーバックルを義理の兄に持つかもなんて、誰だろうと同情を禁じ得ない――少なくとも昔どおりのテリル・アーバックルなら。それに正直、ほかのアーバックル一家が彼よりマシとも思えない。まあ勝手な印象だが。実際にはよく知らない。もしかしたらアイヴァーは一家の変わり種かもしれないし。

ケヴィンはその大きな緑の目で僕をすがるように見つめていた。しゃがれた声で、

「君は——たのむ。どうか僕を——助けてくれないか、アドリアン？」

「僕が？　その、どのくらい力になれるかわからないよ。僕は——」

「俺を助けてくれただろ」

ケヴィンがさえぎる。こちらが呆気にとられるほど熱っぽく。

「三年前、君が解決してくれなければ俺は殺人罪で刑務所行きだった。ほかの誰も俺を信じてくれなかった。君だけだ。まあ、あとメリッサと。とにかく、ずっと機会がなかったけど、やっと君にこうやってありがとうと言える」

「いいんだよ。そんなこと」

「君の書店を見た時、天の啓示だと感じたよ。いやどうかしてるように聞こえるだろうけど、でも俺はこの辺りをぐるりと運転しながらもう本当に——本当に打ちのめされて、ひとりぼっちだったんだ。それが、君を見た瞬間、大丈夫だとわかった。君が助けてくれるって。俺を助けられるただ一人の人間のところに、ちゃんとたどりつけたんだって」

「わかった、ただ待ってくれ」僕は急いで口をはさんだ。「まず第一に、三年前のことはどういたしまして。でもあれは僕ひとりでは無理だったことだ。今も、それは変わらない。助けたいけど、多分僕にできる一番の助力は、答えを見つけられる相手に君を紹介することだね」

「誰に？」

ケヴィンが見当もつかない様子で問い返した。

僕は微笑した。こんな、ありがたいとは言えない状況においても、ジェイクをたよりにできるということ、ずっとこの先も彼の存在にたよれるという事実が、僕を……幸福な気持ちにする。

そう。幸福に。

「ジェイク・リオーダン」

と答えた。

2

「あいつ、?」

ケヴィンが言った。僕の幸福感に共鳴してくれてはいない様子だ。

「あの男? あの刑事? 冗談だろ。まだつき合いがあるっていうのか?」

「ああ」僕は答えた。「まだつき合いがあってね。彼は今、私立探偵だ。それに、僕の……」

どうしてその先の言葉をひどく意識するのか、自分でもわからない。僕にとってまだ新しい概念だからだろうか。それとも、ケヴィンの反応から、全員が僕とジェイクの前途を祝ってくれてるわけではないとつきつけられたせいだろうか。ケヴィンのように度肝を抜かれた人々が大勢いるのだ。

「……パートナーだ」と僕は結んだ。

「冗談だろ――」

ケヴィンがまたくり返す。

「いいや、冗談ではないよ」

「それって本物のパートナーってことか、それとも一緒に探偵の仕事で組んでるって意味？」

僕は腹立ちをぐっと抑えこんだ。

「本物のパートナーだよ。ああ。一緒に暮らしてる。僕は探偵の仕事はしてない。それはジェイクだ」

「うわ……」ケヴィンが呟く。「信じらんない。マジかよ」

「マジだよ」僕は断固とした明るさをこめて言った。「まだ一緒にいるんだ」

ジェイクのいなかった、二人が一緒にいなかった二年間は別にして。

「君のほうがあいつよりずっといい探偵なのに」

ケヴィンの言葉に、僕は笑い出していた。

「そうでもない――まあそのセリフを聞かせてやるのが楽しみだけどね。とにかく、昼食の時にジェイクと会うから、事情を伝えておくよ。どこに泊まってるんだ？」

ケヴィンは自分のホテルの名を告げてから、おそるおそるたずねた。

「ジェイクの料金は高いかな？　俺とアイヴァーはそんなに金がないんだ。アイヴァーがカミングアウトした時、家族から援助を打ち切られて」

そうだった！　探偵事務所を軌道にのせようと奮闘しているジェイクにとって、なにより不要なのは僕からまた無料の慈善事業を押しつけられることだ。

「何か手を考えるさ」

僕はそう保証した。腕時計を見やり、コーヒーを飲み干して、言う。

「そろそろ店に戻らないと。でも今日中に電話するよ」

「わかった」

ケヴィンはまだ両目に希望の光をたたえて僕を見つめていた。

そのまなざしに心が沈む。なにしろ、ケヴィンにとっていい結末になりそうだとはとても思えなかった。

「あんまり心配しないほうがいい。昔からジェイクに聞かされていることだけど、ほとんどの失踪事件は大したことじゃないんだよ。そのうち出てきたりするものなんだ、すっかり元気でね。きっと、アイヴァーも大丈夫だ。少し考える時間がほしいだけかもしれない」

ケヴィンは首を振って、答えようともしなかった。

「そうじゃないかもしれないけど。でも一つたのみがある。おとなしくしていてくれ。もう向こうの家族にも近づかずに。君があきらめたと思えば向こうの警戒も解けるだろうし、そのほうがいい」

ぱっとケヴィンの顔が明るくなった。

「詳しいんだな」

「ええと——いや。正直、ちっとも。これはただの一般論だ。だから、ホテルに戻って映画でもレンタルするといい。連絡するよ」

〝なにも心配しないで〟……。

クリスマス後の帰還騒動も一段落がついたのか、ドアを開けて店内へ入ると書店は静かで、ほとんど無人だった。流れるサラ・マクラクランの歌声が歌の中の陽気な紳士がたと聴衆を励ましていて、窓にはパタパタと雨音が鳴っていた。ナタリーとアンガスは背の高いカウンターの向こうで顔を寄せていて——ロマンティックな形ではなく共犯者のようにひそひそと——僕の入店を知らせるベルの音にぎくりととび上がった。

「アンガス、何分かここをたのめるか？　ナタリーと僕はちょっと話が——うわっ？」

頭めがけてとび下りてくる猫ほど思考をぶった切るものはない。

トムキンス――アビシニアン種と特攻パイロットの掛け合わせらしいこの猫は、高い書棚の上をうろつき回っては油断している僕の上に降ってくるのを最近の趣味にしていた。僕を鍛えようとするかのように。

「こら、この猫！」

頭上の猫帽子をつかんだ。トムキンスに顔をパタパタと手ではたかれ――幸い友達扱いなので爪は出ていない――僕は彼を引きはがしたが、獣を取ろうとじたばたした二秒間ですでに威厳は地に落ちていた。ナタリーはニヤニヤしているし、アンガスの顔は紫色だ――僕を面と向かって笑うまいとこらえて火を吹きそうだった。

「余は楽しゅうない」

しかしトムキンスはご機嫌なことだろうと思いつつ、僕はそう言った。

「で、何ですって？」

僕は手近な棚にトムキンスを置いた。偶然にもリリアン・J・ブラウンの『シャム猫ココ』シリーズがずらりと並ぶ棚だ。

「君と僕はこれから話し合いだと言ったんだよ。今すぐ」

その言葉にナタリーの顔から笑みがかき消え、奥の小さなオフィスまで僕についてきた。とは言え、彼女がおとなしく降参すると思っていたなら、僕のその期待は哀れに裏切られた。

それも、さらに情けないことに、初めてではなく。

ドアが閉まったその瞬間に、まさに迎撃システムが火を噴いた。

「あなたには今朝あんなふうに部屋にずかずか上がりこんでくる権利はなくってよ、アドリアン！　私は子供じゃないの。プライバシーを持つ権利があるの。あなたがこの建物の家主なのはわかってるし家族でもあるけど、それでも私は店子として他人と同程度の恩恵を得るべきでしょ」

「え？　おっと——まず第一に、君が二階にいるとは知らなかった。ここにいるとは全然思ってもいなかった。君は家でスカウトの面倒を見ている筈だったろ。それに、店の開店時間を一時間もすぎてた」

「アンガス相手なら一方的に入ってきてもいいって思ってるってこと？」

「そりゃ——違うよ！　どうなってるのかわからなかったんだ。店はもう開いてる筈の時間だったのに、どこもかしこも鍵が閉まってたから」

「やめてよ！　私たちがクリスマスイブにどれだけ遅くまで働いてたか知ってるの？」

「知らないよ。どうやって知れって？　早く店じまいしてもいいって言っといたろ」

そこでナタリーは、まるでテレビドラマで疑惑の証人をうまく誘導して嘘を引き出した検事のように、僕に指をつきつけた。

「忙しかったから営業を続けたのよ。最後のお客さんがク、リ、ス、マ、ス、イ、ブ、の、十、時、に帰るまでね！」

僕は——本当に今さらだが——このクリスマスの間にナタリーが髪を染めていたことに気付いた。ナタリーは、姉のローレンと同じ天然の金髪だ。それをどういうわけか黒っぽく染め、前髪を太めに二筋だけ別の色に脱色していた……真っ白に。

その銀の房から目が離せなかった。何か、どこか、不吉で。

僕の口は勝手に動いていた。

「わかった、そうだね、大したものだしとてもありがたいと思う——本当に——けど、そうしてくれと僕がたのんだわけじゃない。クリスマスイブにここで働きづめになってほしいとは思っていなかった。それに、だからと言って——」

「するべきことだったから、そうしたのよ。なのにあなたときたら今朝部屋に押し入って私たちを心底驚かせた上、私たちに非難まで浴びせて——」

「待ってくれ」僕は割って入った。「押し入ってなんかいない。鍵を開けて中へ入ったんだ。さっきも言ったように君が二階にいるとは思ってもなかったし、その上まさか、君とアンガスがあんな——こっちもあんな光景を脳に記憶したいわけじゃないんだよ、まったく。君まで二階に泊まってるなんて考えてなかった」

「泊まってないわよ！　大体の日は。でもどうせ二階のフラットを借りるんだから、荷物を少しずつ運んでおくのは名案だと思ったの」

「そりゃね、でも——」

「心変わりしてフラットを私に貸す気がなくなったならそう言って頂戴よ！」

「心変わりなんかしてない！」

　僕は昔から、自分のことを弁は立つほうだと思ってきた。なのに妹が三人増えて悟ったのだ、プラダの靴を履く少林寺拳法の達人たちの前では、僕など飛び跳ねるバッタにすぎないと。最高の調子の時でさえ十四歳のエマからめった打ちだ。

「わかったから、ちょっと待ってくれ……話が完全にずれてるよ。問題は、君に部屋を貸したいかどうかとか、正式な店子になったら君のプライバシーを尊重するかって話じゃない。問題は、君が一体どういうつもりで彼とセ——ベッドに入っていたのかということだ」ここで僕の声は囁くほどに落ちた。「……アンガスと」

　彼女もひそひそと返した。

「アンガスは子供じゃないし私だってそう！　あなたいつからそんなお上品になっちゃったの」

「そんなんじゃない。君の男の好みに口出ししてるわけじゃ——アンガスの好みにもね——ないんだ。僕がここで心配してるのはクローク&ダガーのことと、店にどういう影響があるかだ」

「はあ？　そんなの信じないわよ！」

「君は形式上は彼の上司なんだよ、ナット。店長なんだから」

ほんの一瞬、彼女はそう言われてはっとしたようだった。だがすぐさま復活した。

「本気で言ってる？　そんなの上辺だけだって、あなただってわかってるでしょ。この店を仕切ってるのはあなた。あなたは根っからの仕切り屋よ」

「は？　そんなことはない！」

「とにかく、じゃあこう思ってるわけ、アンガスがセクハラで私を訴えるって？　あなたを訴えるって？」

いいや。僕が思っているのは、アンガスが彼女への恋に落ちるだろうということで、そしていつかナタリーから捨てられて一週間めそめそ泣き暮らしてから店をやめるだろうということだ。そうなれば、僕とナタリーの二人だけで店を切り盛りしようとしていた頃に逆戻りだ。

それを口に出すようなミスはしなかった——大体にして、彼女が僕にそんな隙を与えなかった。

ナタリーの目に涙があふれた。完璧なタイミング。メリル・ストリープが二十回目のオスカーを獲った瞬間のように。

「もし私に店をやめてほしいのなら、早くそう言ってよ」

彼女の声は重く、今にも潰されそうに震えていた。

「僕は別に——元からそんな——ただ君がアンガスとセ——接触しすぎるのをやめてほしいだけだ」

「それはご立派ね！」涙が大波となってあふれて頬を転がり落ちた。「そう、でもその精霊はもうランプの中には戻せないの」

顔をつんと上げ、まるで絞首台へ向かう悲劇の姫のように、ナタリーは僕の横をつかつかと抜けてオフィスから出ていった。

「一体、何が起きたんだ？」と僕は、宇宙へ問いかけた。

「お前がまた独り言を言っているんだ」

宇宙がそう答えながら、僕のオフィスのドアを開けた。

いや、実際はジェイクだ。しかしある意味、僕の宇宙。

僕より寝不足のくせして、じめついた小雨の月曜の朝、彼は不公平なくらいこざっぱりとして、生気に満ちて見えた。ブーツにジーンズ、仕立ての白シャツに茶色いツイードのジャケット姿で、その茶色がヘイゼルの瞳の金の輝きを引き立てていた。金髪はこめかみのあたりに銀が混じり、少しだけ髪が長くなった。相変わらず厳しく引き締まった姿だったが、六ヵ月前、僕らが二年ぶりに再会した時にまとっていたやつれて倦んだ雰囲気はもうなかった。

実際のところ、ジェイクはリラックスして元気に見えた。まるでこの何日か本物の休暇をすごしてきたかのようだ——地獄のクリスマス家族休暇ではなく。

「やあ」

僕は、歓迎がわりにそう挨拶した。彼の腕にとびこんだとまでは言えないが、顔を見られてとてもうれしかった。

「やあ」

ジェイクも答えて僕にキスをした。唇に彼の温かな唇が力強くふれる。

絶対ということはないが――今後四十年間で検証していく気満々だが――ジェイクとのキスに飽きる日がくるとは思えない。

たとえこんな挨拶のようなキスでも――というかたしかに軽い挨拶として始まったキスだったが、ジェイクの味……コーヒーとミントガムが混じった奇妙にエロティックな味……そしてジェイクの匂い。もっと奇妙な、スーツケースとル・マルのアフターシェーブローションの混ざったエロティックな匂い……肩にかかるジェイクの手の温かな重み。近く、もっと近く引き寄せられて……。

心残りながら、僕らは唇を離した。

「くそ。会いたかった」とジェイクが僕の目へ微笑む。

「こっちもだよ」

「お前と丸一日すごせる毎日に慣れてたからな」

僕は残念そうに「その暮らしでもっと稼げればいいいんだけどね」と呟いた。

それを聞いたジェイクの目がきらめいた。

「そうだな、それについちゃいい話があるかもしれないな。昼飯に出かける気はあるか？」

　僕は笑った。

「昼？　まだ十時半だよ」

「本当に？」ジェイクは机の時計へちらりと目をやった。「もっと経った気がするな」

「長い朝だったよ」と僕もうなずく。

「何事もないか？」彼はさらにじっくりと僕を眺めた。「ナタリーは大丈夫か？」

「そう思う。そう願う。とりあえずコーヒーでも飲まないか？　少しの間、外に出たいんだ」

　店に戻ってきてせいぜい五分かそこらだというのは承知しているが。昔ながらに。

　ジェイクの茶色い眉が上がった。

「了解。歩くか、車がいいか？」

　僕は自分の黒いコートをつかんだ。

「歩こう」

　店の外へ出ると、雨はうっすらとした霧雨に弱まっていた。本物の雨というより、クリスマスの演出の一部のように見えた。祝日の中でも、クリスマスだけはすぎてからもしばらく祝祭の空気を残している。道にまだ大きな買い物袋を抱えた人々があふれ、店の前のスピーカーからイーグルスの歌声がセールを訴えかけているからか。

〝クリスマスがだめなら、新年の夜までには……〟

　フェイクの雪と点滅するライトとおもちゃの列車だらけのショーウィンドウで、人間に扮装したぬいぐるみの動物たちがコーヒーを飲んだり結婚指輪を見せびらかしたりしている。ペンギンがきらびやかなクリスマスプレゼントをそこまで楽しみにしているとは初耳だ。

誰もが――店の前に駐車スペースを見つけようとしている人々以外は――お祝い気分で浮かれていた。しかもその雰囲気は伝染しやすい。僕も戻ったらちゃんとビタミンCを取っておこう。

「街によって違う香りがするのは不思議だな」とジェイクが呟いた。「ロンドンではパサデナのような匂いはしなかった」

何気なく、彼が僕の肩に腕を回し、僕は微笑みを返した。

人前での親しげな仕種、という保証がほしいわけではないし、人目のあるところで僕を抱き寄せたいと思ってくれる気持ちだけで、僕には実際の行為と同じくらいの価値がある。それでも肩にかかる温かな重みはいい気分だった。しっくりとなじんでいた。

「あらためて、ありがとう。一緒にロンドンに行ってくれて」と僕は言った。

「別に大した苦労じゃないさ。お前と一緒にすごすのは好きだ。ロンドンなんて行くことがあるとは思ってなかったから、そこもなかなかおもしろかった」

なかなか、疲労困憊（ひろうこんぱい）する旅でもあったが。それはジェイクより僕のほうか。予定を切り上げて早く帰ると言い張ったのは僕だった。

「もし、本当の休暇とか何かで二人でどこかに行けたら……どこに行きたい？」

ジェイクが肩をすくめると、僕の肩に置かれた腕も上下した。

「考えたことがないな。ケイトは、いつもイタリアに行きたがっていたよ」

僕はちらっと彼を見た。ジェイクの笑みは苦く、まなざしは遠かった。彼はまずほとんどケイトや二人の結婚生活について語ったことがないが、それが彼女を尊重してのことだと僕は理解していた。ジェイクについて好きなところは色々とあるが、誠実さもそのひとつだ。

僕は言った。

「アイルランドとかどう？　リオーダンの名のルーツってことで」

「いいかもな。お前と一緒なら、俺はどこでもいい」

僕が微笑みながら下を向くと、ジェイクの腕がぎゅっと、短く肩を抱いてきた。


結局、エドウィン・ミルズというコロラド大通りから道を一本入ったところの小洒落たレストランにコーヒーを飲みに入った。浮かれた群衆相手にいつもより早く店を開けている。ぼんやり暗い店内にフィラメント電球が温かな光を投げかけていた。テーブルには生花が飾られ、煉瓦の壁に美しいがうっすら陰気な絵がかけられていた。

僕はたずねた。

「ポール・ケインの裁判がいつ始まるか聞いた？」

「まだ何も。チャンの話じゃ、また弁護士を変えたそうだ。今になっても保釈を狙ってる。どうして聞く？」

僕は「無茶苦茶な朝だったから」と肩をすくめた。この何年か僕を殺しにかかってきた人間たちに思いをはせてしまうくらいには。

ジェイクが赤い革張りの背もたれによりかかった。

「今朝の、どこが特別無茶苦茶だったって？」

ちょっと指を向けて、今の強調を聞き逃してないぞと伝え、僕は飲み物を待つ間に現在進行形の州税務局相手の奮闘について話して聞かせた。

聞き終わってから、ジェイクは口を開いた。

「税金のことなら会計士にたのむこともできるだろう？」

「できるよ。そりゃ」

「わざわざお前が神経をすり減らさなくてもすむ問題だな」

「そうだけど」

実務的な面以上のことを言われているのに気付いて、僕は顔をしかめた。僕の、より健全な生活への取り組みについての話だ。どうも健全というのは、ナイフや銃や毒蛇に狙われないように暮らすというだけではすまない話らしい。

そこにコーヒーが運ばれてきた。だが僕が学んだところによればジェイクは――僕とは違って――話の腰を折られたくらいで簡単に論点を忘れたりはしないのだ。はたして。

「で？」

僕がコーヒーとウイスキーとホイップクリームを数口飲んで人心地つくまで待ってから、ジェイクがそううながした。

「だって、会計士を雇うには金がかかるだろ」

彼は小揺るぎもしなかった。「だから？」と返す。

僕はナタリーからの「仕切り屋」という非難を思い出して、溜息をついた。

「だから、僕のかわりに税務局と戦ってくれる誰かを探してみるよ」

ジェイクの口元が抑えた笑みにピクリと上がった。

「な？　そんなに難しくないだろう。ナタリーはどうして泣いてた？　髪の色のせいか？」

「え、髪？　違うよ。でも今思うと、あれは何かの予兆なのかもしれないな」

「何の」

「彼女が超常的な存在になりつつあることの、かな？」

続けて今朝、ナタリーとアンガスのまさに現行犯の現場に足を踏み入れてしまったことを細かく話して聞かせた。あれはむしろ、職務放棄の現場と言うべきか。

ジェイクは、状況をまるで深刻に受けとめていない様子で、鼻を鳴らして言った。

「いつかそうなると思ってた」

「いつかそうなると思ってた？」

「そりゃそうだろ。遅かれ早かれな。お前もわかってたろ」

「えっ、まさか。知るわけないだろ」

ジェイクは見るからに、信じていない上におもしろがっていた。腹立たしい。

「知らなかったわりには、お前はあの二人を引き離しておこうと随分奮闘していたもんだがな」

僕は自分が講じてきた予防策を思い起こした。たとえば、アンガスとナタリーが確実に街ひとつへだてて眠るようにしていたことを。ジェイクの言う通りかもしれない。僕は、知りたくなかっただけなのかも。

僕はぶつくさと呟いた。

「でもナタリーは、ウォレンと別れたリバウンドの最中の筈じゃないか」

「まさにその通りだろ」

首を振った僕へと、ジェイクは相変わらずずばりと核心に切りこんできた。

「お前、本当は何が心配なんだ？」

「あのさ、僕はアンガスが好きだよ。いい従業員だし、それに……それに、根本的には善良な人間だし、人生の流れを変えるチャンスがあってもいいと思う。ではあるけど、彼はこの世で一番地に足がついた人間だとは言えないし、ナタリーとの関係を手放しで喜ぶ気にはなれない。

ナタリーだってこの世で一番安定した人間だとは言えないからね。彼女に振られたら――いずれ必ずそうなるだろうし――アンガスがどうなるか、僕にはわからない」

ジェイクのうなるような相槌を、僕は勝手に「ごもっとも」という意味に受けとった。

「これは、破滅のレシピなんだよ」

そして、僕自身がメインシェフだという気がしてならない。

「かもな。それでも彼女は一理あるぞ、お前は馬が逃げた後になって厩舎の扉を閉めようとしている。もう何人か店員を雇え、そうすればアンガスやナタリーが辞めないかといちいち気を揉まずにすむ」

僕が呻く間、ジェイクがまたアイリッシュコーヒーを二つ注文した。トイレに立つ。雨の滴でにじんだ道や古い建物の景色を窓から眺めながら、僕はケヴィン・オライリーとその消えた恋人についての話をどう切り出したものか頭を悩ませた。うまく戦略を練ってのぞまないとならない話題だ。

「疲れてるな」ジェイクが言いながら、席へすべりこんだ。その声の優しい響きに心がやわらぐ。「お前は、今日は家で休んでたほうがよかったたな」

もし別の誰かに言われたなら、即座に反発しただろう。どうしてか、ジェイクに真実を指摘されても、そういう気にはならないのだ。ジェイクの口調が、こちらを気づかいつつも、淡々と事実だけを述べているからだろうか。人は疲れるものだし、仕事を休むものだと。僕だけが特別なわけでも、僕が弱いわけでもないと。

「お前が休んでたら僕もそうしたかもね。仕事と言えば、いつまで僕の話だ？　そっちの打ち合わせはどうだった？」

　ジェイクがニコッとしてマグを掲げた。

「新しい依頼人ができた」

「やった！」ホイップクリームの盛られたマグを彼のマグと合わせる。「おめでとう」

「これで、お前の店のオフィスを一年間無料で貸してもらわなくてもやっていけるかもな」

　僕は笑みを消した。

「気にするなって。あれはクリスマスプレゼントだ、仕事上の契約とかじゃない」

「お前だって、俺と同じくらい金が要るだろ」

　いや――いや、というか、たしかに金は必要だが。でも同じじゃない。僕は、前妻の分の持ち家の所有権や年金の権利を買い取ろうとしているわけではない。ジェイクと違って。

　ジェイクの、頑なに嚙みしめられた顎を眺める――知りすぎるほど知っている姿だ。ジェイクにとって、自分の始末を自分の金でつけるのは大事なことなのだ。それは理解できる。とてもよく。その一方で、ここは僕の手で彼の人生を――結果として僕の人生をも――楽にできる部分で、だから僕ら二人への贈り物とすら言えるものなのだ。

　僕は言った。

「贈り物だ、ジェイク。僕がそうしたいんだ」

まだ納得いっていない様子だった。ためらっているジェイクへ、僕はたずねた。

「それで、どんな依頼？」

「失踪人探しだ。ありがたいことに」

ありがたいとは、また伴侶の浮気調査ではなかったということだ。不倫の調査はジェイクの気を滅入らせるらしく、ある意味、心理学のいい研究材料になりそうだ。

「家出？」

家出には最悪の季節だ――家出にいい季節なんかないが。

「いいや。安否不明の成人だ。家族は、警察に届けて表沙汰にしたくない」

ジェイクの口元が皮肉っぽい笑みを刻んだ。

「お前もおなじみの人種だ。ウエストバレーの金持ち連中」

ああ、たしかに。僕もそういう人種だ。少なくとも、そういう人種のなれの果てだ。

やっと、ジェイクの言葉の意味が染みこんできた。僕は彼にまたたく。

「待ってくれ。ウエストバレー？」

「その通りだ」

「成人した息子が消息不明？」

「ああ」

ためらいがちな口調で、僕はのろのろとたずねた。

「その一家の名前は？」

「アーバックル」

ジェイクが答えた。

3

「アーバックル……」と僕はくり返した。

「そうだ」ジェイクがじっと僕を見ていた。「知り合いか？」

「そっちから聞かれるとは笑えるね」

とは言ったが、とても笑顔にはなれなかった。

「ケヴィン・オライリーを覚えてないか？」

たずねるとジェイクの表情が変わり、彼は黄褐色の目を細めた。

「あ、あのケヴィン・オライリーか？」

その言い方からすると、すでにアイヴァー・アーバックルの家族から「ケヴィン・オライリー」という名を聞かされてはいたものの、今この瞬間までその名を自分の記憶の中のケヴィンと結びつけてはいなかったようだった。

僕はうなずいた。

「あのケヴィン・オライリーだよ、そう」

彼は力強い腕をテーブルの上に重ねて、むっつりと僕を眺めた。

「よし」と言う。「話を聞こうか」

僕は話して聞かせた。長くはかからなかった。僕の演説会の終わり頃、ジェイクが抑揚のない口調で言った。

「お前は、俺に話を通す前に、依頼を受けると約束してきたのか？」

「いいや。僕が約束したのは、昼食の時にお前に話を伝えておくってことだよ。お前のかわりに勝手に仕事を受けたりしてない。何も決まっていないよ」

言葉に出してはそうだったが、自分がまさにそれをやらかしてしまう寸前だったのに今さら気付いて、後ろめたい気分だった。

「ああ、決まりじゃないな」

僕はジェイクへ視線をとばした。

「ケヴィンと話をするくらいは別にいいだろ？」

「話はするつもりだ。だが依頼は受けられない。もう家族側に雇われているからな」

「でも、じゃあ――」

「駄目だ」

しばらく耳にしていなかったにべのなさで、ジェイクが言いきった。

「まったくの利益相反になる。家族側は、オライリーが関与していると考えている」

「馬鹿らしい。言っとくけど、ケヴィンのほうじゃ家族の関与を疑ってる」

ジェイクは首を振って、あっさりとその言い分を切り捨てた。

「家族が一枚嚙んでいたなら調査員を雇ったりはしない」

「するかもしれないよ。本当にアイヴァーの身が心配なら、どうして警察に届けない？ 普通はそうするものだろ？」

「ひとつには、まだ消息不明から四十八時間経っていないからだな。この年末、警察はもっと確実な根拠なしではやる気を出してくれない」

「見ようによっちゃ、家族側の隠蔽工作のように思えるね」

ジェイクが小馬鹿にした音を立てた。

「同じことがオライリーについても言えるぞ」

「彼は警察に捜索願は出せないんだよ。二人は結婚してるわけじゃない。家だってこの辺じゃない。通報は家族がしてくれないと」

そんな反論を真面目にしてくるなんて信じられない。

「よせよ、ジェイク。今回のケヴィンがうちのケヴィンだってわかったのに、本気で彼を疑う気か？」

「うちのケヴィン？」とジェイクが眉を上げる。

「僕が言いたいことはわかってるだろ」

「お前が善意から言ってるのはわかってる。あまりありがたくない経験からな」

これにはムカッときた。ごまかしようもなく。その皮肉な口調と四角い木のテーブルの向こうからむっつりこちらを眺めるジェイクの態度が……何ヵ月かぶりに、神経にさわった。

「ありがたくない経験ね、へえ？」

楽しげに言おうとしたが、危険な感じになってしまった気がする。実際、僕はその二つをよく間違えてきた。何度も。

表情がやわらいだとは言えないまでも、ジェイクの目に理解の色が宿った。

「ベイビー、お前と喧嘩したいわけじゃない」

その声は低かった。言葉はさりげなく、口調は親密だった。

「ただ俺はアーバックル家のために働く立場だ。オライリーが息子の失踪に関わっていないのであれば、俺の仕事は結果的にオライリーの利益にもなる。広い視野で見れば、彼の求めている答えは得られる」

僕はずけずけと言い返した。

「答えも役に立つだろうけど。でもケヴィンの望みは恋人を取り返すことだ」

「依頼人が誰かにかかわらず、アーバックルの息子が無事戻る保証はどこにもない」

まさに、クリスマスの心臓に叩きこむヒイラギの杭の一撃。

そして見事なタイミングで、イーグルスの歌が流れ出した。きっと聞こえる、この悲しい、悲しい新年の……。

ジェイクの言う通りだ。僕は疲れている。そしてやはり、ジェイクと言い争いたくはなかった。

僕は溜息をついた。

「だね、たしかに。でも僕に言ってたろ、失踪者の大半はまた元気に顔を出すものだって」

「その通りだ。一方で、ホリデーシーズンに自殺と殺人の件数が天井知らずにはね上がるのもたしかだ。いいタイミングでの失踪とは言えない」

僕には、それに対する答えの持ち合わせはなかった。少し僕を見ていてから、ジェイクが言った。

「まだランチを注文したい気分か、それとも早く店に戻りたいか？」

実際に聞いているのは、どれだけ僕が怒って——失望して——いるか、ということだ。そして実際、八つ当たり気味ではあるにせよ、僕はがっかりして少し腹も立てていたが、このごく新しく、ある意味まだ脆いジェイクとの関係をなにより優先するべきだという自覚くらいはある。僕らがここにたどりつくまで、長い時間と労力がかかっているのだ。

「ランチにしよう」

僕がそう言うと、ジェイクの顔から憂慮の色が消えた。

二人で注文した。僕はフィッシュタコスをためすことにして、ジェイクはオールドタイム・バーガーをたのんだ。

何分間か、お互い当たりさわりのない話題に終始してから、ジェイクがたずねた。

「入居者同士の接触行動のほかには、留守中の店はどうだった?」

僕はぱっと顔を明るくした。

「それがさ、抜群の一週間だった。四年間で最高のクリスマスの売上げだ」

ジェイクがうっすら微笑む。

「おめでとう」

「店の拡張が功を奏したみたいだ」

「ああ、そうみたいだな」それから付け足した。「ということは、来年は、もう少し個人的な時間がとれそうか?」

「ん……」

ジェイクの口元が、面と向かって僕を笑いとばすのは非礼だとこらえている時の形に曲がった。

「たとえば、週末に休みをとるようにしてみるのはどうだ？」そう提案してくる。「何なら、日曜あたりで」

「かもね」

僕は、曖昧な返事をした。

「そうすれば次の本を書く時間も作れるぞ」

今回はわざわざ返事をしたりはしなかった。この話題はこれが初めてというわけでもない。ジェイクを僕の心臓手術のリハビリパートナーにするというのは、あの時はとてもいい案に思えたし、大体は素晴らしかったが、同時に僕の健康的生活についてちょっとばかりジェイクに踏みこませすぎることとなった。

僕としては、自分に……まあ、一息つける隙間くらいは確保しておきたい。

皿が運ばれてきて、毎度のことだが、僕は塩の容器に手をのばしたい誘惑をこらえた。イギリスでの薄味の食事では、減塩への決意をとことん試されてきたものだ。

「お前は、僕のことを仕切り屋だと思うか？」

考えながら何口か食べた後で、僕はジェイクにそうたずねた。

「そうでもない。お前にはいくつかの物事へのこだわりがあるが、全般的にはいいや、違う。どうしてだ？」

「ナタリーに、ちょっと言われてね」

ジェイクがどっちつかずにうなずいた。

僕は陰気な目を向ける。

「ああ、わかってる。クローク&ダガーはそのこだわりのひとつなんだろ？」

ジェイクは否定せず、ただ彼らしい半分だけの――四分の一の？――微笑をまたよぎらせた。

「話は変わるが、いいニュースがあるぞ」

「それは是非とも聞きたいね」

「アロンゾがサンディエゴに転属する」

これは本当に、いいニュースだった。アロンゾ刑事はジェイクの――あるいは僕の――天敵役に一方的に立候補してきた男だ。ジェイクが隠していたのが自分の性指向だけだったという事実に、どうにも納得できずにいた。もしくは、僕が隠していたのがジェイクの性指向だけだったという事実に。本当はもっと入り組んだ陰謀があるに違いないと決めこんでいるようだ――たとえば僕が連続殺人犯でジェイクがそれを隠蔽しているとか？　わからない。アロンゾ自身、はっきりわかっていたかどうか。あの男はひたすらに僕らを憎んでいて、その憎しみは不条理ながらも真摯だった。

僕はたずねた。

「どうしてだ？」

「ここでは出世の見込みがないからだ」

ジェイクの顔は無感情だった。

それで、僕には呑みこめた。分厚い、警察の青い壁。アロンゾは、同僚の警察官を標的にするという許されがたい罪を犯した。ジェイクには敵もいるが、味方もいるのだ。そしてジェイクをこころよく思わない人間たちですら、ジェイクがしたことよりも、組織の規律を無視したアロンゾの行為のほうが受け入れがたいことなのだった。

それを潮に、話題はジェイクの持ち家の売却交渉の話に移った。前の二件は話がまとまらずに流れた。僕は本当のところ、家族から何か連絡がないのかとジェイクに聞きたかったのだが、もし連絡があったならジェイクから言う筈だった。

リオーダン一家は、長男がゲイだという新事実にかんばしい反応を見せなかった。一致団結してケイトの側に——ジェイクの前妻の側に——ついたのだ。当のケイトとジェイクは、自分たちの離婚が泥沼化しないよう全力を尽くしているというのに。

僕は、これまでの人生の中で、ジェイクの家族の面々ほど誰かを嫌ったことはない。ジェイクはカミングアウトという、つらく苦しく勇気ある行為を果たしたのだ。その決断に賛同できなかったとしても、せめて理解しようとするのが筋だろう。だが、何もなかった。家族にとって重要なのは自分たちの心痛であり、自分たちの失望、自分たちの砕かれた夢や希望のことなのだ。アーミッシュの人たちすら色褪せるほど見事に、ジェイクの家族は自分たちの世界からジェイクを切り捨ててのけた。

それでも、共に暮らす上での基本ルールは〝相手の親族を卑しむべからず〟だ。だから、僕は口をつぐんでいた。これぞ真の愛の試練として高い評価を受けてもいい筈だ。藁をつむいで黄金にする童話の上くらいには。

ジェイクが自分の――そして僕の――昼食を平らげ、伝票がやってきた。

「俺が払う」

ジェイクがそう言い、事務所の店賃無料のやりとりを思い出した僕は、のばしかけた手を髪へやってごまかした。

「ありがとう、助かるよ」

「どういたしまして」とジェイクが真顔で言った。

クレジットカードの支払いがすむのを待ちながら、僕は言った。

「ケヴィンと今夜食事をするってのはどうかな？　どうせ話を聞きたいんだろ」

ジェイクが顔をしかめた。

「俺の立場からすると、個人的なつき合いと仕事は分けておくほうがいいだろうな」

僕は黙っていた。

突然に、ジェイクが不意打ちのような真摯さで言った。

「それに俺は本当に、心から、お前と二人きりで夜をすごしたい」

それには僕も何の異論もない。しかしジェイクは反論されると思ったのか、言葉を重ねた。

「荷物の箱が手つかずで積み上がっていようが、トースターやリモコンやネルのシーツが見つからなかろうがかまわない。まったくどうでもいい。ただお前と二人で、どこにも行かなくていい、犬の散歩以外は何の用もないような夜をすごして、一緒に夕飯を食いたいんだ」

「僕もそうしたい」

ジェイクはほっとした様子だった。

「でも」

ジェイクががくりと頭をそらし、天を仰いだ。僕は、のばした手を彼の手に重ねた。

「ほら。電話一本でケヴィンを断るわけにはいかないだろ？　一杯飲むくらいの感じでどうだろう。お前は彼の証言を聞けるし、僕は理由を説明できる。直に依頼を受けるわけじゃないけど、お前がやはり彼の望む結果を――アイヴァーを見つけるために動くんだってことをね。そしたら後は僕ら二人だけの時間だ。僕も本当に、心から、そんな夜をすごしたいよ」

ジェイクの頬に苦笑いが刻まれた。彼が手首を返すと、お互いの手が軽く握り合わされた。

「決まりだ」と彼は言った。

「あらあら、ついにお戻り！」

書店へ帰ってきた僕へ、ナタリーが甘い声をかけた。

「まだフルタイムで働くつもりはないってことでいいのかしら？」

暖炉の上の時計へと、もの言いたげな目を向ける。

僕は口を開けて、そもそも金曜までイギリスから戻る予定はなかったのだと言いかかり――大体にしてこっちはまだ彼女の上司で、給料を払い、どれだけ（お互い）苛ついても後ろめたい秘密を義理の一家に黙ってやっているのだし――だがレジに並んだ客たちの好奇の視線に口を閉じた。

「これは参った、ミス・デ・ヴィル、給料カットだけはご勘弁を！」

そう嘆きの声を上げてみせると、僕は自分の避難所へと逃げこんだ。

オフィスの机の上では、トムキンスが慎重にＴａｂの缶を嗅いでいた。

「おい、上に乗っちゃ駄目なんだぞ」

猫を手ですくい上げる。

トムキンスはみゃおっと大きく鳴いて、ツナの猫缶香る息を顔に浴びせかけてきた。

もう、全員が一致するところだ。僕は従業員からかけらも尊敬されていない。こんな時、つい昔をなつかしむ。店が僕ひとりと、二万冊の本と、時おりのサイコな殺人犯だけだった時代を。

デスクマットのど真ん中に置かれた伝言メモの山をより分けはじめた。やたらとある気がする。編集者からの一枚と僕の前の恋人ガイからの二枚を含めて。

僕の作家としてのキャリアがどういうものなのか、編集からよりガイからのメッセージに手がのびるあたりからも察することができるだろう。

作家から、クローク&ダガーでのサイン会の申し入れがいくつか。出版好景気のおかげで、あらゆるランクの作家たちがサインイベントのチャンスをひっつかもうとしている。うちのように小さな――まあ中くらいの――個人書店のイベントでも。ガブリエル・サヴァンやJ・X・モリアリティのような大物の作家まで来年について打診してきていたし、名を聞いたことのない作家たちも大勢――電子でしか出版していない人々も含め――一、二時間店を使わせてくれとたのみこんできていた。書店の経営がどういうものか、彼らは理解してないのか？　キンドル・アンリミテッドでの自分たちの活躍を僕に自慢するのは、腺ペストが流行ってますと自慢されるのと同じなのだが。

どうも。でも結構。

サヴァンをまたこの店に呼び戻す気にはまだなれなかった。モリアリティには「喜んで」とメールを返す。元警察官でゲイで、なにより多才で人当たりが良くいつも熱烈なファンを集めてくれる作家だ。

そこから、ふと考えが脱線した。もしジェイクが本を書く気になったなら、どんな話を思いつくのだろう？
一、二分ばかり楽しく頭をひねってから、僕は今度はせっせと電話の返事を返しはじめた。

「少し、話せますか？」

アンガスがオフィスをのぞきこんだ時、僕はケヴィンとホワイトホース・ラウンジで一杯飲む約束をして電話を切ったところだった。

「いいよ」椅子を後ろへ押して、段ボールの箱の山へと手を振った。「好きな箱に座って」

かわりにアンガスは身を守るように腕組みし、閉じたドアへもたれかかった。

「僕のせいなんです」

「半分は、たしかに君のせいだな」僕は同意した。「せいと言うか、責めてるわけじゃないけど。君らが二人とも大人なのはわかっているし、僕自身、誰とどうつき合うかは自分の思い通りにはならない――したくもない――のは知ってる。僕の心配は、ここが君の職場だということと、店にどう影響してくるかだ」

少なくとも、主な心配ごとはそれだと、自分にはそう言い聞かせている。

アンガスはごくりと唾を呑み、覚悟の質問を放った。

「僕をクビにしますか？」

「いいや。クビにするならむしろ――いや、今のは忘れてくれ。誰もクビにはならない。とは言え、僕はご機嫌ってわけじゃないからな」

二人にそれが伝わってないとでも？　僕の気持ちを気にしているとでも？

「店に影響させたりしません」とアンガスが約束した。

「今はそう言うけどね、もう影響は出てるんだよ。言っとくけど、君らがクリスマスイブの日に遅くまで店を開けておいてくれたことは本当にありがたく思っているんだ。今朝の開店が一時間遅れになったことくらい大したことじゃない。広い視点から言えば」

アンガスは、金属ぶちの青レンズの眼鏡ごしに厳粛に僕を見ていた。

「二度としませんから」

「わかった」

開店時間を遅らせたことを言っているのだろう。もっとも、僕の義妹から手を引く宣言なら大変にありがたいが。

アンガスが言った。

「彼女を愛してるんです」

「うわ、やめてくれ！」

僕が言い返した勢いにアンガスはぎょっとしたようだった。

「愛だのなんだの言い出さないでくれ。ろくに知らない相手だろ?」

「この五ヵ月、彼女とほとんど毎日一緒に働いてきました。頭がよくておもしろくてきれいだ」

そう言って、アンガスは思いついたようにつけ足した。

「いい店長だし」

「そんなのは――それは単に――とにかく、恋には落ちないでくれ。僕がたのみたいのはそれだけだ。彼女はほんの何ヵ月か前にはあのろくでなしのウォレンと別れてめそめそしてたんだから。だろ？　まだあの男を愛しているつもりかも。今の彼女は、つき合う相手としていいとは言えない。ナタリー自身、誰より先に――せめて二番目に――そう認めると思うよ」

アンガスが僕へ微笑みかけた。大きな、憐れむような微笑みで、こう言われているかのようだ――僕、三十歳を越えた本屋店主兼たまの素人探偵、さらにまれにはミステリ作家もやっているようなこの僕に、どうやって人の心の機微など理解できるというのか？　ままならぬ恋に落ちてしまう心の神秘の謎解きについて、僕がマスタークラスの探偵ではないとでも？

「見ていて下さい」

とアンガスは言った。

4

ジェイクは何やら手がかりを追ってどこかに出かけており、ケヴィンとの六時の約束のために僕がホワイトホース・ラウンジへ向かう時にもまだ帰っていなかった。

いい感じにレトロ感漂う店だった。セコイアの木のパネルに囲まれ、クリスタルのシャンデリアや低いソファ、もっと低いテーブルがそこかしこに置かれている。僕が入っていくと、店内は混んでいた。ジュディ・ガーランドの〝ハヴ・ユアセルフ・ア・メリー・リトル・クリスマス〟が流れ、僕の心が一瞬、奇妙にやるせなくうずいた。かつてこれが、僕のテーマソングだった頃もあった。少なくともクリスマスシーズンの間は。時々、あの昔の孤独がよぎり、ふと不安になったりもする。愛したり、愛されたりすることによりかかりすぎているのではないかと。

バーにケヴィンの姿があった。ありえないことに、朝会った時より疲れ果てて打ちのめされて見えた。それでも僕に気付くと、顔が明るくなった。

「やあ。来てくれたんだ」

「ああ、そりゃね」問うような目に、さらに答えた。「ジェイクはちょっと遅れててね。すぐ来るさ。調子はどう?」

ケヴィンから愚か者を見るような目を向けられたあたり、あまり気の利いた質問ではなかったかもしれない。

「少しは休めた?」と聞き直す。

「いいや」

「そうか……」

バーテンダーは手がふさがっていて——文字通り——僕は手近なウェイターの注意を引こうとした。彼は、順番待ちだよ！という顔でにこやかに微笑み、こちらに背を向けた。いいだろう。酒の助けが得られない以上、僕は一気にかさぶたをはがす作戦に出た。

「聞いてくれ、ケヴィン。凄くおかしな偶然が起こったんだ」

ケヴィンがろくな興味も見せずにうなずいた。

「ジェイクがアーバックル家に依頼されて、アイヴァーの行方を探すことになった」

これでケヴィンの目が覚めた。さっと背をのばしたものだから、あやうくビールを倒しかかった。

「な、何だと？」

「調査員を雇った以上、これで家族を疑う理由が一つ減ったわけだね」

僕の言葉が届いているのかどうかわからない。ケヴィンは、僕の心配どおりまるで喜んでおらず——僕としてもそこは責められない。急いでつけ加えた。

「肝心なのは、だ、ジェイクなら真相にたどりつくってことだ。誰かの顔色をうかがったりしない。アイヴァーに何があったのか、事実を見つけ出す。君の目的もそれだろ？」

「あいつはあの家族のために働くんだろ。連中の金をもらって」

「そう。たしかに。でも——」

「大体、連中はアイヴァーの居所はもう知ってる」

「なあ、そうとは限らないだろ、ジェイクも言ってたけど、それなら探偵を雇って探させたりしない」

「そんなのアリバイ作りだ」

「それはアリバイとは言わない、アリバイってのは何かが起きた時に——」

「目くらましだ。偽装してるだけだ。自分たちの痕跡を隠蔽しようとしてる」

「そうは言うけど、そもそもそんなことをする必要はなかったんだよ。アイヴァーを探してたのは君だけなんだから。逆に、ジェイクを雇ったことで余計な注意を引いてしまう危険だってある」

「月曜にアイヴァーが仕事に行かなけりゃ、皆が気付くさ。だから家族がごまかそうとしてるんだ。皆に、君と同じことを思わせようとして！」

僕自身、似たようなことをジェイクに主張した。なので反論するのは自分に言い返すようなものだった。

「言いたいことはわかるよ。実際、僕もそれは考えたけど、ジェイクの話じゃそれはありそうにないって」

「だが一体ジェイクに何がわかる？」

真後ろからジェイクにそう問いかけられて、僕はぎくりととび上がり、スツールを倒しかかった。

ジェイクの大きな手が僕の両肩に軽くのって支えながら——どうして手の感触だけで相手が愉快がっているとわかる?——僕のうなじにさっとキスを落とした。次にケヴィンと握手を交わす。

「しばらくだな」と彼なりの挨拶をした。僕に向けては「遅れて悪い」と言う。

「ジェイク」

ケヴィンの声も、ジェイク以上にこの再会に乗り気ではなかった。

「何てことないよ」と僕はジェイクに答えた。

「恋人のこと、大変だな」

ジェイクがケヴィンにそう声をかけた。場にかなった当然の言葉だが、僕の耳にはどうしてか皮肉に響く。そこに、何年か前のジェイク自身の言葉のこだまを聞きとってしまうからかもしれない。

あの頃、正常な男が男の恋人を持つ、などという考えを拒否していたジェイクの。

ケヴィンが固くうなずいた。

その頃にはもうバーカウンターは満席で、ジェイクは僕らの後ろに立った。おかげでなんだか余計にやりにくい。

僕はまたウェイターに合図を送った。前より切羽つまって。この席にもっと酒が要るのが見てわからないのか？　大量の酒だ。ただちに。

僕の役目はあくまで中立の立会人でしかないと宇宙に向けて唱えながら、切り出した。

「ケヴィンは心配なんだよ。アイヴァーの失踪に関わっているかもしれない家族から雇われて、どれだけお前が客観性を保って調査できるか」

「アーバックル家のほうも同じことを言い返したいだろうな」

ジェイクが愛想よく言った。

期待していた答えではないが。

ケヴィンの顔が紅潮した。

「家族は俺に言ったよ、アイヴァーは失踪なんかしてない、俺を避けてるだけだってさ」

ジェイクが「それも可能性のひとつだな」と肩をすくめた。

当然ながらケヴィンはそれにも言い返そうとしたが、僕はそれを防ごうと素早く口をはさんだ。

「そこまで。タイムアウト」

ケヴィンが口を閉じてジェイクをにらみつけた。ジェイクは興味深げに僕を眺めていた。

僕は続けた。

「ジェイク、僕の意見だが、誰の側にもつく気はないと、お前からはっきり言ってもらえればケヴィンも安心できる。真実を見つけ出すのだけが目的だって。今でも警官の考え方が抜けてないから」

「警官が誰の側にも付いたりしないって、本当に思ってるのか？」ケヴィンが聞いた。「テレビ見てないのか？」

「おおせの通りだ、警察官はな」とジェイクがうなった。「常に被害者の側につく」

僕は両手にがくりと顔をうずめた。救いの手は予期せぬほうからやってきた。

「ボーイズ、ご注文は？」

バーテンダーがそうたずねた。彼女は小柄で豊満、たっぷりとした黒の巻き毛で、つけ睫毛の先には小さな宝石がついているように見えた。だらんと折れたサンタ帽をかぶり、まさに青少年がサンタさんにお願いしそうな夢のプレゼントそのものという感じだ。酒を飲んでいい年齢にも見えないし、無論酒を出す年齢にも見えない。

ケヴィンがホワイトホース・ライトを注文した。ジェイクはラフロイグ。ロンドンにいる間ビル・ドーテンとよく飲んでいたものだ。

「ブラック・オーキッド」と僕が強いカクテルをたのむと、それが楽しいかのようにジェイクに背をぽんとなでられた。

サンタのセクシーなお手伝いは離れていった。

「いいか」と僕はまた戦闘が始まる前に言った。「全員、目的は同じなんだ」

皮肉っぽく眉を吊り上げたジェイクへは「ああ、でもお前の目的も同じだろ」、そしてケヴインへは「それに警察への当てこすりももうやめるんだ。君は元警察官に頼みごとをしてるんだぞ」と言ってやる。

「どんな頼みごとができるって言うんだ」ケヴィンが不平を唱えた。「こいつは敵のために働いてるのに」

「彼らは敵じゃない、人の親だ」とジェイクが応じる。

今回は、僕もわざわざ割って入ろうとはしなかった。

数分後、バーテンダーがまたやってきた。ジェイクとケヴィンは、酒が運ばれてくると口をつぐんだ。

今回の飲み物は僕が払った。バーテンダーが遠ざかると、僕はケヴィンに言った。

「君は、ジェイクがこれから行う調査の結果を教えてもらいたいんだろ。だよな？」

二人ともが僕を見た。

「だろ？」

ケヴィンが渋々とうなずいた。ジェイクは何も言わなかったが、沈黙が大声で物語っていた。

二人きりになったらたっぷり説教されるのは目に見えている。

「なら今の君にできる最善の行動は――」

「最善って、誰にとってだよ？」

ケヴィンが割りこんだ。

僕は頭にきて言葉を切ったが、ふとジェイクの目にともる光に気付いた。ケヴィンが僕の忍耐をすり減らしているのを見物して楽しんでいるのだ。この男。

僕は言った。

「アイヴァーにとってだよ」

その一言で、二人は真顔になった。

「現時点でアイヴァーに一番役に立つのは、君がジェイクの質問に答えて容疑者リストから除外してもらい、無駄な調査の手間をはぶくことだ」

「わかったよ」ケヴィンがぼそぼそと言った。「じゃあ聞いてくれ」

ジェイクが応じた。

「成り行きを聞きたい。最初から」

語られた話は、ごくありふれたものだった。ケヴィンとアイヴァーは一年半前、考古学調査研究所という文化財の管理組織で働くうちに出会った。ケヴィンは発掘担当、アイヴァーは古生物学者だった。二人は一緒に住むようになり、それから十一ヵ月、すべてがうまくいっていた。少なくともケヴィンにとっては。

その楽園の唯一の曇りは、アイヴァーが、ゲイである自分を受け入れてくれない家族の態度にくり返し傷つき、苦しんでいたことだけだった。

「成程」

ジェイクが、そんな事態はこれまで耳にしたこともないという顔をしてうなずく。ケヴィンの家族は、彼がゲイだということもアイヴァーの存在も受け入れていた。なのでケヴィンは——当人の告白によれば——アイヴァーが家族の態度にどれだけ悩んでいたか気づかなかった。クリスマスが近づき、アイヴァーがそのクリスマスをロサンゼルスにいる家族のところですごすと言い出すまで。

「それで言い争った？」ジェイクがたずねた。「アイヴァーがロスへ来るのに反対して？」

ケヴィンは苦しげだった。

「いい気はしなかった。クリスマスは二人ですごしたかったから。でも、別れたりするほどのことじゃない。そんな派手な喧嘩じゃなかった。家族と仲直りしたがった理由もわかるし。母親が化学療法を受けてるし、姉に子供が生まれたばっかりだ。気持ちはわかる」

「君は一緒に来るつもりはなかったのか？」

「ああ、あるわけないだろ」

ケヴィンはどこか後ろめたそうな顔になり、もしかしたら口で認めているより深刻な喧嘩だったのかもしれないと、僕はふと感じた。

「あの家族は、すました気取り屋連中だ。そりゃ俺だってアイヴァーにたのまれれば来ただろうけど、自分から立候補する気なんかなかったよ」

少し沈黙してから、「それに、たのまれなかったし」とケヴィンは呟いた。

「アイヴァーがロスに着いたのは何日だ?」

「二十三日。ウッドランド・ヒルズのワーナー・センター・マリオットに泊まってた」

「最後に連絡があったのは?」

ジェイクがたずねた。手帳を出して名前と日付を書きこんでいる。

「クリスマスイブの、昼くらい。兄のところに行く前だ。一緒にゴルフに出かけるって言ってた」

「テリルがゴルフ?」

僕は反射的に問い返していた。

ジェイクがちらっと僕を見た。ケヴィンのほうへ「兄弟仲は?」とたずねる。

ケヴィンが肩をすくめた。

「それじゃ意味がわからん」とジェイクが告げた。

「まあだから、ゴルフに一緒に行くくらいには仲良くやれてたってことだろ」

「つまり普段はそう仲良くはない?」

「あの兄弟には共通点がないからね。姉のほうがアイヴァーと仲がいいよ。姉と、母親と」

ジェイクは考えながらうなずいた。

「つまり最後にアイヴァーと話したのは二十四日で、彼が兄と会う前だな?」

ケヴィンがうなずいた。

「わかった。これまで調べた以上の情報だ」

ジェイクが手帳をしまった。

「家族はなんて言ってる？」とケヴィンが問いただした。

ジェイクはためらい、僕をちらりと見てから、答えた。

「家族の話では、アイヴァーはイブに両親とディナーをとり、その後ホテルへ戻った。両親のベンジャミンとキャンディスは、ウェスト夫妻の毎年恒例の豪華なパーティへ出かけた。いつも行っている。アイヴァーは翌日、一家勢揃いのクリスマスのディナーに来る筈だった。だが現れず、電話連絡もなかった。家族は、アイヴァーが北カリフォルニアの家へ帰ったと決めこんだ」

「嘘だ！」とケヴィンが言う。

「どうしてそう決めこんだんだ？」と僕はジェイクへたずねた。

「イブのディナーの席でアイヴァーは父親と口論になった。だから、翌日のお祝いのすっぽかしくらいやるだろうと」

「すっぽかしても電話くらいするだろう？」

家族の祝日をよくすっぽかす息子としての豊富な経験から言って。

ジェイクから顔を向けられたケヴィンも「ああ、アイヴァーなら電話する」と答えた。

自分の考えが裏付けられたかのように、ジェイクもうなずいた。

「たしかに性格的に、アイヴァーは電話を入れるタイプのようだ。だからこそ今この状況になって家族が不安になっている。この手の捜査経験がある人間として言うなら、時に、人は連絡してこないものだ。時にその人らしくない行動に出ることもある。本人は電話する気だったが、何かの理由でできなかったのかもしれない。とにかく今はすべての可能性を考える必要がある。アイヴァーが一人でいたいだけだという可能性も含めて」

「それはない」ケヴィンが言い張った。「デートした日からずっと、俺たちは毎日かかさず話してきた。クリスマスイブには俺に電話してきた筈だ。昨日だって絶対」

「そうだろうな」

ジェイクが答えた。言葉面は当たりさわりないが、折り目正しすぎる口調のせいで「お前に何がわかる」という響きがついていた。

ケヴィンにもそれが聞こえたらしい。顔が引きつった。

僕は、半分はケヴィンを制するために、半分は好奇心からたずねた。

「ケヴィン、君はアイヴァーの身に何かあった筈だとすぐ結論づけた。事実としては、連絡がつかなくなってまだ四十八時間経ってないのに。何か心配するような理由がこの旅行に？」

「ただ、嫌な予感がしただけだよ」

ジェイクが何も言わずにラフロイグを干した。

「彼のホテルをチェックしないと」と僕は言った。「本当にチェックアウトしたのかがすぐわかる」

ジェイクが僕へ顔を向け、首を振った。ブルータス、お前もか、と言いたげな目つきだった。

「ホテルなら俺が行ってきた。実のところ、それでここに来るのが遅れた」

「あ。そうなのか。ごめん」

勿論、ジェイクはアイヴァーの両親からホテルの名を聞いていただろうし、その面からの確認も怠りなしだ。

「アイヴァー、もしくはアイヴァーになりすました誰かが、クリスマスイブの日の十時にチェックアウトしている」

僕は、その新たな情報に考えこんだ。

「その〝アイヴァーになりすました誰か〟ってのはどういう意味？」

「目撃者がいない。ホテルは自動でチェックアウトできるようになっている。料金はオンラインで支払われ、ホテルのキーはナイトスタンドに置かれていた。それ以外、部屋は空だった。駐車場に車もなし」

「それで何がわかる」とケヴィンが問いただす。

「わかるのは、クリスマスイブには皆が忙しくて他人にかまっていられないということだな。アイヴァーが予定を早めてチェックアウトしたのかもしれないが、何者かがそう見せかけようとした可能性も残る」

ケヴィンは、そのジェイクの言葉への答えを持ち合わせていなかった。

ジェイクが時計を見る。僕を見た。

僕はブラック・オーキッドの最後の一口を飲みこむと、ケヴィンへ言った。

「あまり心配しないようにしてくれ。まだ調査はほんの一歩目ってとこだし」とジェイクを見る。「だよね?」

「そうだな」とジェイクが答えた。

ケヴィンが心配してなかったとしても、この陰鬱な「そうだな」で気持ちがぐらついたことだろう。それでも、結局はジェイクのやり方のほうが優しいのかもしれない。何の言質も与えず、根拠のない希望も抱かせず。事態は深刻だし、ジェイクはそれを深刻に受けとめている。僕らも同じようにそなえなければ。

ケヴィンがうなずいた。

「明日、電話するよ」

僕がそう言うと、ケヴィンの表情が明るくなった。彼は心をこめて、静かに言った。

「ありがとう、アドリアン」

「いいよ、本当に。力になれるのはうれしい」

ちらりとジェイクを見た。ジェイクは眉を寄せていたが、僕と目が合うとさっととりつくろった仕事の顔に変わる。

僕らはビールを飲み干して、席に座ったまま宙を見つめているケヴィンを残し、そこを去った。

5

「お前の車を店に置きに行って、俺の車で家に戻るか？」

店から出ると、ジェイクがそうたずねた。

車のヘッドライト、街灯、そしてクリスマスのライトが薄闇の夜にきらめいている。冷たい夜気には、豪勢な食事と排気ガスと、何百万ものクリスマスの朝の名残のコロンとアフターシェーブローションの匂いがした。何だか……くたびれた匂いだった。

それとも、くたびれているのは時差ぼけの僕か。

「ああ、それでいいよ」

シートにもたれて帰りの運転を——それ以外の諸々も——ジェイクにおまかせというのは、たしかにいい考えだ。実に魅力的だ。

「じゃあ店で合流しよう。運転、気をつけてな」

「後でまた」と僕は答えた。

車より歩きのほうが早そうなくらいの渋滞だったが、ついにクローク＆ダガーの裏手に車を停めると僕はエンジンを切り、車を降りた。頭上の窓から暖かな光がこぼれている。この瞬間、ナタリーとアンガスがそこに二人でいるのだろうかと、ふと思った。

カーテンの引かれた窓を凝視して立ちすくんだのはそのせいではない。胸にこみ上げる、ホームシックのような奇妙な感慨があった。本屋の二階のフラットは、長きにわたって僕の家だったのだ。僕の居場所であり、避難所であった。

路地をやってくるジェイクのホンダＳ２０００のエンジン音が聞こえた。僕のフォレスターの横に停めて、ジェイクが車から降りた。

「店に入るのか？」

そう、驚いたように僕にたずねる。

「いいや、ただ、僕は……」

影にひそんでじっと立っていただけだ。気味の悪い親戚か。ナタリーがカーテンを開けて下にいる僕を見たなら、そう思われたに違いない。

一瞬後——驚いたことに——ジェイクが僕の体に腕を回し、引き寄せて、こめかみにキスをした。

「俺たちもここで、色々といい思い出を作ったな」

そうだ。あまりよくない思い出もあったが、それでも、それこそがただの建物を〝家〟にするのだ。日々を刻んだ場所に。

僕はうなずき、一瞬、ジェイクと互いに頭をもたせかけた。

「新しい家でもこれからたくさんいい思い出が作れるよ」

と言う。

ジェイクが静かに、低くセクシーな笑いをこぼした。

「そうしよう。まずは今夜からな」

サンタは名簿を作って二度チェックする、いい子と悪い子をたしかめるために——とエラ・フィッツジェラルドが歌う中、車は210号線へ合流した。

ジェイクは車のCDプレーヤーに僕の〝エラ・ウィッシュズ・ユー・ア・スウィンギング・クリスマス〟をセットしていた。どうしてかそれについ頬がゆるんでしまう。ジェイクはエラ・フィッツジェラルドを聞くタイプじゃないのだ。たとえ彼が、一九五〇年代のラット・パックの時代の再来のように時々僕を「ベイビー」と呼ぼうとも。

「で、テリー・アーバックルというのは、お前の何だ？」

大型トラックを一気に引き離し、そのヘッドライトでリアウィンドウが輝く間、ジェイクがミラーを凝視しながらたずねた。

「テリルだよ」僕は溜息をついた。「高校で、一緒にテニスのペアを組んでいたんだ」

ジェイクが道から僕へ、ちらっと視線をとばした。

「お前がテニス部にいたとは初耳だ」

「まあね。そう悪いペアじゃなかった」

実際、無敵のペアだった、と言える。僕が病気という敵に阻まれるまでは。それで永遠におしまいだ。十六歳の時にわずらったリウマチ熱のせいで僕の心臓には後遺症が残った。ところが今や、現代の医療の恩恵にあずかって新たな心臓の弁を手に入れ、長年感じたこともないくらい丈夫で健康な気分だった。

「お前とテリルは――」

「いや。まさか。僕らはお互いのことが好きでもなんでもなかったしね。ただ強いペアだったから、まあそれで一緒にいただけだ。テリルはどう見てもストレートだよ、それがお前の質問の意味なら」

「いいや」ジェイクが曖昧に言った。「お前にストレートの友人もいるのは知ってる」

以前なら、ジェイクもその〝ストレートの友人〟の一人だと、僕がジョークをとばすところだ。不思議な感覚があった。そんな昔からジェイクを知っているというわけでもないのに、二人でどれほど遠くまで旅してきたものか。

僕の沈黙へ、ジェイクがたずねた。

「お前は、テリルが弟の失踪に関与している可能性はあると思うか？」

「可能性があるかって？　お前から学んだことがあるなら、どんなことでもありえるってことさ。あいつは傲慢で嫌な奴だったけど、コートの中以外で殺意を感じたことはないね。とは言え、彼とのゴルフの後にアイヴァーがケヴィンに連絡してないのは少し引っかかる」

「かもな。アイヴァーが、逐一ケヴィンに報告を入れていたようにも見えないがな」

「じゃあ、アイヴァーと連絡がつかなくなった途端にケヴィンが慌てたのはそのせいだと思うのか？　この里帰りで、ケヴィンが認める以上に二人の関係は危うくなってた？」

「そう見ている、ああ」

考えこみながら、僕はすぎ去ってゆく都会の夜景を眺めた。高いオフィスビル、煌々と輝く窓。駐車場にきっちり並んだ車が缶入りのサーディンのように光っていた。周囲の道は流れるヘッドライトが川のようだ。ところどころ空いた駐車スペースが、アスファルトとコンクリートと鉄に囲まれて奇妙に暗く、神秘的に見えた。

「もしテリルとアイヴァーの間に本当に何かあったなら、家族が主張を変えた理由にもなるね。家族は、テリルをかばおうとしているのかも」

「仮説のひとつだな」

そう言いながら、あまり買っている口調ではなかった。

「じゃあほかに、どうしてアイヴァーがまだいるなんて嘘をケヴィンにつく？」

「ふむ、一つには、家族はオライリーに好意的ではない。彼がアイヴァーをゲイにしたと、非難している」

「ゲイにした？　それって人狼が少年少女を嚙んで仲間に変えるとかと同じ意味？」

エマは人狼ドラマ〝ティーン・ウルフ〟の大ファンなのだ。

「俺は聞いてきたことをそのまま報告しているだけだ」

「うわあ」

「家族はさらに、アイヴァーと家族の仲を疎遠にしたことでも、オライリーを責めている」

「だろうね。自分たちの側は何ひとつ間違ったことはしてないってわけだ」

「くり返すが、俺はただ報告しているだけだ」

「わかってる」

「だから、窓に向かってぶつぶつ暗く呪う中に俺を混ぜるのはやめてくれ」

僕は笑ったが、どちらかといえば暗い、呪いめいた笑いになった。

ジェイクが言った。

「家に押しかけたオライリーから、アイヴァーはどこだとつめよられれば、ベンジャミンかキャンディス──俺はベンジャミンに一票入れるが──あたりが失せろと言い返すのはありえることだ。それか、追い返すための作り話をするか。クリスマスにアイヴァーが電話も入れずにすっぽかしたのが本当なら、家族も腹を立てて、自分たちの行為を正当化していただろうしな」

この手のことに関しては、ジェイクには当事者ならではの洞察力がある。

何年もずっと一緒に、とエラがスピーカーから歌った。運命が許すならば……。

僕は言った。

「この〝ハヴ・ユアセルフ・ア・メリー・リトル・クリスマス〟の元の歌詞を知ってる？〝楽しいクリスマスを。今年が最後かもしれないから。来年には誰もが過去をなつかしむだけかもね〟ってやつ」

ジェイクが笑った。

「それ本当か？」

「ウィキペディアで見たから本当に決まってる」

彼がまた、笑うような音を立てた。

ジェイクは前よりも笑うようになった――とふと、僕は思う。だが僕自身、前よりも笑うようになっていた。

その先数マイルほど、僕らはただエラの歌声と、濡れた路面に擦れるタイヤのきしみを聞いていた。やがて、ジェイクが口を開いた。

「なるべく、今回は深入りしないようにしておけ」

「ケヴィンは友達だし。深入りって、どこから深入りだ？」

「正確には友達とは言えないだろう、数年前にお前が助けただけの男だ。そして、今、もう一度助けてもらおうとしている」

「その定義には少し納得いかないけど、まあ、わかった」

「それと、だ」

ジェイクはその先を続けず、僕は待った。どう切り出すかあれこれ考えているのが伝わってくる。結局、彼は言った。

「俺はオライリーのために働いてはいない。彼に調査状況を報告もしない。だからお前も、彼に状況を教える前に一息ついて、その情報が俺にとって伝えてもいいものかどうかを今一度考慮してから彼に話してもらいたい」

言われた文章は入り組んでいた。ジェイクの要求そのものはごく単純だった。

「僕は人の信用を裏切ったりなんかしない——お前の信用を裏切ったりしない」

「決して意図的にはな。それはわかっている。だがお前はあの男に同情して、彼の状況を気の毒に思ってる。彼には知る権利があると、そう感じるかもしれない」

短い間の後、僕は言った。

「よくわかったよ」

実際、理解していた。これまで、事件に僕が首を突っ込むことがしばしば僕らの間に緊張感をもたらしてきた。今回ジェイクは、僕を締め出そうとするのではなく、首を突っ込んでくる僕に境界線を示そうとしているのだ。彼の側からの歩みよりと言っていいだろう。

それにしても、僕の考え方をあまりによく理解されているのがいささか不気味だった。

「ありがとう」

ジェイクが言った。安堵の響きは、僕の耳のせいではないだろう。


子供の頃、友人たちから〝妖精の里〟と呼ばれていた僕の生家は、ポーターランチにある二階建ての、テューダー様式を模した小さなお屋敷だった。まるで、昔の童話の家を空輸する途中に南カリフォルニアでヘリの燃料が切れ、茂みの中にドサッと置いていかれたように見える。急角度の屋根や変な形の窓が、幾何学のテストを作れそうなくらいたっぷりある。家はクリーム色の漆喰壁と昔のヨーロッパ風の黒ずんだ桁木の組み合わせで、イギリス風庭園を思わせるようデザインされた大きな庭で前後を囲まれていた。庭を見た僕が連想するのは、ロサンゼルス郡の水量制限のことだが。それでも、美しい家と似合いの庭なのは間違いなかった。

タイル張りのプールは、いかめしい鉄のフェンスで囲われている——建前上は、このプールのために母がこの妖精のおうちを僕とジェイクにゆずったことになっている。水泳とウォーキングは心臓病患者向けの二大推奨エクササイズなのだ。

とは言え、このプールや素晴らしい眺望の丘のお散歩道を僕が存分に活用できているとは言えない。そのうちやる気はあるのだ。まあ、日曜を休日にしたら、それから考えよう。

門が開き、ジェイクのホンダ車が丸石敷きの円形の引込み道をすべるように進んだ。ガレージのドアが自動で開いて、車は中へ入った。

僕が降りると、七ヵ月たらずのジャーマンシェパードの仔犬、スカウトが出迎えにとんできて、一週間も置き去りにされていたかのような哀れっぽい声で吠え立てた。

「やれやれ、ひとりぼっちで可哀想に、偉かったな」

犬を迎えようと身を屈めたが、大きな間違いだった。でかい体に仔犬の頭と心を持ったこの犬相手には。スカウトは僕の両腕の中にとびこみ、僕を後ろへつき倒し、顔をなめ回しながら自分の悲嘆をやかましく訴えつづけた。

「ほら」

ジェイクが犬を引きはがして、僕に手をさし出す。

「犬のしつけ番組を一回見逃したかな、今のは〝一歩下がって犬を主導しましょう〟の回でやってたやつか？」

「は。笑える」

僕はジェイクの手をつかみ、立ち上がって埃をはたいた。

ジェイクがガレージから家に入る裏口の鍵を開ける。スカウトが僕らを追い越してとことことキッチンへ入ると、まっすぐ金属のエサ皿へ向かった。無論、エサ皿はからっぽだ。だがそれを発見したスカウトのショックの表情は、サイレント映画時代を席巻した名犬リン・チンチンの再来といっていいくらい見事な表現力だった。

この家で育った筈なのに、どうもまだ我が家だという実感がない。ひとつには、どうしてもクローク&ダガーのことが心に残るせいでもあり、また家中のほとんどの平面を埋め尽くしている一部口を開けた段ボール箱のせいでもあった。

二人して箱の始末にとりくんでいる最中だし、素敵な家であることに変わりはない。こんな家に住めるなんて幸運だ。白いキッチン、ガラス扉のカップボードに青い御影石のカウンター、赤く艶のある古材の床。

ダイニングの床も木張りで、しかも青銅の葉飾りのついたフロストガラスの大きなシャンデリアまであって、ジェイクはこれが絶対ヴィンセント・プライスのホラー映画に出ていたシャンデリアだと言い張っている。シャンデリアの下にはダンカン・ファイフ工房スタイルのマホガニーのダイニングセットが据えられ、仕上げは磁器を飾るための棚とサイドボード――これはリサからの〝新居祝い〟だった。新居祝いに僕にジョン・アトキンソン・グリムショーの絵をくれたくせに、自分に都合よく忘れているのだ。その〝月光のウィトビー〟は二つの見晴らし窓の間に飾られ、窓からは広い庭と家の裏手にそびえる山々が臨める。

ほかの部屋には、生成り色の毛足の長いなめらかな絨毯が敷かれ、壁や窓枠の装飾の浮き彫りを白く塗り替えられて、パインシャドウ牧場から運んできたアンティークの家具がいくつか置かれていた。威風堂々たるパラディオ式窓からは正面の庭が見えた。

子供だった僕は、ただ当然のようにここに住んでいた。今、大人になってみると、とても僕らの手の届く家ではないと言わざるを得ない。親からの山ほどの干渉――すなわち援助――なしでは。

背後では、ジェイクがまたスカウトを服従訓練につれていこうという話題を持ち出していて――休みの日曜にまた一仕事？――僕は不意に、手術以来縁のなかったような激しい疲労感に襲われていた。

「何とかするよ」

そう言いながら、昨夜遅く帰ってきた時に回収しておいた手紙の山を選りわける。

請求書。

クリスマスカード。

また請求書。

注意を戻した時、ジェイクが言っていた。

「……を夕飯にすればいい。近いうちに買い物に行かないとな。一生分のインスタントラーメンのストックも地震の時にはたよりになるだろうが――」

「僕は二階へひとっ走りして着替えてくるよ」

走る気になどまるでなれなかったが、そう言った。そんなエネルギーはもうない。

昨夜の今頃にはイギリスから帰る飛行機に乗っていたというのが信じられなかった。それより二十四時間前には二人ともイギリスにいたということも。まるで、何百万年も昔のようだ。

ドタドタとついてくるスカウトをつれてなんとか階段を上がり、僕はメインの寝室へ向かった。

ここにも作りつけの書棚、そして暖炉と新品のキングサイズのベッド——これもまたリサからの新居祝いだ。ハリウッドリージェンシースタイルのベッドで、ベージュ色のヘッドボードが外側にゆるく反りかえっている。部屋には完璧に似合いだが、僕なら選ばないベッドだ。当然、ジェイクも。

ここにまで、開かずの段ボール箱があった。山積みで。ほとんどが本だ。わざわざ寝室に運びこませるほど本が大事らしい僕の様子を、ジェイクはやたらとおもしろがっていた。テレビは設置済みだが、リモコンがまだ発見できない。

スカウトがゴム製のリスのおもちゃを見つけると、楽しげにせっせと噛みはじめた。リスが陰惨な悲鳴を立て、それをくわえた口でスカウトはにんまりした。

「五分くれ」

僕は靴を蹴り脱ぐと、ベッドに倒れんだ。スカウトが一緒にとびのってこようとする。

「ノー！」

命じると、スカウトは上半身だけマットレスにのせ、涎まみれのリスのおもちゃを僕の胸に落とした。

僕はそのリスを部屋の向こうへ放った。スカウトは目でそれを追ってから、非難がましく僕を見つめた。

「四分だけ」と誓って、僕は目をとじた。

どれだけ経ったのか、「ベッドから下りろ！」とジェイクが大声で言った。

僕はがばっと起き上がり、スカウトがベッドからとび下りる。

「少しうとうとしてただけだよ！」

「お前のことじゃない」ジェイクは首を振りながら、シャツのボタンを外した。「お前はベッドの上にいてもいいご身分だ」

「助かった。もう、くたくたで」

僕は顔をこすった。

スカウトが前脚を折って伏せ、熱心に尾を振り回す。これから僕と家中追いかけっこできると誤解しているのだ。僕は溜息まじりに犬を眺めた。

「僕は誰かさんをW・A・L・K(さんぽ)につれていかないと」

そう言ってはみたが、世の中で一番大好きなことの綴(つづ)りくらい、スカウトはとうに覚えているのだ。興奮のあまり犬風の腕立て伏せを始めていた。

ジェイクは苦笑いでその動きを眺めた。

「俺がつれていく。夕飯の前に昼寝でもしたらどうだ？」

「また？」

「三分は勘定に入らないだろう」

「卵を茹でるなら三分の差で大違いだよ。どうしてこんなに眠いのかわからない。僕は時差ぼけにはかかったことがないのに」

ジェイクに揶揄するような目を向けられた。

「ああ、見たことないな」

僕は笑った。

「わかったよ。旅行していた時でさえ、時差ぼけにはならなかったんだって」

「一寝入りしろ、アドリアン。昼寝のしすぎで死にやしない」

「どうだか——」顎が外れそうなあくびで言葉が途切れる。「なあ、〝ボディ・スナッチャー〟って宇宙人に体を乗っ取られる映画見たことあるか？」

「騒がず寝ろ。地下室にデカい繭がないかどうか見てきてやるから」

「騒がず寝るのは得意だよ。大体、地下にあるのはワインセラーだ、地下室じゃない」

「怪しい抜け殻がないか注意しておく。瓶とか巣もな」

僕はベッドにひっくり返った。

「十分だけ」と彼に言う。

答えがあったとしても、もう僕には聞こえなかった。

「ほら、どっこいしょ」

ジェイクのそのかけ声が、僕の夢に割りこんできた。ジェイクが……いや、ジェイクの親が出ている夢に。

「何？」と僕は目を開けた。

夢から覚めて、ほっとした。夢の憤怒のせいで僕の心臓はまだ轟いていた。いや、憤怒そのものは夢とも言いきれない。怒りは現実のものだった。僕はジェイクの父親を——会ったこともないのに——怒鳴りつけていた。その部分はただの夢だ。

部屋は——ポーターランチの家の寝室は——くつろいだ淡い光に包まれ、ジェイクが僕の上に屈みこんでいた。ロンドンでも着ていた緑のチェック柄のパジャマズボンを着ていて、優しく僕の肩を揺り動かしていた。

「寝る時間だぞ、眠り姫」

「えっ？　ほんとに？」

僕は頭を起こす。ジェイクの肩ごしに暖炉の前で寝ているスカウトが見えた。眠りの中で心躍る長い散歩に出ているのだろう、手の先がピクピクしていた。

「本当だ」とジェイクが答えていた。「服を脱いで、ブランケットの下に入れ」

心誘われる言葉だったが、正直、面倒臭い。ぼうっとしながら起き上がってセーターとTシャツを脱いだ。

ジェイクがベッドカバーを戻す。

「電気毛布使うか?」

どうしてか、電気毛布という言葉にはセクシーさが著しく欠如している。

「ん? いいや。一体何時だ?」

まだもたもたとジーンズを脱ごうとしながら、僕はぼやけた目でベッドサイドの時計をのぞきこんだ。

「十一時半だ」

十一時半?

ジェイクがそう裏付けて、ベッドを自分の側へ回りこんだ。

「待ってくれ」ジーンズを床へ落とした。「今から寝るのか? 夕食はどうなった?」

ジェイクがちらりとこちらを見た。

「食べたいのか? ならお前の分を温めてくるぞ」

「それってつまり、お前は食べたのか? 一人で? つまり、これでもう、今夜はおしまい？」

どうしてニッと、いつもの傾いた笑みをそこで見せる？

「残念ながらな。ああ」

「どうして起こしてくれなかったんだ？　だって僕らは……今夜、思い出を作ろうって言ってたじゃないか」

ジェイクはまだ微笑んでいた。

「作ってるぞ」

「そりゃね、でも違うだろ、思い出だぞ」

またもやあくびの発作に襲われて、言葉のほぼ後半は呑みこんだ。時差ぼけが飛行時間そのものより長いなんて納得いかない。

「だがな、あそこまで前後不覚に寝入ってるような人間はそれだけ休息を必要としてるってことだ」

マットレスが沈み、ジェイクがベッドに入ってくる。いつもの側に体をのばすと、服の残りを不器用に取っている僕を眺めていた。

やっと僕がベッドカバーの下へもぐると、ジェイクが腕をのばしてベッドサイドのランプを消した。またマットレスをきしませながら、お互いの腕の中へと動く。ジェイクの髪は濡れていて、裸の肌はシャワージェルの香りを漂わせていた。シャワーを浴びて寝支度する彼にも気付かず寝ていたのなら、僕は本当に人事不省だったに違いない。

　ジェイクの腕のぬくもりに包みこまれる。まさに帰ってきた、という気分。僕は長い溜息をこぼした。

「おやすみ、ベイビー」

　ジェイクの声は眠たげだった。

「おやすみ、ジェイク」

　だがそこに横たわって、彼のゆっくりと揺るぎない鼓動を聞きながら、僕はジェイクが昼食の時に言っていたことを考えはじめていた。ジェイクはこだわってないようだが、それにしても。

「ごめん、ジェイク。今夜は本当に、二人きりの夜にしたかったのに」

「二人きりだったろ。何の問題もないぞ」

　ジェイクが顔を下げて、僕の眉間にキスをした。狙いがずれたのだろう。

　また少しの間、僕はぐずぐずと思い悩んだ。

「……うん。でも、僕の言いたいことはわかるだろ」

　今回は、ジェイクがはっと目を覚ますのが伝わってきた。彼の寝不足の助長も僕の罪に加えておこう。

　僕が今何を言ったのか、ジェイクが思い出そうとしているのがわかる。

やがて少し眠そうに、彼は言った。

「お前の言いたいことはわかるし、大丈夫だ。口先だけで言ってるわけじゃない。俺たちは一緒になったし、これからいくらでも新しい夜と新しい思い出がある。だろ？」

「でも今日は……今度くらいは、お前の望みをかなえたかったのに」

沈黙。

「——どういうことだ？」

もはやジェイクは覚醒していた。というか、驚いたような声だった。闇の中で表情を読もうかとするように頭を上げる。

「俺の望みはかなったぞ。かなってるぞ。これこそ望み通りだ」

「そんなわけないだろ？　だって、ロンドン行き、うちの家族、本屋、この家……」

「ベイビー、お前は何を言ってるんだ？」

「僕が言ってるのは、これから僕はもっとがんばるってことだ、ジェイク。もっといい恋人になれるように。しつけ訓練にも犬をつれてくし、時々は週末に休みを取れるようにもする。それに、これ以上事件に巻きこまれたりしないよう——一体何がおかしい？」

まだ笑いをこぼしながら、ジェイクが僕にキスをした。キスは、マウスウォッシュと笑いと、そしてそう、愛情の味がした。

6

「前も言ったが、今日、午後にケイトと会ってくる」

ジェイクが朝食のスムージーごしに伝えてきた。

スムージーは、ジェイクの発案だ。僕は昔も今も、朝食向きの人間ではない。だというのにジェイクが自分のコレステロールを心配しているというのを信じて、一緒にスムージーを飲んでいることになっている。まあ思えばコレステロールは心配か、ジェイクの血管には卵の黄身でも流れてるんじゃないかと思ってた頃もあるし。とにかく、ジェイクは朝食というものに熱狂的な関心を持っていた。それもとりわけ、僕の朝食に。

そんなわけで、週末やバカンス中を除いて、僕らの朝食は歯ごたえのあるシリアルか何かのスムージーと決まっていた。実際のところ、フローズンバナナとコーヒーのスムージーやミックスベリーとアーモンドのスムージーを飲むのは別にかまわない。アボカドとバジルのやつは今いち。だが愛というのは「それは食べたくない」とは言わないことなのだ。

それで、ケイトのことに考えが戻った。

「覚えてるよ」と答える。「夕食には帰ってくるのか？」

ジェイクの物思わしげな視線を受けて、僕はつけ足した。

「いや、帰ってくるのもわかってるし、一緒に夕食を食べるのもわかってるけど。予定を合わせようと思って」

前妻の話を決して持ち出さないのがジェイクなりの信義で、二人の交流について何も聞かないのが僕なりの信義だった。最近の二人があまり会っていないのも、僕を傷つけるような何かをたくらんでいるわけがないのも無論承知の上だが、理性ある大人同士にとってすら離婚というのは大仕事だ。

「そんなに長くかからないだろう。家の値下げ交渉に応じるかどうか決めないとな。俺としては譲歩したくはないが、彼女は金が要る」

頭の中では電話で片付きそうな話だと思っていたが、僕に何がわかる？　少なくとも、渋るジェイクに無理に頼みこむような真似をケイトがしないのはわかっていた。彼女と出会う前からジェイクが持っていた一軒家を市場価格以下で売ることも含めて。別にそうなってもかまわないのだが。ジェイクに毎朝スムージーを作ってもらうためなら、些細な代償だ。

「わかった」僕はうなずいた。「帰りに買い物に寄れるなら……」

「寄ってくる」

「パンと牛乳をよろしく。あとドッグフードだな」

「了解」

「夕飯には何かテイクアウトしてくるよ。タイ料理？」

「タイ料理はいつでも歓迎だ」

僕はもう一口、コーヒー味のスムージーを飲んだ。

「アイヴァーの件について少し考えてたんだけどさ」

ジェイクが自分のグラスをすすいでシンクへ置く。

「何をだ？」

「発掘の時に何か見つけてたってことはないかな？　何か、貴重なものを。土地に深い関わりのあるものとか。考古学調査研究所の上司に聞きこみをしてみるとかどうだろう――大体この研究所の名前、ちょっと作り物っぽくないか？」

「ミステリ作家らしい思考回路だな。アイヴァーの失踪が仕事絡みだという可能性はゼロではないが、一番ありそうとまでは言えない。それに言っとくと、ほとんどの組織の名前というのは作り物のように響くものだ、誰かが作った名前だからな」

「じゃあそこはお前にゆずるとして」僕は心広くそう告げた。「でも第一の論点はどうだろう。我が家の探偵はお前なんだから、研究所に連絡をとってみても損はないんじゃないか？」

ジェイクが一瞬、僕を眺めやった。

「その案を気に入っているのは、お前とケヴィンの最初の出会いと重なるからだろう。

共時性(シンクロニシティ)というやつだ」

「いいや、僕がこの案を気に入っているのは、ありそうな話だと思うからだ」

「研究所に連絡をとってみても損はないな、ああ。だから俺も連絡しておいた」

「もう連絡したのか？」

ジェイクが大真面目に返した。

「ありがたいことに、名高い事件を解決してきたお前のそばで何年も学んだおかげで俺も成長してな——」

「わかった、お前の勝ちだ」

口元に皮肉な笑みを浮かべたが、ジェイクの口調は重々しいものだった。

「一番確率が高いのは、事故か自殺だ」

まさにムード殺しの一言。

「ケヴィンは病院と死体安置所は確認したってよ」

「当人はそう思っているだろうがな。たしかにしっかり見て回ったかもしれん。だが言わせてもらえば、範囲も精密さも足りていない」

「お前ほどのコネは持ってない、それは間違いないな」

ジェイクは否定しなかった。

「さらに彼は、そこで何も見つからないことを期待しすぎて、確認が甘くなってもいるだろう。

もう一つ、死体はまだ発見されていないかもしれない。クリスマスと新年の間だからな。市や州の役所を含む多くの組織が休業中か、なけなしの人員で動いている時だ」

「それにアイヴァーの失踪からまだ日が浅い」

「まだ日が浅いな」とジェイクが同意した。

「お前は、彼がもう死んでると思ってるんだな」

答えるジェイクは、己の内側へまなざしを向けているかのようだった。

「俺が思っているのは、クリスマスは、人によってはつらい季節だということだ」

僕の心に、ケイトと結婚するとジェイクから言い渡されたクリスマスがよぎった。あのクリスマスはまさに聖夜どころか悪魔の季節だった。文字通り。そう、たしかに僕にもひどく暗い瞬間があった。

ジェイクにとっても。

二人のどちらも今は何も言わず、陽に照らされたキッチンに響くのは、仔犬ががつがつとドッグフードを飲みこむ音だけだった。

フェイスブックのページを見る限り、アイヴァー・アーバックルは普通の人生を送る普通の男のようだった。

とても新聞の一面で犠牲者として報道されそうなタイプには見えない――だが事件に巻きこまれて新聞一面を飾る羽目になった人間の大半がそうだろう。僕もその一人だ。

実際、アイヴァーは僕に似て見えた。細身で中背、黒髪。目は茶色く、学者っぽいが顔を引き立てる眼鏡をかけていた。いい笑顔で、その笑顔をよく皆とシェアしていた。仕事場のパーティやケヴィンとのカップル写真を見るにつけ。加えて政治的な意見や考古学的なジョーク、飼い犬の写真、色々な食事の写真をフェイスブックでシェアしていた。

ケヴィンのフェイスブックページで、アイヴァーの情報を補完する。幸せ一杯の二人の暮らしとおぼしきシーンがさらにいくつか。ケヴィンとアイヴァーが写った写真、ケヴィンとアイヴァーと犬が写った写真、ケヴィンとアイヴァーと友達の写真、ケヴィンとアイヴァーとケヴィンの家族の写真。ケヴィンのページにはアイヴァーのページに比べて嘆願書への署名の呼びかけや風景写真が多く、食事の写真は少なかった。

個人的に知っている相手――少なくとも片方は――をSNSのページで〝調査〟していると、赤の他人を調べた時にはなかったストーカー気分を味わわされた。まったく、探偵というよりスパイの気分だ。

さらにスパイ気分になったのは、何の気なしにテリル・アーバックルのページへのリンクをクリックした時だった。テリルのフェイスブックページは、最終更新日が六ヵ月前。だが、放置されたページにさえ驚くような情報量があるものだ。テリルはアーバックル産業の副社長で、妻とは離婚、私立の中等学校に通う二人の子供がいて、趣味はテニスとゴルフ、社会政治学的な意見を後出しで論じるのも好きで、同類連中と意見を交わしている。縁がなくてよかった世界だ。

フェイスブックのアカウントのない僕は、意見は控えるとしよう。クローク&ダガーのページはあって――ナタリーが作って管理している――写真の隅っこに写った僕はぎょっとして不本意そうな顔をしていた。

ナタリーと言えばだが、いまだに僕と口をきこうとしてくれない。

商業活動に関わる事柄についてはアンガスごしに交信してくる。そのアンガスは、そんなやりとりが続くにつれて神経質さと挙動不審さを増していった。

僕もきっと似たようなものだったろう。幸いにして、一週間のロンドン行きのおかげで仕事が山積みで、奥のオフィスに堂々と引きこもっていられた。まあ実際は逃避中だが。

ジェイクが上のオフィスで仕事をしていれば一緒にランチに行きたいが、今日のジェイクは外で本物の探偵仕事の最中だ。僕がデスクでインスタントラーメンとTａｂの缶でランチにしている最中に、リサから電話がかかってきた。

なんと、第一声が僕や僕の健康問題についてではなかったので、彼女の深刻な狼狽ぶりがよく伝わってきた。

『アドリアン、妹はそこにいるの?』

「ナタリー？」

　僕の返事は無表情に聞こえただろう――午前中のほとんどをカリフォルニア州税務局の相手に費すと、そんな声になる。同時にこれは、僕がこの三十二年間で磨きをかけてきた最強の引き延ばし戦略でもあった。

『ダーリン、ほかの二人はここにいるわよ。そう、ナタリーよ。ビルがそれはそれは心配しているの。娘の家にこれでもう三日続けて電話しているのに、電話に出てもくれないのだもの』

「電話に出ない？」声から後ろめたさを聞きとられそうで怖い。「うん、今、店にいるよ。ナタリーは元気だよ。ビルは携帯にはかけてみた？」

『いいえ。あの人が携帯電話をどう思っているかは知っているでしょう』

　リサは溜息をついた。

『何かすねているのかしら？　クリスマスに一緒にロンドンへ来ないと言ったのはあの子のほうなのに』

「多分、それとは関係のない話だと思うよ」

『なら一体何？　ビルはとても心を痛めているのよ。ナタリーがクリスマスのお祝いすら言ってくれないのだもの』

「いや、ナタリーはただ――」僕だって、とりあえず目の前の救命浮輪をつかむことくらいある。「――忙しいんだよ。今の時期、店が本当に忙しいんだ」

『父親にメリークリスマスを言う暇もないほど?』

「そのくらい忙しい。うん。心配いらないよ。ビルに電話するよう言っとくから」

『それよりどうかしらダーリン、あなたが電話をこのままナタリーに渡して、私がビルをここに――』

「いいや」僕は素早く言葉をかぶせた。「駄目だよ、店の外まで列ができてる。電話するよう言っておくから。それが一番だ」

リサは小さな腹立ちの音を洩らすと、もっと手近な獲物にあらためて狙いを定めた。

『それで、あなたのほうはどうなの、ダーリン? 帰りの飛行機はどうだった?』

「元気。長かった。ほとんど寝てた」

『それはよかったわ。眠りが必要でしょう』

「あらためて、招待ありがとう。とても楽しめたよ。一生に一度の体験だ」

『素敵な時間をすごせるだろうと思っていたわ。なにも一生に一度のことにしなくてもいいのよ。ジェイクはどうだった?』

「ジェイク? 彼も楽しんでたよ」

『よかったわ。あの人はわかりにくくて。ねえあなた、そんなにすぐ仕事に戻って本当に大丈夫?』

「リサ」

彼女はまたふうっと不機嫌な息をついた。

『わかってるわ。せめて、ジェイクがあなたに目を配っておいてくれるでしょうしね』

「せめてって——人のことを反抗期の幼児みたいに」

リサが、彼女らしい涼やかな笑い声を立てた。

『あらあら、ダーリン。そう言えばね、ビルはあなたのジェイクをとても気に入ってるのよ』

「だろうね、〝あなたのジェイク〟なんて呼びはじめるくらいじゃ」

またも鈴を鳴らすような笑い声。ピアノの鍵盤にカミソリの刃を落としたような。リサは先祖の地で僕ら抜きですごしている素敵な時間について語り、ずっと待ちわびてきた家族のバカンスから逃げ出した僕を遠回しに非難し、僕に「無理をしないよう」言い聞かせて——今となっては決まった挨拶のようなもので僕が宇宙の超人になろうともやめられないだろう——やっと電話を切った。最後にまた、ナタリーからすぐパパにお電話させるよう言い残して。

「やれやれ」

ぼやいて、僕はＴａｂの缶へ手をのばした。

「アドリアン、一体どういうつもりよ！」

戸口からナタリーが金切り声を上げた。

噂をすれば。

影、どころではない。

椅子からはね起きた僕が缶を落としたものだから、泡立ちながらデスクにこぼれ出した茶色の液体が電話のメモや税金の書類に沁みていった。

「クソッた——マジでか」

引き出しをガラリと開け、ティッシュをつかんでびしょびしょの惨状を必死で拭いながら、僕はナタリーへひるんだ目を向けた。

「そっちこそ何なんだ？」

その瞬間ナタリーは、ディズニー映画の悪役のように見えた。それか昔の映画〝吸血鬼ドラキュラ〟に出てくる吸血鬼の取り巻きの娘たちとか。とりわけ、シュッと子音をきしらせながら囁かれると。

「そぉれを食べちゃ駄目って知ぃってるでしょう……飲むのも……！　いぃっそ容器からじかに塩をがぶ飲みしたらどぉよ……！」

「それじゃ腹の足しにならないだろ！」

あまりいい反論でないのはわかっているが、何ともはや。

その上、ナタリーはまだ準備運動の段階だった。

「心臓の手術をいくら受けたって無意味じゃないの、あなたがそんな無茶をして自分の死を招き寄せているようじゃ！」

「僕の心臓がそんなに心配なら、後ろからしのび寄ってきて耳元でわめかないでくれ」

「あなたが食べてるのは毒よ。毒！」

「勘弁してくれ。君がドーナツを食べてるからって僕が騒ぎ立てたことがあるか？　ドーナツを食べようとしたら止めてくれと君に言われた後でも。まったく」

僕はさらにティッシュを出して拭き掃除を続けた。一、二分後、なにやら嫌な予感に満ちた沈黙を背後に感じる。肩ごしに不安な目を向けた。

ナタリーが涙をこぼしていた。というか……涙で溶け出しそうに見えた。全身に砂糖が詰まっているんじゃないかというくらい言動が不安定な最近の彼女だが、砂糖ならこのまま床に溶けてしまいそうだ。

「ナタリー、どうしたんだ？　何があった？」

そんなナタリーの姿がエマにかぶったのか、それとも僕にもやっと兄らしさが芽生えてきたのかはわからないが、僕は両手をひろげ、ナタリーはたちまち僕の肩に雨を降らせはじめた。すすり泣きながら何か言っているが、よく聞きとれない。全身を震わせて泣き崩れていた。

「僕はもう、Ｔａｂを一缶は飲まないようにしてるんだよ」僕は彼女へそう言い聞かせた。「ちょっと口をつけただけだ。大事な書類の上にこぼれた残りの量を見ればわかるだろ？」

ナタリーが首を振ると、また何か解読不能の泣き声を絞り出した。

「なあ」僕は必死だった。「君は、大人だ。君の人生にああしろこうしろと口出しするつもりはない。君とアンガスが、その……そうなりたいなら、止めたりはしない。この話はもうケリがついたと思ってくれ」

やっと、ナタリーは己を取り戻したようだった。一歩下がり、顔を拭く。僕は慌ててまたティッシュを手渡した。

彼女が鼻をかみ——堂々たる立派な一かみだ——ティッシュを机脇のゴミ箱へ放りこむと、おだやかに言った。少しこもった声だったが。

「リサはなんですって？」

「それは……」僕は不安な目で彼女を眺めた。「その話はやめておかないか？」

「私は大丈夫」

「そうか」

「ごめんなさいね、こんなふうで。ホルモンのせいで不安定なの」

「ああ……」

これまでの二年でも彼女の気分が不安定になることはあったが、こんなヤバい魔女みたいに見えたことはついでなかった。

「リサには何て言ったの？」

「何も。でも君はビルに電話しないと」

ナタリーの目が恐れに見開かれた。

「どうして？　何かあったの？」

「そこだよ、ビルのほうじゃ何かあったと思ってる。もう君に愛されていないと思ってるんだ」

表情が歪んだが、ナタリーは今回は泣き崩れはしなかった。

二年半前、僕の母はビル・ドーテン議員と結婚し、その結果として僕に三人セットの妹ができた。ビルは恰幅がよく剝げた熊のような男で、僕とはお互いあまり共通の話題もなかったが、バースデーケーキやら家族のバーベキューを囲むうちに、僕は自分でも驚くほど彼のことが好きになっていた。クリスマスの電話ごときでナタリーがビルを傷つけるまっとうな理由があるとは思えない。

「パパに電話しておくわ」

ナタリーは、まるで僕から絞首台送りを宣告されたかのように言った。

「皆、君を心配してるんだよ。それだけだ」

「そうね」

「僕も心配になってきた。君は変だよ、ナット」

表情を引きつらせたが、ナタリーは自制を保った。

「ごめんなさい。わかってる。ただ近ごろ、色々あって」

「たとえば？」問いかけた自分に、自分で仰天した。「僕では力になれないことか？」

「誰の力でも助けられないことなのよ」

そう宣言した口調は、墓廟に納めた愛する相手に最後の別れを告げるかのようだった。

退場のセリフとしてはなかなかだ。そのまま背を向け、ナタリーはオフィスから去っていった。

7

「今日、ケヴィンから連絡あった？」

夕食を食べながら、僕はジェイクにたずねた。

帰りがけに買ったシンハービールと、サラダン・ソングからの――お気に入りのタイ料理屋だ――テイクアウトが夕食だ。ジェイクはビールをぐびりと飲み、マグを下ろした。小エビのパッタイにフォークを刺す。

「ない」

「こっちにもだ。あると思ったんだけどな」

「がっかりしたか？」

心臓がドキッとはね、僕は驚いてジェイクの顔を見た。ジェイクが見つめ返す。一瞬、他人のような顔で。固く、ひややか。いや思えば、知らない顔ではないか。それはジェイクの昔の顔だった。

その思いが形になった瞬間、ジェイクの表情が崩れ、申し訳なさそうに歪んだ。

「すまない。馬鹿なことを言った」

「なら一体どうして言ったんだ？」

答えない気かと思った。その時、ジェイクの口元が痛みを感じるかのようにこわばった。

「多分、俺は、心のどこか奥底で恐れているのかもしれない。決して償えないことがあるのを。俺は、かつてのチャンスを台なしにした。そして、このすべてが——」

二人で座っているダイニングルームへひとつうなずく。

「いつか俺が行きつく果てに向かうまでの、通過点にすぎないんじゃないかと」

まるで予想外の言葉だったし、心が激しく痛んで——色々な理由で——一瞬、息もできないほどだった。昔の、まだ心臓が難破船のように水漏れしていたつらい日々のように。

「……あれだけのことを二人でくぐり抜けてきた後で、それでもお前は、この暮らしが一時的なものだと思ってるのか？」

充分平静な声で言えたと思ったが、ジェイクの目がさっと荒々しい、読みとれない感情に黒ずんだ。椅子がギッと床をすべり、ジェイクはテーブルを回って僕のほうへ来ると、両腕を僕の体に回した。

そっと言う。

「そんなふうに取らないでくれ、ベイビー」

「だって、僕にはこの日々こそ、すべてなんだ」

僕はそう答える。今回は声が抑えきれなかった。

「俺にとってもそうだ」耳元でジェイクが囁いた。「死が二人を分かつまで。俺のお前への気持ちは、何があろうと決して変わらない」

僕は身を引いて、彼の顔をじっと見た。

「なら、僕が心変わりすると思ってるのか？」

ジェイクが首を振る。

「それなら、どうして……」

声の中の痛みを聞かれただろう。僕の耳にも聞こえていた。ジェイクへの気持ちを隠すのは無理だ。もう、今では。

「理屈じゃないんだ。嫉妬と、恐怖だ。お前と一緒にいられた時間を、あの時の俺が大事にしようともしなかったから。きっと心の深くで、こんな俺に二度目のチャンスを得る資格があるのか、信じきれないでいる」

「ジェイク。駄目だ。そんなこと言わないでくれ。そんな言葉は、僕らには似合わない……」

ジェイクがまた僕を抱きよせ、低く呟いた。

「すまない。お前を苦しめたいわけじゃない。時々、信じるのが難しいんだ」

息をするのもきついほどに、ジェイクは僕を抱きしめていた。己の命がそこに懸かっているかのように。僕も彼にしがみついた。彼のその感情が——どういう感情であれ——ケイトと会ったことと、家族から拒否されつづけていることから引き起こされたものだとわかっていた。

どうしてこんな仕打ちをジェイクにできる？　彼という人間の真髄を、誰よりよく知る筈の家族が。自分たちがどれほどジェイクを傷つけているかわかっていて、どうしてだ？

僕にどうにかできたなら。だがなすすべもない今、ただできる限り、ジェイクの痛みをやわらげたかった。僕は顔を上げて彼を見つめた。

「まだ腹が減ってるか？　お前はどうか知らないが、僕の体は今、トムヤムクンスープ以上にほしいものがあるみたいなんだけど……」

温かな人肌の香り……。

ランプの灯りが夏めいたきらめきをほのかに投げかけ、無精ひげや粟立った肌、目の下の隈を優しくごまかしてくれる。箱の山も隠してくれる——箱と、まあいくつかの手荷物も。

僕らの初めての夜とは、もう何もかもが正反対だ。だがジェイクに微笑みかけられると、ふとよみがえるものがあった。牧場でのあの夜のように、今の彼も、少し自分を意識しているように見えた。頬骨の上が赤らみ、金茶の瞳がひどく明るい。

「お前を愛してるって、もう言ったか？」とジェイクが問いかけた。

僕は微笑み、彼の髪を額からかき上げる。いい顔だ。強さと忍耐——そして思いやりと、彼だけの個性がある。だが聖人の顔とは言えない。顎が頑固すぎる。口元もあまりに官能的な情熱をたたえている。

「一、二度くらいはね」

「愛している。死ぬまでずっと。その後も。死後の世界があるなら」

何だか思いもかけずに暗くなりそうな話題だ。僕はおだやかに言った。

「わかってる。僕も同じ気持ちだよ」

顔を傾けて、ジェイクにキスをした。舌が絡み合うとビールとチリスパイスの味がした。弄うような、色っぽい舌の動き。

ゆったりとしたキスが、未練を残した終わりに近づくと、ジェイクが囁いた。

「今日は、お前に抱いてほしい」

タイ語で言われたようなものだった。

彼の目の、荒々しい感情をたたえた暗さを見つめて、僕には言える言葉がなかった。ジェイクは、僕の表情から何を読んだものか、ひとつうなずいた。

「お前を信頼している」

口がからからだった。喉もからからだった。心臓が胸全体を圧するようだ。やっと、僕は言った。

「お前は、僕相手に何も証明しなくてもいいんだよ」

なんと、ジェイクは声を立てて笑った。少し息が切れたような笑いではあったが。

「わかってるよ、何かを証明するためなんかじゃない。そうしたいからだ。お前と、この体験を分かち合いたいんだ」

僕の返事すら待たずに——断る理由があるとでも？——彼はサイドテーブルに手をのばすと、引き出しをぐいと開け、透明なジェルの入ったチューブをつかんだ。ぽんと放り投げられ、僕は反射的に受けとめる。

ジェイクが手と足をついて四つん這いになった。何と言うか……基本的な体勢だ。それでいいのだが。思わず彼を凝視していた。きっと僕の表情に迷いを見たのだろう、ジェイクがなだめすかすように言った。

「来いよ、ベイビー。お前だっていつも受け身（キャッチャー）ばかりやってきたわけじゃないだろう」

たしかに。いつもではない。それはそうだが、自分の行為をスポーツ用語にたとえたこともない。スポーツを持ちこむなら、僕はどちらかと言うとシングルテニスの一人王者とか卓球の壁打ち名人とかに近くなってしまう。

とろりと、銀色めいたジェルを指先に絞り出した。

ようとした。

僕は手の上の光るジェルを見つめ、指先をこすり合わせて、粘っこい感触を感じながら温め

「本気なんだな？」

ジェイクの眉根が寄った。

「お前はやりたくないのか？」

「そりゃしたいよ。当たり前だろ」

したくないわけがない。だがそんな日が来ると思ってもいなかったし、こんな、物のはずみや勢いみたいな形でなんて。

「ただ何と言うか――僕は――」

「俺は、もう随分と、このことを考えてきた」

ジェイクの声は奇妙なほどおだやかだった。まるでトランス状態か何かのように。

「もしいつかやる日が来るなら、相手は絶対にお前だと、わかっていた」

そう言われて僕はつい微笑んだが、怖くもあった。期待に応えたいし、ジェイクが後悔するようなことをさせたくもない。それに夕食の席で僕を傷つけたと思いこんでいる彼の、一瞬の心の弱さにつけこむような真似もしたくない。

筋肉質の、丸く締まった尻に軽く手を這わせて、なでた。美しい。揺るぎなく強靱。まるで孤高に長く生きてきた野生のいきもののように。

ゴツゴツした骨や軟骨組織を内に包みこんだ、温かくしなやかな肌。肋骨の下で打つ彼の鼓動を感じた。

そして僕自身の鼓動も。

ジェイクが身ぶるいした。ハエに嚙まれた馬がこんな動きをする。ハエよりは気持ちよく感じていてほしいが。

「くすぐったい？」

「いいや。続けろ、ベイビー」

前よりも切羽詰まったような声だった。

優しく尻を左右に分け、指で割れ目をなぞり下ろす――焦らしているわけでもないが強くもない指で。

ジェイクが何かうなった。怒っている響きではない。ノー、というようにも聞こえない。

慎重に、僕は指先でその熱くきつい――さらにきつく締まった――入り口にふれた。つながり。ケルトの結び目。愛と永遠の証。僕の心臓が激しく荒く打ちはじめ、その音が胸いっぱいにふくれ上がるようだった。

ジェイクがふうっと息を吸った。彼の拳と膝の下で、淡いシーツとその下のマットが沈んで鋭い影をつけていた。

「大丈夫？」と僕はたしかめた。

ジェイクが肩ごしにちらっとこちらを見た。

「ああ。お前も、大丈夫だぞ。俺はやりたい。お前に、やってほしいんだ」

そして僕も、本当にしたくてたまらないのだ。ジェイクと初めて愛を交わした時の思い出が頭に渦巻く。あの時もう、僕にとっては愛だった。認める勇気はなかったとしても。

軽くさすりつづけると、ジェイクが不意に、荒っぽく言った。

「何だか……どうかしそうだ」

「いいほうに、悪いほうに？」

「とにかく……」

ゴクリと唾を呑むのが聞こえた。わかりやすい声の途切れ。

僕は前へのり出し、ジェイクの背中のくぼみの熱くなめらかな肌へ唇を押し当てた。背骨をひとつずつ上へたどっていく。ごく敬虔な司祭がロザリオをたぐっていくように。

この身をもってあなたをあがめたもう——と昔の愛の誓いがふとよぎる。

ジェイクがまた身ぶるいし、突然に言った。

「どうしても、知りたくなった。俺が抱いている時のお前の顔が、あんまりきれいで——」

僕は踵に重心を戻して、すぼみに指を押し当てた。ジェイクの体がこわばり、それから力を抜く。指に力をこめると、次の瞬間、入っていた。ジェイクが息を呑む。僕も、多分。ジェイクにこの行為をするのは強烈で、鮮やかなまでに親密な一瞬だった。

ジェイクのペニスが頭をもたげ、固くなっていく。ありがたいことに。僕自身のものはもうすっかり痛むほどいきりたっていた。ジェイクを欲するあまり、昂ぶりと切望でほとんど眩暈がしそうだ。

ジェイクが静かに、くぐもった声で言った。

「ああ……気持ちがいい。お前にそんなふうにふれられると、くそ、こんな……」

ほんの指先だけを入れて、抜く。軽く、その摩擦とリズムをジェイクに与えながら。この気持ちよさは僕もよく知っている。彼の内側が、反射的に僕の指を締めつけてきた。

もう少し、奥へと。時間をかけながら。たっぷりとした時間を。それでいい。この行為自体がすでに悦びなのだ。深く指を入れ、さすりつづけた。ジェイクが刺激を求めて本能的に動き――なんであれ半端なことはしない男だ――そしてその体が充分にゆるむと、僕は濡れた二本目の指を差し入れた。

「ああ、いいぞ」

そっと、ためしに前立腺の膨らみを探る僕へ、ジェイクがそう呻いた。

ふう、と息を吸いこみ、ジェイクの体が緊張する。その背中に熱がともるのがわかった。まるで内側から照らされているかのように。

「こいつは――」

その息は乱れていた。

呼吸に合わせて次の指を入れていく。内側はもうとろけるようだ。あまりにも熱く、あまりにもきつい。彼の中へ入りたくてたまらない。僕のすべてを包んで締めつけてくる強烈な力を味わいたい。

僕は絞り出した。

「大丈夫？」

「ああ」

ジェイクが押しつぶしたような声で答える。

「ジェイク……」僕は喘ぐように言った。「お前の、中……」

うなり声が応じた。嫌ではなさそうだが、嬉しいのかどうかはあやしい。

僕は指をゆっくり抜き、ジェイクの背を、尻をなでながら、片手でぎくしゃくと自分のペニスを濡らした。たっぷりのジェルで。多分、馬鹿らしいほどの量で。

ベッドの頭側と足側のボードをきしませて姿勢を変えると、僕は両手をジェイクの腰にのせ、ペニスの先端を彼の入り口へと近づけた。ジェイクの体がこわばる。無理もない。昔ながらの問いだ——棒Aは本当に穴Bにおさまることが可能か？　一体どうやって？

それでも可能なのだ。今回も大丈夫だ。僕自身がその生きる証。

とは言え、僕はためらった。ジェイクが本心から望んでいるのでなければ、この行為には意味がない。

「お前がしたいことだけを」と囁く。「お前となら、どんなことでも気持ちがいいから」

ジェイクが体の下に手をのばし、さっさと、ほとんど焦れたような手で自分の屹立をしごいてまた起こした。

「ほら来いよ、ベイビー」

おかしな一瞬、ジェイクの言葉が僕とペニスのどっちに向けられているか僕はとまどう。

僕は、中へと押し入った。

きつい。これは痛い。引き抜きたかったが、もっと事態を悪くするだけだ。なのでとにかく動かず、ほとんど息もせず、ジェイクが慣れるのを待った。どんな言葉も余計なので口も閉じたまま。なめらかで心地よい熱に包みこまれて、時間が止まったようだった。圧倒されそうな肉体的な刺激——ジェイクの体はあまりにも強く僕を締めつけ、ほんのわずかな動きですら僕の背骨に強烈な火花がはじけるほどだ。同時に、思考も吹きとびそうだった。この、役割の逆転。普通なら大騒ぎするようなことでもないのだろうが、相手がジェイクとなると……限りなく重い行為。

ジェイクの身が震え、それから、腰を押し返してきた。

もうこらえきれない。彼の体へ、もっと深く自分を沈め、また腰を引いて、その動きをくり返した。甘い快感に声を上げそうになるのを唇を噛んでこらえた。

自制を失ってしまわないよう必死だった。耐えようと呻く僕へ、ジェイクが囁いた。

「気持ちいいぞ、ベイビー。凄くいい。もっと強くだ」

許可されて、喜びに泣きたいくらいだった。ここに達するのに長くかかった――というか達さずにがんばった――僕は呻き声をこぼすと、ジェイクを突き上げた。ジェイクが力強く押し返し、何回かの間、僕らはぎくしゃくと不調和な動きをくり返した。それからリズムを見つけて、落ちつく。まるで違う体のリズム。

ジェイクは動きを支配しようとはしなかった。ただ僕の動きに息を合わせてくる。まるで、すごい馬力の外国車に乗っているようなものだった――それも逆ハンドルの。

疾走感、ほとんど飛翔するような。ブレーキもシートベルトもなし、障害を蹴散らして……音を、速さを、光を、そしてこれまでの慣れを、振り切って――避けようのない衝撃へつっこんでいく……。

ジェイクの腰に僕の指の痕が残るだろう。やっと視線を向けると、自分の屹立が見えた。ジェイクの肌に比べて淡い色で、彼の内へ入り、また出てくる。もっと強く、もっと速く。

己の役割を思い出して突き上げの角度を変えると、ジェイクの腹に快感の炎がはじけて背骨をのぼっていくのがわかった。肉体にも心にもオーガズムの炎をたぎらせて。

あっという間だ。あまりにも。滑稽なくらい早すぎる。もっとずっといつまでも続いてほしいのに、ジェイクがついに達し、僕も達し、世界はまるで目もくらむような白く爛れた混沌と化す。ガラスのかけらとねじれた金属と火を噴くエンジンの。

知っている筈だった世界が、完膚なきまでに素敵に叩き壊される。そしてかわりに、新鮮で息を呑むような、心逸る何かがそこに――。

僕らは重なって崩れ、汗まみれの手足を絡ませたまま、喘ぐ息をついた。

絶頂を解き放つのがこんなに……救いのように思えたことはなかった。まさしく宗教的な法悦のように。最高の達成感。己の肉体が軽くて脆く、肌の内にざわめく快感の名残に筋肉と神経がまだ鳴動している。

ジェイクが何か呟いた。僕は顔を向けて聞いた。

「大丈夫か？」

僕を見た、ジェイクの顔は……若々しく、幸せで、感情にあふれていた。

「またお前との新しい初めてだな」と彼は答えた。

僕は息をこぼした。笑いのつもりだったが、ひどくたよりない。ジェイクがごろりと身を返し、両腕で僕を抱きこんだ。

「素晴らしかった。美しかった」と囁く。僕の顎をつかんで、濡れた、強いキスをした。「お前は、きれいだ」

「へえ？」

「そうさ。よかったのはわかってるだろ」と微笑む。「お前は、思いやりがあって優雅で――」

奇妙な笑い声を立てた。「まったく、おまけに床上手ってやつだ」

多分、その驚いたような口調のせいだろう、僕は心の底から笑い出し、ジェイクも一緒に笑いはじめた。

「わかってる、でも本当だぞ」と彼が言う。

そうとは言えまい。まあたしかに、僕だってベッドでの作法くらいは心得ているが、これを——いやジェイクとのすべての行為を——特別でかけがえのないものにしているのは、そこにこもる思いの強さだ。ジェイクがそうまで気持ちよく感じたのは、彼自身の感情がこめられているからだ。僕からしてみると、ジェイクがまだそれに気付かず、僕のスペシャルテクニックのおかげだと思っているのはちょっとおかしい。

互いの笑いがおさまると、僕は口を開いた。

「ジェイク。お前が夕食の時に言ってたことだけど……」

「お前を傷つけたと思うと、耐えられない。すまない」

「どうしてあんな心配——僕にはお前だけしかいないよ。この先も。もう二度と」

「問題はお前じゃない。お前のせいだったことは一度もないんだ。俺も、もっとマシになれるように努力する」

「よしわかった、進歩の邪魔をするつもりはないよ」と僕はうなずいた。

ジェイクの口元が上がったが、それは笑いというには静謐で、悔悟に満ちた表情だった。

その顔を見ると、続けて言ってしまっていた。きっと言わないほうがいいのかもしれない

——誰かに背負わせるには重すぎることだとしても。

「でも、わかっていてほしい。僕は、こんな幸せになれるなんて思ってなかったくらい、今、幸せなんだ。この僕が。自分には、こういうことは起きないだろうと思ってた。こんな毎日を送れることがあるなんて夢にも思わなかった。本気だよ——もし今夜人生が終わったとして、この先の日々を一緒にすごせないことは悔やんでも、お前といられたこの数ヵ月には人生分の価値がある。うまく言えないけど、本当なんだ。何があろうと、僕は誰かとの六十年間より、お前と一緒のこの六ヵ月を選ぶ」

「ベイビー……」

ジェイクの目は光っていた。僕と頬を合わせる。キスのためではなく。ただ顔を寄せ、一緒に呼吸をした。ジェイクの睫毛の揺れと、その向こうのぬくもりと、唇の震えが伝わってくる。

彼は何も言わなかった。だが、どうしてか、その沈黙がすべてを語っていた。

8

翌朝クローク&ダガーへ着くと、実録犯罪ものの棚の前でケヴィンが僕を待っていた。

ほっとしたのはたしかだ。ケヴィンに何かあったと、本気で心配していたわけではないが、僕の知人には時々よからぬことが起きるのだ。ジェシカおばさんなみの死亡率とはいかずとも、とりあえず知人の謎めいた死の知らせにはそこそこ慣れている、と言っておこう。

ケヴィンがたずねた。

「ジェイクはどこに？」

「サンタモニカで人と会う用があってね。別件で」

彼は眉を寄せた。

「そろそろ何かつかめてる頃だと思ってたのに」

僕もそう思っていたが、現実的に言って、失踪人探しというのは何週間、何ヵ月、それこそ何年もかかるものなのだ。

そんな運命は、誰の上にも望まない。友人には尚更。

僕は答えた。

「つらいのはわかるよ。とにかくジェイクはある限りの情報を使って、今できることを最大限やってるから」

「一体何を？」

「病院や死体安置所を確認して――」

「それは俺がもうやった！」

「車両管理局へのコネを使ってアイヴァーの車がレッカーや没収されてないかどうか調べて、ハイウェイパトロールにも話を聞いて、マリオットホテルの監視カメラ映像を見られないか交渉して、アーバックル家の近隣住人に聞きこみをして回っている。アイヴァーの上司にも話を——」

この短い間にじつに多くのことをやっているものだ。だがまだ成果はない。

ケヴィンの顔が紅潮した。

「仕事は無関係だ」

「この段階では、何が無関係かの判断はできない。だからジェイクは皆に話を聞いてるんだ。それには時間がかかる」

「家族が一枚嚙んでるって、俺が言っただろ!」

僕は己の忍耐力をふりしぼった。

「ケヴィン、ジェイクは君の意見を鵜呑みにはしない。それじゃいい探偵とは言えないだろ。今、警察に捜索願を出すよう家族を説得しているところだ。当然ながら警察にはジェイク以上の捜査手段があるし、それが役に立つかもしれない。少なくともアイヴァーの携帯電話の記録にはアクセスできるだろうし、それで連絡が途絶えた時、彼がどのあたりにいたのか見当がつく」

少なくとも、携帯電話のバッテリーが切れた時にどこにいたのかは。もし彼が自ら姿をくらましたのでなければ、今ごろもう携帯はバッテリー切れだろう。

「家族が承知するもんか」

「そうかもね。家族は、今ごろまでにはアイヴァーがひょいと顔を出すだろうと期待してた
――そう決めつけてたと言っていいかも。でも、そういう気配はないとわかった今……」

まあ、それでもやはり動いてくれないかもしれないが。

書棚の一番上で何か動くのが目に入った。小さくてベージュ色の何かが、邪悪な意図を持っ
てしのびよってきている。僕はケヴィンの腕をつかんで我が家のニンジャ・キャットの攻撃範
囲からつれ出そうとしたが、ぎょっとしたことにケヴィンが僕に腕を回し、肩に頭をのせた。

「何があったかわからないままってのが……」と呟く。「もう耐えられなくて」

「えーと、そうだね……」

僕は優しく彼の背を叩いた。

「あら！」

ナタリーが本の山をかかえて角を曲がってきたところでぴたりと足を止め、声を上げた。

僕は彼女に顔をしかめてみせた。仕上げにぐるっと目を回す。

それでも彼女はとがめるような「フン！」という音を立ててのけた。

背後でドアベルが鳴った。まさにデジャヴ。僕はケヴィンの腕から抜け出そうと、もっと断
固としてもがいた。

聞き覚えのある足音が近づいてくる。

「わかるよ」と僕はケヴィンの背中をさっき以上の力で叩いた。「希望を捨てちゃ駄目だ」

足音が止まった。僕の後ろで、声が言った。

「〝見たぞ、と盲目の男が言った〟」

ありがたいことに、それはガイだった。僕の元恋人。

ガイは中背で痩せぎす、結んでいない長い銀髪と、気取った、美形とまでは言えない顔と、そこそこ意地悪な緑の目をしていた。その意地の悪さは本物だ――まあ時によって。だがその誠実さと優しさは常のものだ。

見物人が集まってきているのに気付いてハグをほどくと、ケヴィンは一歩下がって目元を拭った。

「やあ、ハッピー・ホリデイズ！」

僕はガイに挨拶した。ちょっと熱意をこめすぎたかもしれない。ガイが小馬鹿にした顔になった。

「彼はケヴィンだ、多分前に話したよね、僕がパインシャドウ牧場に行ってた時に会った」

「いや、覚えてない」

ガイはそう答えた。僕の横をすり抜けてナタリーをハグしに行く。

「いつもながらに素敵だ、ナッティ。その髪、素晴らしいよ」

「ケヴィン、彼は僕の大事な友人、ガイ。ガイ、こちらはケヴィン・オライリー。彼は――ジェイクが彼を……ある事件で、助けてるんだ」

「どんな事件で？」

ガイが追及してきた。ケヴィンとさっと握手を交わして、僕へ向き直る。

「君が私の冬至パーティに来てくれなかったからね、プレゼントを手ずから運んできたんだよ」

僕は小さな、銀の包み紙の箱を反射的に受け取った。

「ありがとう、ガイ。僕からのプレゼントはまだ家のスーツケースに入れっぱなしなんだ」

掛け値なしの真実だ。ロンドンの小ぶりで風変わりな書店でスチュアート・カンバーランドの『降霊術――内なる真実』一九一九年版を買ってある。僕の汚れた靴下とTシャツと一緒くたにしまわれたままだが。

「いいから開けたまえよ」

ガイがうながした。

そこで決意を固めた様子のケヴィンが宣言した。

「俺は、アイヴァーの兄貴に会いに行く」

僕は銀の箱を開ける途中の手を止めた。

「待ってくれ、ケヴィン。それはいい思いつきじゃない」

「話をするだけだ。ここに突っ立って何もしないなんて耐えられないよ」

ケヴィンは僕らを通りすぎて店から出ていった。

「マズい」

僕の言葉にかぶせて、ドアがいつもの陽気なベルの音とともに閉まった。

「あれが、ジェイクの頭の固い親族の誰かかね？」

「あらそうなの？」とナタリーが驚いた声を出す。

「いや、ケヴィンは親戚じゃない、見た感じが似てるだけだよ。恋人が行方不明で、ジェイクが力になってるんだ。というか恋人の家族のほうに雇われてるんだけど、どうせ目的は同じだ」

「本当にそうかね？」とガイがたずねた。

「そうだよ」

僕は箱を開けた。白いベルベットの内張りの上で銀の星がきらめいていた。

「きれいだ。ありがとう」

あまり宝飾類に興味はないが、こういうものは気持ちが大事なのだ。

「耳用のスタッドだ」ガイが言った。「二度も祝福されたものだよ。君のようにトラブルを引き寄せる体質には、最低限それくらいは必要だろうから」

「おっと、その意見には承服しかねる」

また正面ウィンドウの外へちらっと目を向けずにはいられなかった。ケヴィンの姿はない。心が重く沈む。

「ピーターはどうしてる？」

そう聞くと、ガイがいきなり疲れた顔になった。

「私たちは今、関係を見つめ直しているんだ」

「ああ。また？」

口元をひょいと曲げたが、ガイは言った。

「昔の教え子でサタンの手先と言えばだが、アンガスは元気そうだね。心身ともに充実しているようだ」

つい視線がナタリーへ向いてしまう。彼女の方では突如として抱えた本の山に大いなる興味が芽生えたような顔をしていた。

「これ片付けてくるわね」と棚の間を歩いていく。

「君も、健康そうだ」

ガイの声は苦かった。

僕は笑みを向けた。

「健康だよ。おかげで心身ともに充実してる」

返ってきた笑みはかすかで、悔やむようだった。

「君が幸せでうれしいよ。正直私には理解しかねることだが。でも、よかった」

「喜んでくれてるのはわかってる。ありがとう」

ガイは溜息をついた。

「ランチに誘うつもりできたが、今からあの感情的な若者を追いかけるつもりなんだろうね、君は？」

「そっちからそう言ってくれると――」

ガイが首を振った。

「次の機会としよう。希望は常にある」


ケヴィンには、通りの半ブロック先で追いついた。彼は赤いジープに乗りこんでいるところだった。どうしてか、僕はまだ彼があの古い森林レンジャー風のピックアップトラックを乗り回しているような気がしていた。

ガイの言う通りだ。ケヴィンは、ジェイクをもっと若く、人当たりよくしたように見えた。今のケヴィンのような安堵と強情さの入り混じった表情をしたジェイクは見たことがないが。ほかのことはともかく、ジェイクは優柔不断ではない。

「いい考えじゃないよ」

ジープへ追いつくと、少し息を切らせて、僕はケヴィンへ言った。

「なら君は来なくていい」

同行するつもりなどさらさらなかったので、僕は「君ひとりで行かせられるわけないだろ」と答えた自分に自分で驚いた。

ケヴィンが運転席に座り、僕は助手席のドアを開けてとびのった。エンジンがかかる。

「向こうに行って何になると思うんだ？」

車が危うくパーキングメーターと歩行者の両方をなぎ倒しかかって、僕は目をとじる——そして手探りでシートベルトを探した。

「アイヴァーに何をしたのか、あいつの目を見て聞いてやる」

僕は啞然と目を開け、ケヴィンを凝視した。

「本気か？　君は表情を読む専門家か何かか？　たとえ視線のわずかな動きから相手の嘘を判別できるとしても、君が押しかけていってアイヴァーの兄を——家族の誰でも——人殺しと非難すれば、事態をこじらせて無用な騒ぎを生むだけだ」

「君だったら何もせずにいられるか？」

「いいや。でも僕ならせめて専門家の助言に従って、状況を悪化させないようにはするね」

「今以上にどう悪化するって言うんだ！」

ケヴィンが声を荒らげた。

「アイヴァーがいないのに！　どこにいるか誰も知らない。誰も気にもしてない！」

「僕は心配してるよ。ジェイクもだ。家族だって、心配だからジェイクを雇ったんじゃないか。まだ何の手がかりもないのは誰も気にしてないからじゃない、ただまだ……何もつかめてないってだけだ。君がアーバックル家を怒らせたって解決が早まるわけじゃない」

僕はさらにつけ加えた。

「それにもしテリルが関わっているなら、君が一番やっちゃいけないのは、疑われていると相手に教えてしまうことだよ」

ケヴィンの返事はなかった。猛烈なスピードと目的意識で車をとばしている。どこに向かうのか心得ているように。

疑惑が裏付けられるのが怖くもあったが、聞いてみた。

「前にもテリルの家に行ったことがあるのか？」

「あいつを尾行してたからね」

「尾行……」

ケヴィンがぐっと顎に力をこめた。

「ああそうさ、あいつを見張ってた。何をするつもりか。あいつがアイヴァーに何かしたのはわかってるんだ。俺の直感がそう言ってる」

一瞬、僕はぽかんと彼を見つめていた。それから、携帯を出してジェイクにかけた。

ジェイクはすぐに出た。

『どうした？』

「今どこにいる？」

『駐車場状態の１１０号線の上だ』

「ケヴィンと僕は、テリル・アーバックルの家に向かっているところなんだ」

ジェイクが、不吉なくらいおだやかに聞いた。

『どういう理由で？』

「ケヴィンを行くなと説き伏せられなかったんで、立会人が同道したほうがいいかと思って」

あるいは単なる利害のない傍観者か。よく流れ弾に当たる役目の。

「俺は話をしに行くだけだ」とケヴィンがぼそっと言った。

『畜生が』

そのジェイクの声があまりにも静かで、僕はひるんだ。

「なあ、わかってる。もしかしてそっちがなんとか――」

『無理だ。なんともならない、車でぎっしりだ。お前は絶対に――決して、関わるな』

「二人の間の理性の声というやつになれるかもしれないし」

『そんな声より遠いやまびこか何かになってくれ。ずっと遠くからの』

「心配いらないよ。馬鹿なことをしたりしない」

ジェイクの沈黙は、まさにいわゆる〝大音量の沈黙〟というやつだった。

「……今以上には」と僕は言い足す。

『アドリアン――』

「気をつける。随時報告も入れる」

僕は電話を切った。

時に、相手が後悔するようなことを言わずにすむよう先手を打ってあげるのも、大事なことなのだ。


テリルはゲートとフェンスに囲まれたイーグルズ・ネストの住宅地域、サウザンド・オークスに住んでいた。

僕らをゲートの中に入れてくれないほど厳しいセキュリティではなかったが、それでもケヴィンは書類に名前を書いて車のナンバーを記入しなければならなかった。もしかしたらテリルを「見張っていた」間に何度も経験済みかもしれないが。

入り口の白いバーが上がり、僕らの車は広く日当たりのいい通りへすべり出した。左右にヤシの木が並び、あちこちの凝ったクリスマスの装飾が時間外のラスベガスといった趣だ。もっともトナカイの数は多すぎる。

大体の家は九十年代後半に立てられていて、百万ドルとかの価格帯に見えた。豪邸と言うほどではないにしても見事なもので、テリル・アーバックルが住んでいるのはその中でも最上級の家だった。

そのアーバックルの屋敷にはクリスマス飾りは何もなかったが、ぴかぴかに光る新車のポルシェ・ケイマンが玄関先に停まっていた。

「どうして水曜なのに家にいると思うんだ？」

僕はたずねながら、ケヴィンを追って半円形のステップを地中海スタイルの前庭まで上がっていく。

「テリルは仕事に行っているかもしれないだろ？」

「アーバックル産業はクリスマスをはさんで二週間休みだよ」

ケヴィンが答えた。彼は艶のある赤煉瓦色のドアへつかつか歩いていって、ドアベルを鳴らした。

「なあいいか」と僕は言っていた。「君は話を聞きに来ただけなんだからな。あくまで彼と――」

途端に玄関ドアが開いて、僕ら二人ともをぎょっとさせた。

茶色のレザージャケットをまとったテリルは、見るからに、今まさにクリスマスレッドのポルシェに向かおうとしていたところだった。

彼はちらっとケヴィンを見てから、僕にも目をやったが、僕に気付いた様子はなかった。

もっとも、僕のほうも彼に気付けたとは思えない。昔通りの金髪だし、顎が角張ってずんぐりしたタイプの二枚目と言えたが、体が大きくなり、厚みが増した。顔つきにも、なんだかはっきりしない、雑な感じがにじんでいた。父親に似ている——あと、テレビドラマでよく見る悪の企業の親玉にも。

「何か？」

声は前より低いが、相変わらずせき立てるような調子がまとわりついていた。

ケヴィンが肩をいからせて、言った。

「そっちは俺を知らないだろうな。俺はアイヴァーのパートナー、ケヴィンだ」

テリルが目をみはった。

「一体何をしに来た？　どういうつもりだ？」

「俺たちは、あんたに聞きたいことがあるんだ」

テリルはさっと僕に視線をとばした。僕がこれにどう関係しているのか考えているのだろう
——僕も同じことを問いかけていた。テリルが言った。

「お前に言うことは何もない。うちの家族全員な」

まさに昔ながらのなつかしきテリル。配慮も駆け引きもなし。

僕は口をはさんだ。

「彼と話してみても損はないだろ?」

「どうして話さなきゃならん。こいつのことなんか知らないんだ。お前のこともな。それなのに何のために――」

「ところがどっこい、君は僕を知ってる。高校の同級生だった。テニス部で二年間ペアを組んでた。それに僕はケヴィンを知ってる。だから、できるなら一、二分だけでも彼の質問に答えて――」

テリルがまじまじと僕を凝視した。表情が変わった。

「イ、イ、イングリッ、シュ?」

信じられないようだった。心底、仰天している様子で。僕は死んだとでも思ってたのか?

テリルの口から僕の名を聞くのは妙な気分だった。テリルのことは好きでもなんでもなかったが、今さらながらに、自分が無意識下で彼に少し惹かれていたことに気付いていた。というかむしろ、後にジェイクにも魅せられたように、この系統に惹かれていたと言うべきか。

「当たりだ、アーバックル。高校時代の亡霊というやつだ。な? だからお前は僕を知ってる、お互い母親同士が知り合い、これで万事解決。じゃ、ここにいる彼の質問に答えてやってくれ、それでお互い楽しくおさらばできる」

テリルはまだ僕を、それこそ本物の亡霊を見るように見つめていた。彼は言った。

「お前もホモだとか、言わないだろうな?」

「お前は？　まさかホモじゃないのか？」

僕は同じくらい驚いてみせた。

まあ、いい大人らしからぬ子供っぽいやりとりだったし、こらえきれなかった自分を誇る気はない。それは別としていい切り返しだったし、テリルを直撃した。彼の顔が紅潮し、どんどん真っ赤になっていった。

もっとも無意味なやりとりだ。その上ケヴィンが怒鳴って、さらに空気を悪くした。

「あんた一体、アイヴァーに何をしたんだ！」

「一体何を言ってる？」テリルが大声で返した。「俺がアイヴァーに？　よくもそんなことを言えたもんだな！」

昔から感情を抑えるのがあまり得意ではなかった——コートの上でも外でも——テリルは今も健在だ。彼はケヴィンをドンと突きとばした。ケヴィンはよろっと下がったが、すぐに前へ詰め寄った。

「二人とも、いい加減にしろ！」

間に割って入ろうと、僕はとび出した。反射的に動くのがいつも利口とは限らない。互いをぶちのめそうとする二人の筋肉男の間は安全な場所とは言えないし、てっきり顔に一発は食らうかと覚悟した。その後でジェイクにくらう説教のほうがよほど痛いだろうが。

「二人とも、いい加減にしろよ！」

三人でがっちり組み合って玄関先でもつれながら、僕は喘いだ。

「アイヴァーに何をしやがった！」

ケヴィンがそう叫びつづけている。主に僕の耳めがけて。

「ここに押しかけてきといて、俺が弟に何かしたと言い出すのか！　血のつながった弟に！」

テリルは怒鳴り返している。主に僕の顔めがけて。

「こんなことしても何にもならないだろ！」

僕もわめいた。誰か聞く耳を持つ相手に届けと。無駄だった。

このままじゃ、三人で玄関先から足を踏み外して家の門まで一気に転がり落ち、道の先にあるゲートの守衛詰所までつっこんで終わりという気がする。ゴールは監獄。

だがその時、救いの手はご近所パトロールの車という形で現れた。

ウウッという三つの短い大音量のサイレンに、テリルとケヴィンは互いを——主には僕を——わしづかみにしていた手を離し、小さなキュプロス風の前庭の左右に別れた。

「最後にアイヴァーに会ったのはあんただろ」ケヴィンはまだわめいていた。「あんたが何かしたのはわかってるんだ！」

「お前はイカれてる」テリルが言い返す。「弟はお前から逃げようとしてたんだろうが！」

「僕らはもう帰るから」

僕はパトロールの男に声をかけた。彼は車から下りて、ホルスターの横の留め金を外そうともそもそいじっていた。

「ほら行くぞ」

ケヴィンの襟首を引っつかんで、ジープのほうへと押しやる。

彼は抗いもせず、何も言わず、黙ってよろよろと歩いた。泣いているか、今にも泣きそうなのだと、僕は気付いた。

つらいだろうと思ったものの、いい慰めの言葉は見つけられなかった。彼にも、僕にも。

9

「僕がその場にいれば、二人の暴発を止められるかと思ったんだよ」

「そうか」

ジェイクはうろうろと行き来していた足を、一瞬止めた。前後というより円形に歩いていたが。この部屋が、自分には狭すぎるとでも言わんばかりに。もしくは僕ら二人には。

「次から爆発物の処理は専門家にまかせろ。誰にまかせようとかまわないがとにかく、お前は関わるな。どんな手段をとろうとも。もうこれ以上お前に関わってほしくない」

テリルの家での即興のひと騒ぎから二時間後、僕はジェイクのオフィスで——もっと正確には彼のデスクの上に座って——尋問を受けていた。叱りとばされていたと言ってもいい。何がきついって、基本的にジェイクが正しいとわかっているところだ。

「その言い方はないだろ。お前はどうせ間に合わなかったんだし、どっちにしても来なくてもすんだ」

「アドリアン——」

「何も僕まで探偵稼業を始めようってわけじゃないよ、ただ今回は、あの二人を知ってるから。少しはね。僕がいれば役に立つかと……」

実際は、そうはいかなかったわけだが。それでも、ケヴィン一人で行っていたらもっと悪いことになっていたかもしれない。言いきれないか。

ジェイクが言葉をかぶせた。

「どうして関わるべきでないのかはわかっているだろ。お前は、この六ヵ月の間で何回か心臓発作を起こして心臓の開胸手術をしたんだぞ」

「あれは心臓発作とは違うだろ。単に、撃たれたせいで——」

「そうだ。お前は撃たれた。いくつか、小さな発作を起こしもした。だろう？　だからぐだぐだ言うな」

「そうだね」

　僕は静かに言った。その単語を聞くと胸が締めつけられるのはおかしなことだ。心、臓、発、作。ジェイクは正しい。彼の言う通りだ――いくら僕が聞きたくなくても、いくら認めたくなくとも。医者は、発作のダメージは治癒して僕の心臓はきわめていい状態にあると見ていたが、その現状維持には彼らが茶化すように言った「心臓の健康に一生を捧げること」が不可欠なのだった。

　キーワードは――一、生。

「お前はとんでもなく幸運だったんだ。それをわかってない」

「自分が幸運だったことくらいわかってるよ」冷静でいようとしても段々と腹が立っていた。

「どれくらい運が良かったか知らないとでも思うのか？」

　皆に口々に言い立てられて、どうして気付かずにいられると？

「お前は健康体だ。これまで俺が見てきた中で、今が一番元気だ。そのままでいてほしい。これからの五十年をお前とすごしたいからな。五十年、一緒にすごすつもりでいるからな。だからたのむ、お願いだから、その予定を狂わせそうなことは何もしないでくれ。誰にでも二度目のチャンスが与えられるわけじゃないんだ」

「わかってるよ、まったく、ジェイク。そんな言われ方をすると僕だって……」

「言えよ」とジェイクが固い声でうながす。

「お前が言わんとしてることも、どうして言ってるのかもわかる。僕を愛してるから守りたいんだってことも。僕は別に——チャンスを無駄にするとかそんなつもりは——ただいつまでも——」

言葉を切った。たとえ愛する相手にさえ、話すのが難しい物事がある。たとえどれほどジェイクを愛し、信頼していても。

だが伝わったのだろう、ジェイクは言った。

「お前に、自分のことを弱いとか役に立たないとか、絶対そんなふうに思ってほしくはない。決してそんなことはないからな。だがお前は不死身でもないんだ。その気になれば、お前はいくらでもトラブルを拾ってくる。必ず。いや、その気にならなくてもトラブルを拾うのがお前だ」

君のようにトラブルを引き寄せる体質には——。

ガイの冬至のプレゼントが、ポケットの中でずしりと重くなった。

僕はジェイクを見つめ、そして初めて、心配とストレスの皺が彼の目のそばに刻まれているのに気付いた。両目の中の影にも気付いた。これは相手をやりこめたり自論を通すのが目的の議論ではないのだと。正しさや勝ち負けなど問題ではないのだ。

僕は気怠く言った。

「わかった」

ジェイクが僕を鋭く凝視した。

「わかった？」

「ああ。わかったよ。お前の言う通りだ。僕は下らないリスクを冒すべきじゃなかった。特に、恐れていないと自分に示すためだけになんかはね」

ジェイクに伝わったかどうかは僕にはわからない。どう言葉にすればいいのか頭を絞るだけで精一杯だった。普通の生活ができることを大事にしすぎて普通の生活をこわごわ送るような人生は嫌だ、とか？

もっとも探偵ごっこというのは、誰の基準でも〝普通の暮らし〟の範疇には入らないだろうが。

僕の譲歩に驚きつつも、隙を逃さないジェイクはここぞとばかりにたたみかけてきた。

「それにケヴィンのことだが、とにかく今は家に帰るのが一番いいだろう」

「ケヴィンは帰らないよ」

「こっちにいたところで邪魔なだけだ」

「もしお前が、行方不明だったら、僕は絶対に帰らないね」

ジェイクの目の色がふっと沈んだ。ぼそっと言う。

「わかった。そこはもういい。もし、ケヴィンが俺の仕事にまた首を突っこんでこないようお前がどうにかしてくれれば、それこそとても助かる」

僕は耳元に手を当てた。

「ちょっと待って、最後のところが聞こえなかった。もしかして今、僕が事件に関わったら助かるとか言ったのか？」

ジェイクの唇がピクつく。

「口がへらないな」

僕がキスしようと身をのり出した時、コンコンコン！とノックの音がした。

オフィスのドア枠を誰かが叩いたのだ。ジェイクが腰を傷めそうな勢いで背すじをのばし、僕は入り口にちょこんと立っているナタリーへしかめ面を向けた。ナタリーは申し訳なさと反抗心が入り混じった態度だった。

「何？」と僕が声をかける。

「話があるの」

いわゆる彼女というものを持ったことこそないが、女友達なら僕にも何人かいたし、今や三人の妹持ちだ。なのでこれは断言できる——もし女性が高く震えを帯びた声で「話があるの」と言ってきたら、それはトラブルの予兆だ。

大きなトラブルの。

僕は机から立ち上がった。

「お父さんに電話はした？　どうかしたのか？」

ナタリーの青い目が、僕からジェイクへとさっと流れた。ジェイクが言う。

「二人にしたほうがいいか？」

「ここはお前の部屋だろ」僕はナタリーへ聞いた。「下で話そうか？」

彼女は首を振った。

「二人ともに聞いてもらったほうがいいと思うの。もう隠すのはやめ」

「何を？　隠すって？」

僕は不安げにたずねた。

ナタリーは廊下へさっと、まるで近づく敵を警戒するかのような目を投げてから、ジェイクのオフィスの中へ入ってドアを閉めた。そのドアにもたれかかる。

「私、妊娠したの」

彼女はそう告げた。

「何だって？」

ナタリーはまた怯えた、かすかに刺々しい口調でくり返した。

「妊娠したの」

「……どうして」

ジェイクの視線を感じて、僕はつけ加えた。

「いや妊娠の原因と仕組みはわかってる。じゃなくて、聞きたいのは……相、手、は？　アンガスのわけがないだろう。こんなに短い間に」

「それほど短い間でもないだろう」ジェイクが静かに言った。「だな?」

今回、彼を見たのは僕のほうだった。ジェイクは例の、感情を消してどこか値踏みするような顔でナタリーを観察していた。刑事の顔だ。

「そうね」ナタリーが認めた。「私たち――もう、結構になるわ」

「一体いつから……」僕は力なく聞いた。

「二ヵ月」

「二ヵ……」

僕はまた机にへたりこんだ。

「それで、誰が父親だ?」とジェイクが聞く。「ウォレンか、アンガスか?」

ナタリーの顔がくしゃくしゃに歪んだ。

「わからないの! どっちでもおかしくない。どっちも父親かもしれない」

「なんてこった」僕は呟いた。「君、もう何歳だ? 避妊くらいしてなかったのか?」

彼女が泣き出した。だがこの少林寺拳法マスターの娘たちは泣きながらでも反撃できるのだ。

「そりゃ避妊してたわよ! ほとんどはね。大事なのはそこじゃないでしょ!」

「ほ、ほとんど? ほとんどが、どうやって二人のどっちが父親かわからないなんてことになったんだ?」

「そこまでだ」

ジェイクが口をはさむ。まさに刑事の声だった。おとなしくしろ、俺も恋人を逮捕したくはないんでな――。

「父親と言えば」と僕は続けた。「ビルには言ったのか？　リサには？　アンガスには話したか？」

ジェイクの手が肩に置かれる。ナタリーが叫んだ。

「最初にあなたに話しに来たのよ！」

どうしてか、その言葉にほだされていた。言葉と、ナタリーの様子に。怯えて怒っているだけでなく、ドアに体を押しつけた彼女は、あまりにも独りぼっちに見えた。

僕は己の不安と危惧を押しやり、立ち上がると、彼女へ歩みよった。きっと充分思いやりに満ちて見えたのだろう、ナタリーが声を上げた。

「アドリアン、ああ、私どうしたらいいの！」

僕にとびついてくる――世界の広さに圧倒された犬のスカウトのように。

「僕に言わないでくれ。まったくお手上げだよ」と僕は答えた。幸いにもそれは僕の脳内に響いただけで、外に洩れはしなかったが。

「産む気なのかい？」と彼女に聞いた。

ナタリーは僕の肩に、こくんとうなずいた。さらにずしりと重いものを背負わされたのを感じる。そう、これは間違いなく僕の戦いになるだろう。リサを――もしかしたらビルも――なだめ、その上多分ウォレンかアンガス（あるいは二人とも）をとりなす。その二人にナタリーが求める役割に応じて。

子供。これ以上に恐ろしいことなんて、ひとつも思いつかない。

その時、別の重みを感じた――ジェイクの腕が僕とナタリーの二人を包み、まとめてハグする。ただこの重みは、力強い支柱のようなものだった。

僕とナタリー、生まれていない子供までもを支え、助ける力がここにある。

ナタリーが言っていた。

「パパには、どうするか決めるまで話せなくて……産むかどうかを。でも、産みたいの。ほかのことがどうなろうと。この子をあきらめたくない。そりゃ面倒なことになるだろうけど、ウォレンと、それかアンガスと……どっちでも」

「両方と、かも」

つい、そう混ぜ返していた。

ジェイクからぎゅっと肩に力をこめられた。

「だから、もう私をクビにはできないわよ。仕事が必要だし……」

「クビになんかしないよ」

これは大変だ。ナタリーを昇給させなければ。

「それに、ほら、もしアンガスがこのことでおかしな態度になったら……」

「そんなことはないさ」いや、たしかにアンガスはおかしな態度になるか。「とにかく、アンガスには話したほうがいい。今日にでも」

「ウォレンはきっと堕(お)ろせって言うわ……」

ジェイクが「ウォレンなどクソくらえだ」とうなった。品のいい言い方ではないが、僕もまったく同意見だった。

「パパは、私にがっかりするわ……リサにも軽蔑される……」

それは——。

僕は深々と息を吸った。

「僕がビルに話すよ、リサにも——」

「いいや」

ジェイクが割りこんだ。思いやりのある、だがきっぱりとした口調だった。

「これはナタリーの問題だ。まさしくナタリー当人が話すべき物事だ。お前は、後からうまく口をはさんで仲裁してやればいい。だがナタリーは母親になるんだし、まずはその自分の立ち位置を固める必要がある」

ジェイクがハグの腕をほどき、僕らは後ろへ下がった。ナタリーは頬を拭って、うなずいた。

「そうね、本当」

「そうだ」ジェイクが言った。「それとだ、俺とアドリアンは午後から遠出する」

僕は驚いて、彼へ顔を向けた。

「そうだった？」

「アイヴァーが北へ帰る時に使いそうなルートを、オライリーから聞いてある。それをたどってみる予定だが、お前も来たいかと思ってな。今日と、多分明日いっぱい、かかるだろう」

当然ジェイクを一人で行かせるつもりなど僕にはない。とは言え、疲れきったナタリーにいきなり店をまかせていっていいものか。

「今すぐに店を空けるわけには、ちょっと」

「お前は元々、金曜まで旅先にいる予定だっただろ」

ジェイクがそう指摘する。含みのあるまなざしをナタリーへ向けていた。

少しぽかんとしてから、ナタリーは相槌を打った。

「そう、その通りじゃない、アドリアン。とにかく、大丈夫だから。今日は暇だし。私、アンガスに話してみるわ」

そこで溜息をついた。

「……パパにも」さらに大きな溜息。「ウォレンにもね」

「ウォレンにはそう急いで話さなくてもいいいんじゃ――」

ジェイクから非難めいた目を向けられて、僕は肩をすくめた。

「わかったよ。そうだね。ウォレンにも知る権利はある。まあね」

「私、ちゃんと話すわ。全員と」

ナタリーが勇敢に宣言した。

「そうか」と僕は今いち安心しきれないまま答えた。

「それはよかった。これで決まりだ」とジェイク。

ナタリーはまだ勇敢な表情を続けていた。

「じゃあ……わかった。なら、僕とジェイクが帰ってきたらその時に……色々考えよう。心配いらないよ、何があっても僕らが力になるから」

「ああ、その通りだ」とジェイクも約束した。

ナタリーが微笑んだ。僕がロンドンから戻って以来初めて見た、本心からの笑顔だった。


「どうしていきなり、アイヴァーの帰宅ルートをたしかめようなんて思い立ったんだ?」

僕はジェイクにたずねた。

いきなりの泊まり旅行に必要なものを取りに二人でポーターランチの家へ向かっていた。空は青く、道は割と空いていて、それだけでカリフォルニアではお出かけにおあつらえ向きの日だ。

「つまり、僕をケヴィンから引き離しておくって目的以外で、ってことだけど」と僕は付け足した。

　ジェイクの頬に、笑みとまでは言えないものが浮かんだ。

「ケヴィンは、俺たちとは違う道を行く」

「それって比喩で？　それとも――」

「ケヴィンには、アイヴァーが帰路に使いそうな別のルートをたどってもらってる」

「じゃ、僕をつれていくのは単に隣に座らせておきたいからか？」

「ああ、お前に隣にいてほしいね」ジェイクはやけに真顔で返した。「いつもな。だが、今日の遠出に関してはな、アーバックル家は俺の助言を入れて捜索願を出したが、警察は積極的に捜査する気はない。俺が恐れていたとおりの理由からな。家族や恋人との口論の後、その家族や恋人から離れて頭を冷やす男というのはよくある図だ。特にクリスマスあたりには。もしアイヴァーが来週になっても現れなければ、警察も一気に本腰を入れる」

「来週じゃもう手遅れかもしれない」

「その通りだ。今日ですらもう遅いかもしれない、はっきり言うとな」

　気が滅入る考えだった。黒いサングラスをかけたジェイクの横顔は険しい。

「アイヴァーの携帯電話の記録は取れそう？」

「警察は事件性があるとは考えていない。今の時点ではな」

「やったね。事件だと見なした頃には、携帯はもう力尽きてるってわけだ」

そしてもしかしたら、アイヴァーも。

エラ・フィッツジェラルドが〝ニューイヤー・イブには何をしているの〟を歌う声が沈黙を埋めた。

――イチかバチかいっそ今聞いてしまおう……。

奇妙な感じだ。いい意味で。この何年かで初めて、新年を誰と一緒に迎えるのかわかっているなんて。

「加えて――」とジェイクが淡々と言った。「今はナタリーにも、ゆっくり先のことを考える時間があったほうがいいだろうとも思ってな」

「僕がそばにいたら口を出すって？」

ジェイクは微笑んだ。どこか、思い出し笑いのようでもあった。

「俺の心配は主に、お前が責任感のあまりナタリーのかわりに矢面に立たされるんじゃないかということだ」

「お前だったら喜んで参戦するだろ」

僕は切り口上で言った。

「本当に助けが必要なら、俺はいくらでもナタリーのかわりに戦う」とジェイクが答えた。「お前のためにも、いくらでも戦うぞ。お前は自分一人で戦おうとするだろうから、まず最初にお前と戦わないとならないがな」

「ややこしいな」

横目でちらっと見られた。

「ああ、時々な」

僕は窓の外へ向けて微笑したが、そもそもの論点を思い出した。

「じゃあ、お前は今、アイヴァーが帰り道のどこかで何かのトラブルに巻きこまれたと思ってるのか？」

ジェイクは、ゆっくりと答えた。

「テリルの、弟の失踪に自分は無関係だという言葉を、お前は真実だと思うか？」

「ああ、思う」

「俺も、アイヴァーとイブのディナーで口論になったという両親の証言は真実だと思う。合理的な可能性は、調べ尽くした。となると、アイヴァーが家族とのクリスマスディナーをすっぽかして北への帰路についたと仮定してもいいと思う。夜遅く、大雨だったし、長い道のりだ。車一台きりの時間も結構あっただろうから、もし道からそれれば、きっとすぐには見つからない」

三年前のクリスマス、エンジェルス・クレストのうねる山道を走っていた自分がそれと似たようなことを考えていた記憶が、鋭くよぎった。かつての暗い日々。暗い夜。

こうして今ジェイクの隣に座っていることが、どこか信じがたい。

ジェイクが言った。

「それと、一緒に来てくれとお前にたのんだ最後の理由はな、本当にお前の力が必要だからだ」

サングラスに隠れてその目は見えなかったが、ジェイクの笑みは本物だった。

僕も笑い返した。

10

ケヴィンとアイヴァーが住んでいるのはシエラネバダ山脈のカラベラス郡にあるエンジェルス・キャンプだ。そこまでは——道や交通量にもよるが——パサデナから六、七時間のドライブといったところだ。途中のフレズノに到達するまで、僕らは六時間かかった。

道中すべての休憩所やトラック用のドライブインをたしかめ、サービスエリアを回り、展望台にも寄った。地元の保安官事務所や警察の分署にも連絡を取った。

ケヴィンは、州間高速道路の5号線をたどっており、州道99号線を走る僕らよりずっといいペースで進んでいた。

「彼はチェックに充分な時間を割いてない」

僕が何回目かのケヴィンとの電話を切ると、ジェイクがそう評した。

「ただ普通に走っているだけだ。休憩所くらいはのぞいているだろうが。もしアイヴァー・アーバックルが運転に疲れたり、道に迷ったり、パンクしたらどうするか、コーヒーやトイレを求めてどこかに停まったかもしれないというところまでは気を配れていない」

ジェイクの言いたいことは僕にもわかった。

「ああ、もしアイヴァーが大きな道で事故に遭ったのなら、誰かが気付いている筈だ。彼がもし何かの理由で車を捨てたとしても、今ごろナンバープレートが照会されて家族かケヴィンに連絡がきているからね」

「その通りだ」ジェイクが評価するまなざしを僕にとばした。「アーバックルに何かが起きたのは、メインのハイウェイから外れたところでのことだ。だから車がまだ発見されていない。おそらく、ロサンゼルス郡の管轄より外側でのことだろう」

南カリフォルニアの警察組織に対する彼の身びいきぶりに、僕は笑みを隠した。たずねる。

「アイヴァーが人生を捨てた可能性はあると思うか?」

ジェイクはあらためて考えこんでいる様子だった。

「そういうことが起きることもある。そしてそんな時、周囲と同じくらい家族にとっても寝耳に水だ。それでも、大体はきざしがある。振り返って初めて気付くようなものであれ、何かあるものだ。今回は何も見えてこない。まあ言いきるには早いがな。あの子供がいなくなってまだ四日間だ」

「子供はないだろ。二十九歳だぞ」

「俺にしてみればガキだ」ジェイクはうっすらと笑った。「お前もな」

「警官の年の数え方ってやつか？」

「かもな」

「いくらお前でも僕の父親とまでは言い張れないだろうけどね」大げさに不安がった目を向けてやる。「それとも、まさか？」

ジェイクの口元が苦笑を刻んだ。

「俺は性的にませた子供だったがな。そこまで早熟ではなかったぞ」

「よかった！」

僕は額を拭ってみせた。

フレズノに着いた時にはもう日暮れで、ジェイクは今日のところは捜索を打ち切った。

気温は十度近くまで落ち、強くひどく冷たい風の中で僕らはやっと部屋を——というかバンガローを一つ——借りた。ラスティックインという宿だ。ひなびた(ラスティック)、とはよくつけたものだ。

ハイウェイからほど近いところだというのにポンデローサマツの木々で周囲と隔てられ、隔絶された雰囲気を演出している。ミントグリーンの壁や白いペンキが剝がれかけた窓枠は一九五

○年代までさかのぼれそうだ――フロントデスクの向こうにいるお歳を召した女性と同じく。だが、見た目だけの判断は早計だ。この宿は、僕の携帯アプリによれば四つ星の評価がついている。

もっとも、アプリだけの判断だってあやしいものだが。

少しでも時間を稼ごうと昼食をとばしたので、僕らは併設されたカフェへまっすぐに向かった。店の大きな窓にどでかい白と青の雪の結晶がペイントされ、昔ながらのクリスマスライトがぐるりと庇に這わされていた。五、六人の客が――地元の人ばかりに見える――今夜のスペシャルメニューを食べている。七面鳥のミートローフ。

「僕はＢＬＴサンドにしようと思う」とジェイクに告げた。「クリスマスの四日後に出てくる七面鳥料理は信用ならないね」

「おっ、ベーコンか。禁断の響きだな。ああ、ＢＬＴサンドはよさそうだ」

巨大な雪の結晶の縁ごしに、僕はほとんど無人の駐車場を眺めた。

「ナタリーは大丈夫かな」

ナタリーからは何時間か前に、ビルやリサと話したという電話報告があった。二人はナタリーの知らせにいい顔はしなかったものの、どちらもナタリーが子供を産むのをやめさせようとはしなかった。

「大丈夫だろう」とジェイクが答える。「今回のことは、彼女にはかえっていい結果になるかもしれないぞ」

「予定外の妊娠が？」

その自分の言い方に気付いて、僕の顔から血の気が引いた。口を開く。

「いや、そういうこともあるし、うまくいくことだってあるのはわかるよ。いい意味で」

ジェイクが手にしていたメニューをホルダーに戻した。淡々と言う。

「人それぞれ、状況は異なるものだ」

僕はうなずいた。ちらりとジェイクをうかがう。彼の表情は遠かった。僕はまた窓の外を眺めた。馬鹿なことを口走ってしまうまで、一体何を話していたんだったか——頭の中が真っ白だった。

ジェイクが、静かな口調で言った。

「別に、ふれてならない話題じゃないぞ」

「だね、わかってる」

ありがたいことにウェイトレスが注文を取りにやってきた。去っていくと、次には僕らの飲み物を持って戻ってくる。また彼女が去ると、僕はたずねた。

「ケイトと、家をどうするか決めたのか？」

ジェイクは取ったストローの袋を豆粒ほどの玉に丸めた。

「相場よりは安いが、今の相手に売ることに決めた。ケイトは東部で新しい職につくからな、とにかく金が要る」

それは初耳だ。僕はジェイクを見つめた。

「新しい職？　どんな？」

ジェイクが笑った。

「何かおかしい？」

「俺が転職を考えていたバーモント州の保安官の口を覚えてるか？　あの後に雇われた誰かがうまくいかなくてな、それでケイトが名乗りを上げた」

「彼女が採用された？」

「まあな」

ジェイクは——誇らしげだった。

「じゃあ、彼女はバーモントに越すんだ？」

ジェイクがうなずく。

「そうなのか……」

どうしてこんなにほっとするのだろう。ケイトは前妻として厄介な相手でもなければ過剰な要求をしてくるわけでもない。二人には親権を奪い合う子供もいないし、金銭的に揉めているわけでもないのに。

ジェイクにたずねた。

「お前はどう思ってるんだ？」

「ケイトにとってはいい機会だと思っている。彼女にふさわしいチャンスだ。立派な保安官になるだろう。それに、一から再出発するのは……利口なやり方だ」

僕はためらいがちに――正直知りたくなかったことなので――聞いた。

「彼女にも、風当たりは強かった？」

「地獄のようにな」

ジェイクの声には抑揚がなかった。

予定外の妊娠については話せるかもしれないが、これは許されない話題のようだ。

それでも、驚いたことにジェイクはさらにつけ加えた。

「アロンゾがいなくなることでマシにはなるが、充分とは言えない。ケイトには、新しい環境が必要だ」

「ああ。すまない」と僕はうなずいた。

ジェイクが首を振る。

「いいや。すべて俺が悪い。だから俺は、彼女にとって楽になるようにできるだけのことをしてやりたい――お前にそのしわ寄せがいかない限りは。これで意味が通るか？」

「ああ」

「ナタリーの妊娠の話だがな、あれは何とかなるだろう。俺やお前が気に入る形に落ちつくとは限らないが、それも彼女の人生だ」

「わかってる」

「本音を言うと、身近に子供がいるというのは悪くない。俺は子供が好きなんでな」

それはもう知っている。

「きっとお前は、この子供にとって誰より父親らしい存在になるだろうな」と僕は言った。

「ナタリーの男運を考えるとさ……」

ジェイクが鼻で笑った。

「ナタリーは意外とうまくやるかもしれないぞ。アンガスもな。どう転がろうと、お前こそ、その子の人生にとって大きな存在になるだろう」

それで僕を励ましているつもりなら、的外れというものだ。

「僕は子供とは相性が悪いんだよ」

「相手するのうまいだろ。エマはお前を崇拝しているぞ」

「いや、そりゃ、エマだし」

僕の答えを、ジェイクは愉快がっている様子だった。

BLTサンドは意外にもとっても美味しかった。ウェイトレスからのおすすめで食べた焼き立てのカボチャのパイは、もっと美味しかった。

ジェイクから散歩に誘われて、底冷えする、薄雲の後ろでうっすらと三日月が光るだけの夜だというのに、僕らは高速道路へとつながる無人の道をうろうろと歩いた。

まだ夜は早かったが、疲れる一日だったし、バンガローに引き上げた時にはほっとした。肌寒かったが小屋の中は清潔で、修道院のごとく殺伐としていた。僕らの時間のすごし方は修道僧とはかけ離れたものになるだろうが。

ジェイクは準備万端、クリスマスプレゼントのおまけでもらった潤滑剤を——誰からのプレゼントなのか聞くのが怖い——持ってきていた。クライマックス・バブルという名前のやつだ。ジェイクがその強く繊細な指で僕の内へジェルを塗りこめている間、その小さな〝刺激のバブル〟がはじけた。数分のうちに、僕は薄っぺらく漂白剤の匂いの残るシーツの中で身悶え、喘ぎ、巧みな指だけで限界まで追い上げられて身を震わせていた。息を切らせる。

「んっ、ジェイク。もう無理……」

彼の声が耳に熱くかかった。

「身をゆだねろ、ベイビー」

その指をくいとひねられて、細胞のすみずみまでもがざわめいた。彼の腕の中へ身をそらせて、僕は激しく、熱く、爆発するかのように達していた。

ぐったりとジェイクに身を預け、呻く。

「なんか……脳細胞がいくつか死滅した気がする」

彼は低く、色気漂う笑いをこぼした。

「お前の家族には、俺に会ってからお前の脳細胞は減る一方だって思われてるだろうがな」

まったくだ。とは言え、ジェイクの家族から僕ら二人がどう思われているかに比べれば勝負にもならないが。それを口にしてこのいい雰囲気をぶち壊す気はない。雰囲気というか、淫靡（いんび）な予感を。

「息はもう落ちついたか？」

ジェイクは、ほとんど痛むほど敏感な僕の乳首をしばらくいじった後で、そうからかった。

彼の屹立を感じて、僕は体勢を整える。ジェイクの腕が僕の腹を抱いて支え、その剛直の狙いをまっすぐつけた。

「くそ——」

腰を沈めて深々と僕を貫きながら、ジェイクの声は深く、かすれていた。

快感の声が、なすすべなく僕の口からこぼれる。もう僕の肉体はすっかり彼になじんでいた。互いに完璧に重なり合う。まるで使い慣れた手袋に力強い手がすっぽりおさまるように——すべてのねじれや折り目がのびて、ただなめらかに、絹のようにやわらかに包みこむ。

受け入れるより乗っかるほうがいいって？　そうとも言いきれない。満たされるのは、こんなに気持ちがいい。

「本当に、どうしようもなく――」

ジェイクが、僕を突き上げながら呟いた。

「俺は……いつも、お前が――欲しい……」

「ジェイク、ああっ、ジェイク――」

「ああ、そうだ。それでいい」

速くリズミカルな動きへ腰を上げて応え、体の内を締め、二人でひとつの流れになって――。

ベッドがずれ、木の床が大きくきしんだ。ちょっと笑えるくらいだったが、ほとんど意識もできなかった。ランプのほろが前後へ揺れ、暖炉の灯りに影が躍る。

また思い出がひとつ刻まれる。もう、たくさんの思い出がある。

気持ちがいい――信じられないくらい、どうしようもないくらい、いい……。

腰を強く押し返すと、ジェイクの体が硬直するのがわかった。彼が激しく達し、僕の内側に熱をあふれさせる。汗まみれでベタベタで、心地よい、セックスの混沌。あるいは愛の。

ジェイクが僕を抱きよせた。僕は両腕を彼の体に回した。

何ひとつ〝特別〟な一夜ではない。なにかの〝初めて〟の夜でもない。どのキスも、どの愛撫も、思い出の中でとりたてて際立つものではない。

普段の、いつもの夜。そんな夜を、これから一生分すごしていくのが待ちきれなかった。

ニッケル&ダイナーという名前の店で朝食をとっていた時、ジェイクの携帯が鳴った。

ケヴィンからの連絡を待っていたジェイクは、画面すら見ずに電話に出たようだった。

「リオーダン」

仕事モードだったジェイクの表情が石のように固くなったのを見て、ケヴィンからの電話ではないと僕にもすぐわかった。ジェイクがフォークを下ろした。

「成程？」

それから、随分と長い沈黙が続いたように思えた。僕もフォークを置いた。ジェイクが一瞬僕と目を合わせ、そらす。その目によどんだ暗い影に心臓が絞り上げられた気がした。怒りだけではない、大きな痛み——深い苦しみ——がその荒涼としたまなざしに満ちていた。

僕はコーヒーをごくりと飲み、大きな窓から外の針葉樹と、いくつものミントグリーンのバンガローを眺めやった。

「土曜」とジェイクが言った。「何時に？」

沈黙。

「……それは、アドリアンも含めての話か？」

ジェイクとまた目が合う。今度は何も読みとれなかった。

「今、北カリフォルニアにいるので、はっきりした返事はできない。だが招待には感謝する」

続いての沈黙は短かった。

「ああ」とジェイクが応じる。「母さんによろしく」

それで電話を切った。

「今のって――」

「父からだ。うちの親のところの新年パーティに、俺たちも招かれた」

「えっ」

ほかに何の言葉も見つからなかった。かなりの大事件の筈だ、と思う。カミングアウト以降、ジェイクと連絡を取ったのは母親だけで、僕が知る限りほかの家族とは話もしていない筈だった。

ジェイクは、大したことなど何ひとつなかったような顔をしていた。冷たく、心を閉ざして見えた。もはや感情ゼロに。

「行くのか？」と僕はたずねた。

ジェイクの、瑪瑙（めのう）のように固く光る目が僕を見て、ふっとやわらいだようだった。歪んだ笑みのような表情すら浮かべてみせた。

「新年の予定はもう決まってなかったか？」

「あ、いいや、はっきりとは。選択肢はいくつかあるけど、まだどれにも決めてないよ。成り行きでいこうと思ってたところ」

ジェイクは首を振った。

正直、ほっとした。ジェイクがかつて愛した家族たちと顔を合わせるつもりなど、僕にはかけらもなかった。どこまで礼儀正しくしていられるか自信がない。四十年間にわたって、己が病んで倒錯した存在だとジェイクに信じこませてきた人々相手に。僕のことも病んで倒錯していると見なしているだろう人々相手に。ジェイクの視野をああまで歪めた、その大きな原因である人々相手に。

——ただし……。

彼らは、ジェイクがかつて愛した家族などではないのだ。

ジェイクは、今でも家族を愛している。父親と話していた時に目の中にあった痛みと怒りを見なかったふりはできなかった。愛する相手ほど、人を傷つけ、破滅させられる存在はいない。

僕は口を開いた。

「大事なのは、だ。これは向こうからのオリーブの枝だってことだ。歩み寄ろうとしてくれている」

「そうか?」

「そうだよ、ジェイク。彼らは長男と和解できないまま新年を迎えたくないんだ。あるいは長兄とね。その気持ちは……いいと、思うよ」

少しばかり投げやりな言い方になった。もう少し心をこめようとはしたのだが。「ありがたい」という言葉が胃袋あたりにつかえて出てこなかった。

そう、正直、「けっ」と言ってしまいたい。

だが僕の気持ちなどどうでもいいのだ、大事なのはジェイクの気持ちと、彼に何が必要かだ。

そして彼には家族が必要なのだ。四六時中ではないし、すべての面においてでもない。だがジェイクの心の一部はたしかに家族を、何らかの形で求めている。

そして、ジェイクの家族にも……やり直すチャンスがあっていい筈だ。

誰であろうと、二度目のチャンスがあるべきなのだ。

ジェイクは相変わらず陰気に、どこか苦しげなほどの目で僕を凝視していた。

「パーティといっても名ばかりだ。ただの家族の集まりだぞ。皆、お前の家族とは全然違う」

「それはポイント高いね」

ジェイクはニコリともしなかった。

「真面目な話だ。うちの家族とお前は全然……お前と、共通の話題などひとつもない」

「僕らには、お前っていう共通の話題があるだろ。それに、それがどうした。なにも同居しようってわけじゃないんだ。大体、僕を見くびってないか？　僕だってその気になればとっても魅力的に振舞えるんだぞ」

「知ってるよ」

僕は笑った。

「じゃあ、もしかしてそれが心配？」

ジェイクの口元にも、不本意ながら笑みが浮かんだ。

「いいや」

僕は小首を傾げた。

「ほら、お互い歩みよってみよう。もしこれがうまくいかなけりゃ、ま、来年は違う新年のすごし方をすればいいい。割れたビール瓶とかお前の母親の逮捕とか抜きで」

ジェイクが鼻を鳴らした。コーヒーカップに手をのばす。

「考えておく」

「あんまり長く待たせないように」と僕はそっとさえずった。「お洋服とヘアスタイルを決めないとならないんだから！」

ジェイクがコーヒーを喉につまらせた。

11

車が本当に見つかるなんて、僕はどこか信じていなかったのだと思う。

いつの間にか僕は、アイヴァーがどこかへ「どろんした」――愛すべき母の言葉を借りると――のだと考えはじめていた。

というわけで、交通事故に遭ったとみるのは論理的で筋が通っているし、一番ありそうな仮説だったにもかかわらず、実際に歪んだガードレールの折れた先端を見つけた瞬間、非現実的な感じがあった。

「戻って！」とジェイクに言う。「今のところまで引き返すんだ」

Uターンできる待避所を路肩に見つけるまで数マイル走らねばならなかった。ジェイクは小さな3ポイントターンで方向を変えると、元来た方向へ走り出す。

「あそこだ」と僕は指さした。

ジェイクができる限り路肩に車をよせて停め、ハザードランプをつける。僕らは道を横切った。

路面にスリップ痕はなく、そのせいで危うく見逃しかかったのだった。ガードレールは木製で、その一番端が欠けていた――これも見つけにくい原因。その向こうの茂みや灌木(かんぼく)は地面から引っこ抜かれて、土に深く切りこんだタイヤの痕が斜面の奥へ消えていた。

そのタイヤ痕は乾いて固まっていたが、頭上いっぱいに広がる雲の群れから落ちる雨に柔らかくなりつつあった。

「これは……」

雨？　ぼってりした凍るような雨粒は、今にも本当の雪に変わりそうだ。路肩の日陰にはこの間の嵐の残雪がまだらに残り、たたずむ僕らの周囲で、すべての音を呑みこむほど静寂が深かった。

すべての音とはいかないか。パタパタと地を打つ雨音、そして僕らの防水コートがカサついた音を立てていた。

雪と、松の木立。クリスマスから四日経つのに、クリスマスよりクリスマスらしい香りがした。

この斜面から落下した運転手が無事立ち去れたよう願いたいが、その望みは低いだろう。

ジェイクは急峻な斜面を望遠鏡でたしかめている。

「何か見えるか？」

彼は首を振った。

僕はガードレールのむき出しでギザギザの端を指でなぞった。いつ折れたものかはわからない。知りようもないが、比較的新しそうに見えた。もし車がここを突っ切っていったなら、運転手はほんの数秒しか――草の生い茂るぬかるんだ斜面をほんの百メートル分落ちる間だけしか――自分を救うチャンスはなかっただろう。草と木の斜面は、その先で一気に落ちこんでいる。相当な落下距離がありそうだ。斜面に走る亀裂や、砕けて飛び散った石を見るに。

「あれだ」

ジェイクがいきなり言った。双眼鏡を外して僕に渡す。

「九時の方向。サトウマツの下にターコイズ色の光の反射がある」

言われた方角へ双眼鏡を向けると、枝の下にメタリックな青いきらめきが見えた。草に覆われた急斜面すれすれのところだ。背の高い松の木立が、車や土や巻きこまれたあれこれの落下を食い止めていた。その下の深みへの。

「ああ、見つけた」

ジェイクはすでに道の中ほどまで戻って、いい目印を探しながら電話で救援を呼ぼうとしていた。

「自力で登ってきたかも」と僕は言った。「あそこまでならそう急斜面でもないし。それか、途中で車から放り出されたり」

さもなくば、今も運転席にいるか。四日前に息を引き取ったまま。

ジェイクが悪態をついた。

「電波が弱すぎる」

僕も自分の携帯をたしかめた。首を振る。

ジェイクがカードレールのそばにいる僕の横に立った。

「古い事故かもしれん。その点をたしかめてからでないと緊急通報はできない。一番いいのはお前がここに残って合図を――」

「息の無駄遣いはよせ」と僕はさえぎった。「一人でここを下りていくのは利口じゃないって、お前だってよくわかってるだろ」

「俺はお前に下に行ってほしくないんだ」

固く、妥協の余地のない言い方だった。

自分が命じれば僕が従うと思いこんでいるジェイクが無邪気でもあるし、ある意味可愛らしくもある。

「だろうね」と僕は返した。「僕もお前がそこを下りていくのは嫌だ。登山よりハイキング程度の難易度であれ。でも、二人で行くぞ。いいか、毎朝の死ぬほど不味いスムージーと夕方の散歩とあれこれの心臓健康法が今こそ物を言う時だ。僕がこの斜面を下りてならない理由はない。大して険しくないんだし、今の僕には充分以上にこなせる道だ――お前が来ようと来まいと」

「アドリアン、俺は絶対――」

「ジ、ジェイク」

彼は口を閉じた。

「これに関して、お前に勝ち目はないよ。だからこれ以上時間を無駄にするな」

僕はガードレールの端を回りこんで、斜面を下りはじめた。

振り向きはしなかったが、背後でジェイクの靴が枝を踏みしだく音が聞こえた。足音に非難の響きをこめられるのなら、まさにこの足音がそれだ。

正直に認めるなら、見た目よりきつい斜面だった。まだらに残った雪や氷のせいでなおさら足元が危ない。それでも僕にも充分こなせる難易度だったし、何が起きているか知るすべもなくただ上で待っているよりはるかにいい。靴底に枯れた草の冷たさが伝わってくる。みぞれまじりの雨が肌を刺した。

その車——ターコイズブルーのキア・フォルテは、道から三十メートルほど滑落したところで止まっていた。

ジェイクが言った。

「彼の車のナンバーだ」

別人の乗ったターコイズブルーのキアフォルテだという可能性はきわめて低そうだったとは言え、僕の心は沈んだ。

タイヤの痕から、その車がどこで道からとび出し、どんなふうに斜面をうねうねとずり落ちて、背の高いサトウマツの樹列に突っ込んでいったのかが見てとれた。

その蛇行したタイヤ痕を観察しながら、僕はジェイクにたずねた。

「落ちた時、車はコントロールできてたのかな」

「スリップ痕はなかった。自らつっこんだか、居眠りしていたかのどちらかだろう。俺は、居眠りだろうと思う」

車に近づくと、割れた窓の向こうにハンドルにぐったりと伏した人影が見えた。

「くそッ」

ジェイクが呟き、僕を追いこした。

足からいきなり力が抜けて、僕はそばの木で体を支えた。

何を期待していた？　数日遅れのクリスマスの奇跡？　僕らが車を見つけた瞬間、アイヴァーの運命はもう決まっていたというのに。

木にもたれて、すがすがしい山の空気を数回深呼吸した。可哀想なケヴィン。一体どう伝えればいい？

あまりに悲惨なクリスマスシーズンの締めくくり。一年の終わり。人生の終焉。

頭上の木々の間で、風が不気味にざわついた。

ジェイクは車に上体をつっこんで、何やらまだたしかめていた。

「おい、アドリアン」僕を呼ぶ声が少し変だ。「この男、まだ息があるぞ」

「えっ？」

車から体を抜いて、ジェイクが僕を見つめた。その瞳は明るく、ほとんど緑色に見えた。

「脈がある。強くはないが。だが持ちこたえている」

「よ、四日間も？」

ジェイクがうなずいて「救援を呼ばないとならない」と言った。

「ああ。勿論」

「ここは携帯がつながらない。俺たちのどちらかが行かないと」

ジェイクが何を言いたいのか、よくわかった。一人が行くなら、一人はここに残るのだ。そしてジェイク——警察官の訓練を受け、運転の腕も勝り、いち早く救援を呼べる準備が整っているのは彼のほうだ。

「僕が残るよ」

ジェイクの目の中に安堵が見えた。そして心配が。

車から下がって、ジェイクは僕の肩に手を置いた。

「一時間はかかるだろう。多分、もっと。彼はいつまで持つかわからない状態だ。それはわかってるな？」

「ああ」

「こんなことをまかせて、すまない」

「行ってくれ」

僕は苛々と言った。同情などなお悪いし、その思いやりはむしろアイヴァーに向けられるべきものなのだ。

「僕は大丈夫だから」

ジェイクは僕の肩にぐっと力をこめてから、斜面を駆け上がっていった。勿論、彼に体力勝負で勝てるなど夢にも思わないが、それにしてもあの勢い……。

数秒後、僕は最悪の事態への覚悟を固めて、車へ顔を向けた。もう朝食から随分と時間が経っていてよかった。なにしろひどい臭いがした。大体は、血臭だ。僕が思うよりはるかに大量の血だった。ホラームービー的な雰囲気の仕上げに、アイヴァーの太腿からは骨が突き出していた。

つい数歩下がって、清潔な山の空気を何回か、喘ぐように吸っていた。もう一度アイヴァーを見やる。彼の顔は乾いた血と痣に覆われていて、全身が白い粉まみれだった。最初は雪かと思ったが、すぐにエアバッグが作動した時の白い粉だと気付く。

バタバタと足音が近づいてきた。はっとした僕の元に、ジェイクがひと抱えの荷物を届けにやってきた。毛布、水のボトル、それに多分救急セットの入った茶色いカンバス地のバッグ。使う気はさらさらないが。ただでさえ大変なことになっているアイヴァーを、僕のお医者さんごっこにつき合わせる必要はない。

ジェイクは荒い息をつきながら、だが僕のうなじへぐいと手を回すと、キスをして、何も言わずにまた駆け上がっていった。

これぞ車に緊急物資を備え付けておくべきという立派な教訓だった。僕の緊急物資など、ジャージに懐中電灯、エビアンのボトル一本、四年前のシリアルバーだけだ。ああ、どうせボーイスカウトに入ったこともない。

毛布を振り広げて、ごく慎重にアイヴァーにかけた。ピクリとも動かない。正直、まだ息をしているのかもわからない。アイヴァーの手を取ってみたが、冷たかった。そもそも気温が低いのだが。

僕は開いたドアの脇、濡れた松葉の上へ膝をつくと、まだアイヴァーの手を握ったまま話しかけた。

「アイヴァー？　僕の声が聞こえてるかはわからないし、君を今起こすのはいい考えじゃないだろう。でも、もう少しがんばってくれ。どれほど大変でも。どれほど怖くとも。皆が君を心配している。ケヴィンも君のことを思っている」

僕は口を閉じ、はるかな風の向こうへ遠ざかる車のエンジン音に耳を傾けた。

可哀想に。死にかけている時に、僕なんかと二人きりで。ひどい話だ。

僕の時にはジェイクがいた。

あれこそ、これ以上ないというほどの慰め。そして同時に、僕が生きることにしがみついた理由。

姿勢を立て直し、またアイヴァーの凍るような手をぎゅっと握った。顔の数インチ先に突き出た骨は見ないようにする。

「聞いてくれ、アイヴァー。君ならできる。君にしかできないことなんだ。君ならのりきれる。僕も同じような目にあったんだよ。まあ、あれは海だったけど、同じことだ。命に関わる傷で、もう死ぬと皆に思われてた。その通りにしちゃ駄目だ。あきらめるんじゃない。帰っておいで。ケヴィンのところに帰ってくるんだ。君を待ってるよ。君の求めるものは全部、ここにあるんだから……」

僕がそうやって——とりとめもなく——話しつづけて一時間半後、ついに救援隊が、やっと、到着した。大音量のサイレンを鳴らした車の大群という形で。ほっとして涙が出そうだった。アイヴァーと親しいわけでもなんでもないが、彼の生死に対して個人的な思い入れができていた。

草の茂る斜面を、まずジェイクがつっきってきた。

その頃になると全身がすっかりこわばっていて、僕は立ち上がるのもやっとだった。ジェイクが僕を助け起こすと、体に腕を回した。

「大丈夫か?」

僕はうなずいた。

「彼は——」

「わからない。さっきは、そうかもと思ったけど……でも……わからないよ」

救援チームの邪魔にならないよう慌てて場所を空け、僕らは少しの間、救急救命士たちがアイヴァーの処置にかかるのを見つめた。やがて救命士の一人が車の残骸から下がって、叫んだ。

「脈拍確認! 生きてるぞ!」

一時間とかからず、アイヴァーはモデストにある外傷センターへとヘリで搬送されていった。ジェイクと僕は病院でケヴィンと合流し、三人でアイヴァーが助かるかどうかの知らせを待った。落下で負った傷は重症ながらそれ自体が命に関わるようなものではなかったが、アイヴァーは外気に数日さらされて脱水も起こしており、ショック症状で危うい状態にあった。

ケヴィンはもうぼろぼろで、そんな彼だけを病院に残してこの先の運命に直面させることは僕にはとてもできなかった。

「そりゃそうだ、俺たちも一緒にここで待つ」

コーヒーを買いに外へ出た時に、ジェイクもそう言った。

木曜が終わる頃には、アーバックルの面々もモデストのアイヴァーのそばへ駆けつけていた。ケヴィンと友好的な間柄とは言えない彼らだが、誰もケヴィンを追い払おうとはしなかったし、彼がここにいるべきでないという態度も見せなかった。和解が成立したようだ。少なくともアイヴァーの生死がはっきりするまでの間、一時的に。

アーバックル家はジェイクに報酬を支払った。彼らにもひとつ美徳がある——ケチではない。ジェイクが通常の範囲を越えて尽力したことを汲んで、基本料金に加えてボーナスをはずんでくれた。実際ジェイクは、三四二マイル分余分に走ってアイヴァーを見つけてきたのだ。

アーバックル夫人が僕に声をかけ、リサによろしく伝えてくれと言った。テリルは、僕など見たこともないという顔をしていた。

それが木曜日。

金曜日も似たようなものだった。昼も夜も。ケヴィンを励ます合間に、僕はナタリーとも話した。彼女は定期的に電話を入れては、少しばかり不吉さ漂うクローク&ダガーの近況報告をしてくれた。予想した通り、ウォレンはすぐにでも子供を堕ろすべきだと言い張った。アンガスは今すぐナタリーと自分が——たとえ自分の子でなくとも——結婚するべきだと言い張った。

「たのむから、結論を急がないでくれ」と僕は懇願した。「考える時間はまだたっぷりあるから」

こっちが仰天したことに、ナタリーは同意した。

『わかってる。もう自分ひとりのことじゃないもの』

「あ、うん。その通りだよ」

『それで思い出したけど、こっちに戻ってきたらレイシーズのクッキーもっと買ってきてくれる？　今、あれしか食べられなくて』

「わかった。まかせといてくれ」

『いつ戻るの？　私は今週末も犬のお守りをしてすごすわけ？　ねえミスター・トムキンスは店に置いとく、それともポーターランチの家につれてったほうがいい？』

「いつになるかは、こっちの状況次第だ。今夜にははっきりするといいんだけど」

『彼、あなたが恋しいのよ。ミスター・トムキンスのことね。あなたの机の上で眠るようになっちゃって』

「僕の真似だな」

ナタリーはクスクス笑った。少しほっとする。誰かの笑い声をやっと聞けて。

アンガスからも電話があった。彼は笑わなかった。ナタリーとすぐさま結婚したいから僕にナタリーを説得してくれないかとたのんできた。

「なあ、君は元々、ナタリーとの関係は僕が首をつっこむような問題だとは見なしてなかったろ。だから、今になって巻きこもうとはしないでくれ。これは君とナタリーの問題だ。それに大体、お腹の子が自分の子かどうかもわからないんだろ」

『気にしません。それでも結婚したい。彼女に、愛してると告白したんです』

僕は溜息をついた。

「くり返しになるけど、それは君とナタリーの問題だ。とは言え、僕としては今は性急に何かを決めるのはやめたほうがいいと思うけどね」

リサもまた、僕が経営している、書店の仮面をかぶった悪の巣窟について一つ二つ物申したいことがあるようだった。

「ナタリーをうちで雇えと言い張ったのはそっちだったろ」と僕はリサに思い出させる。「とにかく、ロックバンド崩れのウォレンが彼女を孕ませたのかどうかは五分五分の賭けだ。僕としては彼に一票かな」

『孕ませたなんて言葉を使わないで頂戴、妹に対して』

「話の流れだよ。うちは書店だ、デートサービスじゃない。今回の関係者は全員が自立した大人。ああ、生まれる子は別としてね。可哀想なヒヨコ」

エマとも、ドーテン家ご一行がアムステルダムで接続便を待っている時に何とかフェイスタイムで話をした。彼女ひとりがナタリー妊娠の報を無邪気に喜んでいた。自分が叔母になるという考えにわくわくしていて、今やせっせと子供の名前を選んでいる。どうやら一番の有力候補は、男の子がボリスで女の子がスカウト。

「うちの犬と赤ん坊が同じ名前だと、ちょっとややこしそうだね」

僕はそう意見した。

エマは小揺るぎもしなかった。犬と子供はおそらく誕生日が違うだろうから、誕生日ケーキをめぐって混乱するようなことはない、と僕に指摘した。

降参するべき潮時くらい、僕だって心得ている。

土曜の夜明け前、アイヴァーが危機を脱したようだという医者からの知らせがケヴィンに届いた。意識の戻ったアイヴァーがケヴィンに会いたがっていると。

病院のスタッフが明るい見通しを控えめに受けとめている中、ケヴィンはまさに有頂天だった。

「アイヴァーは帰ってこようとしてたんだ」

ベッドサイドでの再会を果たした後、ケヴィンは僕らにそう報告した。

「クリスマスを俺と二人ですごそうとしてたんだよ。家族と会って、気持ちがはっきりしたって言ってくれた。俺と一緒になりたいって」

濡れた目で、ケヴィンは呟いた。

「俺たちは絶対に大丈夫だ」

そう、願わくは。アイヴァーの傷には深刻なものもあるし、回復への道のりは険しいだろうが、そばに大事な人がいるだけですべてを変えられることもある。

僕がジェイクへ目を向けると、彼も考えこむような顔で僕を眺めていた。笑いかけると彼も微笑したが、何かが心にかかっているようだった。

それが何なのか、僕が思い当たるまで少しかかった。

「なあ、この辺りはパインシャドウ牧場からそう遠くないな」

皆と別れの言葉を交わした後、高速へ向かって走る車の中で、ジェイクがそう切り出した。

「知ってる。またあそこですごすのもいいだろうね」

ジェイクがちらりと僕を見た。

「まだ間に合うぞ。向きを変えて戻ればいい。牧場で新年を祝って、そのまま静かな週末を楽しめる」

ああ。完璧。最高の新年の迎え方。僕が初めてジェイクへの愛を自覚した場所で——そして、ジェイクから少しは思われているかもと感じはじめた場所で。数日間の平穏と静けさ。ジェイクと二人きり。他人の問題からは充分に健やかな距離をとって。

「すごくいいね。予定を立てて、実現させよう」

僕は続けた。

「ただし今夜でも今週末でもない時に。今日の僕らには、行かなきゃならない新年パーティがあるだろ」

12

「言っとくが、別にお前は行かなくてもいいんだからな」

ジェイクの親の家で開かれる新年パーティのために着替えていると、ジェイクが言った。

それを彼が言うのは二度目で、僕はネクタイをしめる手を止めた。

「僕は行かないほうがいいか？」

別に怒ったり傷ついたりなどしていない。ただ今夜がちゃんと、ジェイクが求めるものになっているのか心配なだけだ。そもそも僕自身、家族集会にのりこんで見世物の珍獣扱いを受けるのが楽しみというわけではない。

「そんな筈ないだろう、お前に来てほしい。だが……俺たちはアイルランド人だ。酒をがぶ飲みして馬鹿なことを言うんだ。今夜も、誰かが馬鹿なことを言い出さないとは限らない」

これに対して「僕らはイギリス人だからね、シラフで一発かまして、アイルランド人を八百年支配してきたよ」と返したい誘惑にかられた。そんな答えじゃジェイクはわずかも安心できないだろう。ネクタイをしめ終わって、僕は鏡をチェックした。

白と赤のキャンディスティック柄ネクタイ——ローレンからのプレゼント——のおかげで、ヒューゴ・ボスのジャケットと黒いジーンズという葬式セットの陰気さは薄まっていた。

「大丈夫だって、ジェイク。失礼なことを言われたからっていちいち心臓発作を起こしたりしないから。これでも僕は客商売だよ、忘れたか？　さあ、張り切っていこうか」

ジェイクは笑って、首を振った。後ろに立って、僕の耳の後ろを鼻でくすぐる。

「わかったよ、ベイビー。神の加護を祈ろう。向こうにな」

リオーダン家のパパとママはグレンデールに住んでいた。ジェイクの前の家からそう遠くないあたりだ。

　家は、想像通りの外観だった。昔なつかしのホームドラマで夫婦が仲睦まじく暮らしている感じの。今でもそんな時代のままかもしれない。それこそが問題なのかも。

　先の尖った白いフェンスこそなかったが、古いオークの木とともに半エーカーの敷地に建つ五十年代の伝統的なランチハウススタイルの家だった。家の前にはバスケットボールのゴール、裏庭には縄梯子つきのツリーハウス。色とりどりのクリスマスライトが木々や家の軒下に吊されていた。玄関に車がごそごそ停まっていて、家の中から音楽が流れてくる。

　二人で、煉瓦敷きの道を玄関まで歩きながら、ジェイクは何も言わなかった。安心させてやりたかったが、そんな言葉が求められているかどうかわからない――歓迎されるかどうかも。

　そう、やはり緊張している。ツリーハウスなど見たせいで、どうしてかもう割り切ったつもりでいたのに不安感がつのってくる。

　ジェイクがドアベルを押した。

　ドアを開けて、父親が出迎えた。一目でジェイクの父だとわかる。まさに年をとってずっしりしたバージョンのジェイクだった。まあ、だぶついたカーディガンとアーガイル模様の靴下というジェイクの姿は想像もできないが。

　父親は、少しぎょっとした様子だった。

「ジェイムズ？」ぐいとスクリーンドアを開く。「ほら、入れ入れ」

「ハッピーニューイヤー」ジェイクがラフロイグのボトルを手渡した。「こっちはアドリアンだ。アドリアン、これが俺の親父だ」

「お会いできて光栄です」

僕は自動的に言った。

何年も前にジェイクから父親も警察官だと聞かされてはいたが、どのみち一目でわかっただろう。彼は驚くほど黒々とした眉の下から探るように僕を眺め、握手を交わし、自分のことは「ジェイムズ・シニア」と呼んでくれと言った。

まあとりあえず「おまわりさん（オフィサー）」よりは一歩親しい呼び方だ。

家の中はパンなどを焼く匂いとシナモンキャンドルの香りがした。奥へ案内され、新旧のリオーダン家の写真がずらりと飾られた長い廊下を進んでいく。たまたま、僕の目がジェイクとケイトの結婚式の写真に吸い付けられた。ケイトが僕を見つめていた。僕のほうが先にまばたきした。

「一体誰が来たと思う？」

ジェイクの父親がそう思わせぶりな声をかけると、ほっそりした女性が廊下の角からせわしなく現れた。

ジェイクの母は、リサより少し年上だった。髪を、少し昔のテレビドラマのママっぽい銀髪のボブに整えている。顔は若々しく、まだ美しかった。たしか昔はスキー・スラックスと呼ばれていたものと、あえてダサいクリスマスセーターを着ている。彼女が着るとそのレトロっぽさがなんだか可愛い。

彼女は僕をハグして「ジャニーと呼んで」と言うと、居間の、どうやら警官会議真っ最中のところへと僕らをつれて行った。

そう、全員警察官だ。一目でわかる。いや、ジェイクの母親だって元内勤の巡査でないとは限らない。父親、弟たち、その妻たち、恋人……テレビの前では二人の幼児がおもちゃのパトカーで遊んでいた。

室内の全員が話をやめてこっちを振り向いた、とまでは言わない。しかし……たしかに。何秒か、全員が話をやめた。ジャニーがひととおりの紹介をし、皆は飲み物を置いて椅子から立ち上がった。

上の弟のニールは、グレンデール分署の刑事だ。一家の中では母のジャニーに似ていた。ニールの妻のブレンナは、僕の心臓が数回はねたくらいケイトによく似ていた。ブレンナもグランデール分署の刑事。二人の幼児、ロリーとコリーは二人の子供だった。

紹介というより山盛りの解説を並べ立てている感じで、きっと向こうも僕らと何を話していいかわからないのだろう。とにかく僕相手には。見るからに、僕らが来るとは誰も思っていなかったようだ。

「会えてうれしいよ」

僕はそう言いながら、ニールとブレンナとダスティと握手を交わした。ダスティはダニーの彼女だ。青い目と黒髪、可愛らしいそばかす。メトロの交通局で働いている。

ダニーはジェイクの末弟で、ジェイクを少し小柄かつ四角くした感じだった。パサデナ署の警官で、まだ刑事にはなっていないものの、当然のようにそれが目指す人生の道だった。ジェイクから聞いた話では、ジェイクのカミングアウトに誰よりも衝撃を受けたのがこのダニーだという。ダニーの握手にはきつい力がこもり、あっという間だった。さすがにその後で手を拭くような真似はしなかったが、誘惑には駆られたに違いない。

公平に言うなら、彼の手のひらはベタついていた。かなり緊張しているのだ。

ジェイクが、僕の背に軽く手を置いた。

「ダニー」

「ジェイムズ」

ダニーは彼と目を合わせようとしなかった。

ジャニーが僕らのクリスマスについて聞きたがったおかげで、その場は救われた。

今さら気付いたが、僕は、ジェイクの家族について知ろうという努力をまるでしてこなかった。ジェイクとの関係が彼の日常生活と完全に切り離されてきた期間が長すぎて、堂々とカップルになった今でも、その境界線をなかなか踏み越えられていない。つまりある意味、僕にも向こうの家族にとっても、これは一からのスタートだ。僕の唯一の優位は、相手の存在を知っていたという点だけ。

皆、陽気で騒がしい。全員、子供までもがやがやと同時にしゃべる。しかも大声で。もっとも、僕らが到着した頃にはもうそこそこ酒が入っていたせいもあるだろう。

話題はジェイクのロンドン行きのことで、彼が海外旅行に行ったということ自体、興味とそれ以上の笑いを誘っていた。

会話に耳を傾けながら僕はしみじみと、ジェイクにとって、僕の家族はさぞや異世界の存在に見えたことだろうと思った。ジェイクがそなえ持った忍耐力は大したものだ。

ジャニーがおずおずと僕の腕にふれた。

「何か飲む、アドリアン？」

「何でもいいです。ビールでもワインでも、あるものを」

僕が微笑みかけると、彼女はまばたきした。

「あら、あなた本当にあの俳優そっくりね。ちょっと今名前が出てこないけど」

「モンゴメリー・クリフト？」

「それ誰？　ううん、違って……マット・なんとかという人よ。前に宝石泥棒の役をやったんじゃないかしら」

「私が飲み物を出すわ、お義母さん」

ブレンナがそう言いながら僕らに加わった。僕へ冷ややかな笑みを見せ、キッチンへついて来るようひとつうなずく。

最近妹たちが増えたおかげで、その目つきの意味は僕にもわかる。トラブルを覚悟した。

ブレンナはまっすぐ、子供の絵がべたべた貼られた冷蔵庫へと向かった。クレヨンの絵の中には子供の手で真似した逮捕写真（マグショット）が混ざってる気がしたが、自信はない。

「何飲みたいの」ブレンナがきびきびと聞いた。「ビール？　何でもあるわよ」

ブラック・オーキッドの材料はないだろうけどね——と思いつつ、僕は言った。

「ワインクーラーとか？」

「ワインスプリッツァなら作れる」

「じゃあそれで」

プラスチックのコップをシンクに置かれたどでかい氷袋の中へつっこみながら、彼女が言った。

「ケイトは、私にとって義理の姉以上の人でね。私の親友なのよ」

了解。

僕は言った。

「今度のことで、誰もが苦しんだ」

「ええ。そうね」

「僕は、その苦しみを必要以上に足したくないと思ってる」

ブレンナはジンジャーエールとワインをカップに注ぎ、僕に手渡した。緑色の目がまっすぐに僕をのぞきこんだ。

「そうね、ただ……家族の中には、受け入れるのにずっと時間がかかる人がいるかもね」

僕はうなずいた。

彼女の表情は、微笑というより渋面に近かった。キッチンから出ていく。僕は一口酒を飲み、冷蔵庫に貼られた子供の絵を眺めてから、彼女を追ってキッチンを出た。ジェイクがこちらをじっと見ている。僕は微笑んだ。

ジェイクはほっとした様子だった。何か、刑事と元刑事以外にはどうでもいいようなことをニールと気楽に言い合っている彼の隣へ、僕も立つ。話題はともかく、ニールのことは気に入った。僕と目を合わせてくれるし、折りにふれて話に混ぜようとしてくれる。

音を消したままのテレビがついていた。アンダーソン・クーパーと特別共同司会者のキャシー・グリフィンがタイムズスクエアで無音のカウントダウンをしていた。その間、部屋にはペギー・リーがエンドレスで流れる。大体はクリスマスソングだが、時おり〝イズ・ザット・オール・ゼア・イズ？〟がひょいとはさまった。

そのたびにジェイクは僕を見て、僕らは互いに微笑み合った。

ジャニーは、僕にコリーとロリーの孫二人の話をして聞かせた。まだ四歳でしかないというのに想像を超える長話だった。僕は、妹に子供ができたと話した。皆とても興奮していると。

嘘ではない。慌てふためいている、と言うほうが正確だとしても。

　僕は菓子のチェックスミックスと鶏手羽揚げとスウェーデン風ミートボールとブルーチーズのスプレッドを詰めたセロリスティックとオニオンディップを食べた。ジンジャーエールを使ったワインスプリッツァを二杯飲んでから、酒抜きのジンジャーエールに切り替え、帰りの運転手役を自発的に引き受ける。僕よりジェイクのほうがアルコールでまぎらわしたいことが多いだろうと思ったのだが、見た限りジェイクも大して飲んでいなかった。

「仕事は何してるの？」

　ダスティが、野菜とディップごしにばったり顔を合わせた僕にたずねた。

「書店を経営してるんだ」

「ジェイクが本好きだなんて、全然知らなかった」

　色々な答え方があったが、僕は結局「まあ、そんなものだよね」という返事に落ちついた。

　そんなものもどんなものもないのだが。どう見ても、家族は事態をどう受けとめていいかわからずにいる。

　それがひとつ、大きな障壁となって関係を妨げてきたのだろう。そしてもう一つ、家族はケイトをよく知り、ケイトを愛していた。たとえ僕が女性であっても、歓迎はされなかっただろう。

　それでも、ジェイクの家族は努力していた。僕にもわかるほど。ジェイクのために、家族は歩みよろうと努力しているのだ。

　僕も同じ覚悟だ。

「ペギー・リーが好きなのか？」

　ジェイクの父親が、廊下で写真の列を眺めている僕を見つけて、いささか挑戦的にたずねてきた。

「ええ、そうなんです」

　彼は毒気を抜かれた顔になった。

「どの曲が好きだね？」

「そう、まずは〝マイ・ディア・アクエインタンス〟」

「聞いたか」と彼が肩ごしに大声をかけた。「ここにいる誰かさんだけは音楽の趣味がいいぞ！」

　たちまちリビングから歓声とブーイングが上がり、ジェイムズ・シニアは悦に入ったような笑いをこぼした。

　これまで、もっと楽しい新年パーティに出たことだってある。それは間違いない。だらだらと長い夜で、しかも僕らには長い数日間の疲れが積もっている。だが夜がふけ、さらに時がすぎ、テレビの中のアンダーソン・クーパーとキャシー・グリフィン——ジェイクの母がキャシー・リーと名前を間違えつづけている——が見るからに凍えてやつれていくうちに、ジェイクの家族の気持ちは温まってきた。ほぐれてきた。そしてジェイクがやたらと気を回したり警戒しなくなった頃には、僕の気持ちもほぐれてきていた。

酒の力かもしれない。たしかに皆、よく飲む。母のジャニーまで見事な飲みっぷりだった。とにかく何だろうと、夜の十一時半を回った頃には、弟たちは話の合間にジェイクの背中をバンバン叩くようになり、その妻や妻の座を狙う女達は僕と目が合うたびにたじろがなくなっていた。

新年一分前、タイムズスクエアのボールが——西海岸標準時間に合わせた録画放送の中で——落ちると、僕らは肩寄せ合って〝オールド・ラング・サイン〟を歌った。もしかしたら、時間と双方の努力さえあれば、ひょっとして本当に、うまくいくかもしれないという気さえしていた。

歌が終わると、全員が自分の相手にキスをしに向き直り、ジェイクは僕の頬に手を添えた。彼の顔は上気し、その目は輝いていた。今夜、ここまで緊張した彼を見たことがない。僕は何か言おうと口を開けて——何と言おうとしたのだろう。いいよ、気にするな、とか。

染みついた癖というやつはなかなか抜けない。

だがジェイクが、キスでその言葉を封じた。彼の唇が力強く、ほとんど優しく、僕の唇に重なった。

やっぱり、と考え直す。これぞ人生最高の新年パーティだ。

「だからさ、お前が僕の家族相手に耐えられるんだから、そりゃ僕だって」

家へ戻る車内の会話の続きで、僕はそう言った。歯磨き粉をシンクへ吐き出し、蛇口をひねる。

ジェイクの答えは、水音ごしで聞こえなかった。

「何？」

僕の視線は、便器の縁で優雅にかまえているトムキンスへ移った。

「もしやろうものなら、お前を流してやるからな」と僕は警告した。「便器の水を飲んだ口で僕の顔は舐めさせないぞ」

「それ猫に言ってるんだよな？」とジェイクの問いがとんでくる。

僕は口をすすぎ、タオルで拭って、バスルームから顔をつき出した。

「さっき、何て？」

「母が、お前はとても行儀がいいと言っていた」

「そうだよ」

「ああ、そうだな」

まるで舞台でも見るかのようにバスルームの中の様子を凝視しているスカウトをまたぐと、

僕はベッドへと部屋を横切った。

「これからだって、お行儀よくいくつもりだよ。成功のためならともに全力を尽くすのみ」

ポスターのキャッチコピーみたいに響かなかったことを願う。チームワーク！　チェンジ！　根性！

ジェイクがじっと、僕を凝視していた。ベッドにいるわけでもない相手を見つめるにしては、やけに熱っぽい目だった。

すでに彼はジャケットを取ってネクタイをゆるめ、靴を脱いでいたが、それ以上脱ぐつもりはないようだ。

僕は続けた。

「いい新年の始め方だったんじゃないか？　あっちから僕らを招いてくれるなんて。というかまあ、僕を。お前はそもそも歓迎されてた。それは間違いない」

「今夜は、ありがとうな」

「礼なんかいらないよ。本当に。お前の家族なら僕にとっても家族だ」

少なくとも、向こうがまたジェイクを傷つけるまでは。そんなことになれば次のクリスマスには毒入りプレゼントを持参してやる。

ジェイクはまだあの目つきで僕を見つめていた。僕はとまどって周囲を見回し——目をみはった。ガス式の暖炉に火がおこり、栓を開けたシャンパンが小さなテーブルに置かれていた。

細長いシャンパングラスが二つ、用意されている。

もう充分長い夜だったというのに、まだ終わりにする気がないのか？

「うわ、シャンパングラス見つけたんだ。やったな！　次にはネルのシーツをうまく見つけ出せれば……」

ジェイクがふうっと大きな息を吸った。

「この間、お前がもっといい恋人になるって言ってたこと、覚えてるか？」

「わかってるよ――」

僕は早口で返した。

「まだ犬のしつけ教室には申し込んでないけど日曜を時々休むって話はちゃんとナタリーにしてある。今度から月に三回、日曜休みをもらうよ。これならナタリーも日曜にオフをとれるし。あと新規スタッフの採用面接も来週からやる」

ジェイクは静かに、真剣に、僕の話など聞こえなかったかのように言った。

「お前以上の恋人などどこにもいない」

「え？　それは……」

僕はニヤッとした。

「ありがとう。そりゃお前には、そもそも比較対象が少ないけどね。僕と、それとお前がつき合ってたあのイカれた殺人狂くらいで」

ジェイクが、冗談につきあわず、ニコリともせずに答えた。

「あのイカれた殺人狂を恋人だと思ったことはない」

「わかった。ごめん」

一階の時計が二時を知らせた。僕らは澄んだチャイムの余韻に耳を傾けた。その音はひどく……神秘的に響いた。別に、2というのが特別な数字というわけでもないのだが。

いや、思えばそう、2は特別な数字か。僕らにとっては。

僕は言った。

「僕らがすごす初めての新年の、第一日目だな。乾杯しようか？」

「ああ。だがその前に……」

ジェイクの声がまた、おかしな、どこか息が上がったような響きを帯びた。

「お前にもう一つ、最後のクリスマスプレゼントがある」

「へえ、本当に？　来年までとっておかなくていいのか？」

ジェイクは一瞬、面食らったようだった。

「いいや。いい」

「そうか」

ジェイクの奇妙な態度に、僕も段々と落ちつかなくなってきた自分を隠せない。犬ですら何か変だと感じた様子であちこちへ顔を向け、電波でも受信しようとしているかのようだった。

トムキンスもバスルームから顔を出し、ヒゲをピクつかせた。

ジェイクが、テーブルのほうへ頭を傾ける。彼の視線を追うと、氷の入ったシャンパンクーラーの隣に、金のシルクのリボンで飾られた白い包み紙の小さな箱があった。

僕の心臓が、この半年縁のなかった変なリズムではねた。

「それ？　僕にか？」

今や、僕の声こそ奇妙に響いた。

ジェイクがうなずく。

僕は箱を手に取り、リボンを引いた。それは囁くような音を立ててほどけた。

ジェイクが唐突に、緊張に耐えられなくなったかのように言った。

「ロンドンまで持っていったんだが、いいタイミングには思えなかった。今がその時だといいんだが」

僕は包みを開け、青いベルベット地の小さな箱を見つめた。ジェイクを見やって、唾を呑む。

「ジェイク……」

ジェイクの声は、ほんのかすかにひび割れていた。

「一度目のチャンスは、俺が駄目にした。すまない。あの時のことは。お前がそれを――」

「僕がわかってないと思ってるのか？　僕の心に、お前を許してない部分がかけらでもあるとでも？」

「いいや。だが、もしお前が……まだここまで踏み切れないとしても、当然だと思う」

「ジェイク。いいから」

箱を開けると、エッジにミル打ちが施された金の指輪が目にとびこんできた。すぐに目の前が熱く潤んで、その形がにじむ。

僕は目を拭い、ジェイクへ顔を向けた。やわらかな光の中、彼のまなざしは光を帯びて真摯で、その顔は少し青白かった。

「俺と結婚してくれないか、eがつくアドリアン？」

僕はジェイクのほどけかけのネクタイの輪をつかみ、ゆっくりと、迷いなく、彼を引きよせた。唇がふれ合う寸前、囁く。

「ずっとその言葉を待ってたよ、ベイビー」

ジョシュ・ラニヨン短篇集

So This is Christmas

2017年12月25日　初版発行

著者　ジョシュ・ラニヨン［Josh Lanyon］

訳者　冬斗亜紀

発行　株式会社新書館

〒113-0024 東京都文京区西片2-19-18
電話：03-3811-2631
［営業］
〒174-0043 東京都板橋区坂下1-22-14
電話：03-5970-3840
FAX：03-5970-3847
http://www.shinshokan.com/comic

印刷・製本　株式会社光邦

Printed in Japan　ISBN 978-4-403-56033-0

NOW ON SALE

All's fairシリーズ

「フェア・プレイ」

ジョシュ・ラニヨン

〈翻訳〉冬斗亜紀　〈イラスト〉草間さかえ

FBIの元同僚で恋人のタッカーと過ごしていたエリオットは、実家焼失の知らせで叩き起こされた。火事は放火だった。父・ローランドには回顧録の出版をやめろという脅迫が届き、エリオットとローランドはボウガンで狙われる——。

「フェア・ゲーム」

ジョシュ・ラニヨン

〈翻訳〉冬斗亜紀　〈イラスト〉草間さかえ
〈解説〉三浦しをん

もとFBI捜査官の大学教授・エリオットの元に学生の捜索依頼が。ところが協力する捜査官は一番会いたくない、しかし忘れることのできない男だった。

「狼を狩る法則」

J・L・ラングレー

〈翻訳〉冬斗亜紀 〈イラスト〉麻々原絵里依

人狼で獣医のチェイトンが長い間会いたかった「メイト」はなんと「男」だった!? 美しい人狼たちがくり広げるホット・ロマンス!!

「狼の遠き目覚め」

J・L・ラングレー

〈翻訳〉冬斗亜紀 〈イラスト〉麻々原絵里依

父親の暴力によって支配されるレミ。その姿はメイトであるジェイクの胸を締め付ける。レミの心を解放し、支配したいジェイクは ――!? 「狼を狩る法則」続編。

「狼の見る夢は」

J・L・ラングレー

〈翻訳〉冬斗亜紀 〈イラスト〉麻々原絵里依

有名ホテルチェーンの統率者であるオーブリーと同居することになったマットはなんとメイト。しかしオーブリーはゲイであることを公にできない……。人気シリーズ第3弾。

叛獄の王子シリーズ

「叛獄の王子」

C・S・パキャット

〈翻訳〉冬斗亜紀　〈イラスト〉倉花千夏

アキエロスの世継ぎの王子デイメンは、腹違いの兄に陥れられ、ヴェーレの王子ローレントの前に奴隷として差し出された。他の奴隷の安全と引き換えに、ローレントに対する服従を誓い、屈辱的な扱いを受けるデイメンだが——。

NEXT

「高貴なる賭け」

2018年春、
刊行予定！

王国か、この一瞬か。

「今は俺のものだ。
この夜、お前はまだ俺の奴隷だ」

執政の命によりアキエロスとの国境警備に向かったローレントと同行することになったデイメン。隊を鍛え何度も窮地を救うデイメンに、ローレントは次第に信頼を寄せていく——。美しく誇り高きふたりの王子の物語第二弾。